明朝帝王师

熊召政 著

紫禁城出版社
The Forbidden City Publishing House

目录

序

两年前，王亚民先生主持《紫禁城》月刊的改版。他想在保持这份刊物的学术纯粹与艺术品位的基础上，再增加一点活泼与通俗。经故宫博物院及紫禁城出版社两级领导的推荐与斟酌，组成了《紫禁城》月刊新的编委会，我有幸入选。2008 年 10 月份，第一次编委会召开。亚民在会上提议我在刊物上开一个专栏介绍明史知识。我想了想，便提出撰写“明朝帝王师”的系列文章，亚民及各位编辑都表示同意。于是，自 2009 年第 2 期开始，这组文章便在《紫禁城》月刊上与读者见面了。

明朝帝王师，是一个非常特殊的政治群体。这乃是明朝的政治制度所决定。开国皇帝朱元璋诛杀宰相胡惟庸之后，由此担心大权旁落，遂永久废除了宰相制。由皇帝直接管理国事，领导群臣。由于少了宰相这个环节，皇帝便变得格外繁忙。朱元璋于是找了几位顾问集中在文渊阁帮他处理事务，这便是内阁的由来。

最初的内阁其实就是一个秘书处，官阶最隆者也不过五品。但是，凡入选者都必须是士林公认的饱学之士。演变到后来，凡入阁当辅臣者，首先必须取得大学士的头衔。

明朝的科举制度是选拔官员的主要途径。每次会试中进士者，必会选拔 20 名左右的青年才俊，到翰林院继续深造。凡选中者称为庶吉士，深造期限一般两年，优秀者便留在翰林院充讲官、词臣和史官。这个讲官，就是给皇帝授课的人。但是，并不是所有的讲官都拥有帝师的身份。

所谓帝王师，一般都是先当太子的老师。凡被立为太子的人，便自动获得储君的身份。明朝对于储君的教育相当重视。管理太子的事务机构叫詹事府，与之平行的还有一个左春坊，是专门管理太子教育的衙门。凡讲臣、词臣、史官这三种归口翰林院管辖的文臣，都有资格获选为太子师。凡选为太子师者，时人便以“储相”待之。

每当皇帝驾崩后，太子登基，一般都会启用自己的老师进入内阁担当辅臣乃至首辅。明朝内阁，虽然最初的创设只是秘书机构，但自永乐后期，特别是宣宗皇帝之后，基本上成了国家的行政中枢。其权力与地位均在六部之上，内阁首辅实际上变成了没有宰相头衔的宰相。因此，明朝帝王师除洪武、永乐两朝之外，经历大都清晰可寻，依次是：庶吉士——翰林院文臣——太子师——帝师——内阁大学士。

通过以上演绎，我们不难发现，明朝帝王师不可简单以教师身份看待。他们其实是各个时期重要的政治家与国务活动家。他们的学术思想、政治观点以及处事方法，不仅影响到皇帝，更影响到明朝的治国方略。

明代储君的学习内容，以经史为主。习经则上宗孔孟，本于程朱；习史则揭示历代帝王治国之道，兴衰之理。讲经者寻章摘句，虽屡见智慧然大都泥古；讲史者发挥较多，较之经藉更能让人体验治国之得失。因此，明朝的帝师，学问不必有创见，但须雍容深厚。臧否人物可以一针见血，但不可标新立异，更不能“怪力乱神”。

所以，以思想家誉之帝王师，则不允当。尽管少数帝师确有自己的思想体系，但作为一个群体，他们不是以思想取胜，而是精于治术。

我曾经说过，在中国历史中，始终有“政统”与“道统”之分。皇权代表政统，而士林代表道统。明朝帝王师既是政统的维护与调适者，亦是道统的保养与坚持者，将两者统一起来，单靠帝师的努力是不可能达到的。帝王与帝师之间的关系，即是君臣、主仆，又是师生与少长。在专制的王朝，知识永远只能是权力的附庸。明朝的帝师们，虽然没有以知识取祸，但在成为内阁辅臣之后，往往与其当皇帝的学生政见不合而导致悲剧，轻者见弃，重者甚至招来杀身之祸。

明朝的帝师中，真正学问高深者只在少数，但越是平庸者越是能够善终。正因如此，帝王师在明代，既是一个显赫的职业，亦是一个高危的人群。

本书选取的 15 位帝王师中，大都是国人耳熟能详的人物。通过他们的升沉际遇，可以看到整个明朝的发展轨迹与政治走向，亦可看到明朝皇帝们的“众生相”。他们或亲民，或祸国；或勤政事，或荒社稷。对待自己的老师们，或始亲终弃、或名倚实疏，或用其术而贬其人、或尊其人而疏其术，不一而是。

差不多用了一年的时间，写了 15 篇帝王师的文章。这 15 位帝王师的选取，大致照顾了时代的分布与读者的熟悉度，亦考虑到不同类型的代表性，但仍不是一个严格的选择，还有一些重要的帝师未被录入。这是一个遗憾，只能留在本书再版的时候，再予以增补。

本书在写作过程中，得到很多朋友的支持和鼓励。尤其是左远波与李文君两位编辑，纠错勘误，做了大量的工作，在此向他们致以诚挚的谢意。

熊召政

2010 年 2 月 21 日（正月初八）于梨园书屋

一

看尽西风木槿花

——记老先生刘伯温

刘基像

西湖上空飘来“天子气”

元至正十年（1350 年）的阳春三月，杭州西湖烟柳笼堤，青莲映水。临近正午，一艘画舫自湖心驶来，系缆钱塘门外。船上走下几位身着元朝官服的中年男子，走进一家临湖的酒楼。二三友好游湖之后，喝一顿春酒，本是踏青乐事。不消片刻，随行衙役已为他们安排好珍馐玉馔、琴师歌女。

古代官员，多半是文人出身，诗词歌赋、琴棋书画都是看家本领。官场酬酢，这些技艺无不派上用场。酒过三巡，听了两曲丝竹姣音，官员们技痒，一番推让，一位清瘦的官员起身离席，踱到临窗的书案，提起羊毫，对着轩外浮在湖水湖烟中的潋滟晴光，以及金菌山上隐于葱茏绿树中的菌阁，写了一首《春兴》：

柳暖花融草满汀，日酣烟淡麦青青。
枝间好鸟鸣求友，水底寒鱼陟负萍。
异县光阴空荏苒，故乡蛇豕尚膻腥。
感时对景情何极，悼往悲来总涕零。

当纸上落下最后一个字，围观的同僚无不蹙眉。面对满眼的良辰美景，不说心旷神怡，总不至于涕泪生悲吧？何况还有“故乡蛇豕”一类的话，听了让人觉得与时下的太平光景极不相称。但还来不及指责，但见湖上风浪骤起，一团铅灰色的云自西北方向涌出，阳光忽被蚀去。一会儿，铅云移至湖心，盘桓少许，复又散去，天空仍清碧如洗。

“好一朵异云哪！”有人赞叹。

“不是异云，是庆云。”有人纠正。

其实，庆云与异云并无多大区别，只不过庆云更接近瑞兆。于是，座中官员纷纷以庆云为题，分韵赋诗，赞颂庆云的出现，是象征政治清明、物阜民丰的吉祥之象。一片喧闹中，独独那位首赋《春兴》的官员独坐饮酒。于是，一位同侪问他：“仁兄，你方才写诗发了不少牢骚。为何庆云出现，你反倒不置一词呢？”

那位官员一仰脖子浮了一大白之后，慢吞吞地回答：“方才那一朵云不是庆云，吞了日头，怎么会是祥瑞呢？”

“那是什么？”同侪问。

清瘦官员答：“这不是庆云，是天子气。这股气起自金陵，10年后那里会诞生新的英主。我命中注定，要辅佐他再造乾坤。”

一言既出，满座皆惊。斯时，元朝政局稳定，虽然有一些隐伏的危机，但表面上还是一派升平气象。这种公开宣称即将就要改朝换代的言论，若放在清朝，不但说话的人脑袋要被卸下，恐怕他的九族也会受到株连。元朝的统治者禁锢不算苛严，但对于拿着朝廷俸禄的地方官员，听到如此明确的讪谤朝廷的言论，还是吓得面如土色。他们哪里还敢坐下来饮酒吟诗，当下纷纷找了理由，溜之大吉了。

那位口出狂言的官员，兀自坐在那里，痛痛快快地豪饮一番。几分醉意之后，还拉着花容失色的歌女，用浓厚的浙东口音，咿咿呀呀地唱起《山坡羊》来。

这位官员名叫刘基，时年39岁，所任官职是江浙儒学副提举，行省考试官。

官场中的另类

稍通明史的人，对刘基这个名字，一定不会陌生。朱元璋创立大明王朝，封赏的开国功臣有数十位，刘基列名其中。受封分为公、侯、伯三级，刘基不能位列公侯，仅受封为诚意伯。如此说来，他的功劳不算太大。但实际情况是，如果只评两个功劳最大的开国功臣，那么则只有徐达与刘基两人有资格当选。

刘基，字伯温。在民间，刘伯温的名气远远大过刘基。他是浙江青田县九都南田武阳村人。现在，他的故乡划到了文成县，归温州市管辖。中国有句老话，叫“宁为太平犬，勿作乱世人”。说到乱世，想到“白骨露于野，千里无鸡鸣”的悲惨景象，人们无不心惊胆战。连诸葛亮这样的人都哀叹“苟全性命于乱世”，是窘迫中的无奈选择。但中国同样有一句流传广泛的老话，叫“乱世出英雄”。中国的英雄，成名于乱世的远远多于顺世。且不说刘邦、李渊、赵匡胤、朱元璋这样一些趁着乱世问鼎天下的皇帝，即便如韩信、樊哙、关羽、张飞、周瑜、秦琼、尉迟恭、徐达、常遇春这样的武将，张良、萧何、诸葛亮、魏征这样的文臣，有谁不是在乱世中实现自己的人生抱负呢？后人评价曹操，常以“治世之良臣、乱世之奸雄”对举。其实，这种比拟没有多大的合理之处。顺世中，仕途中人要想升官，多把心思用来揣摩“圣意”；乱世中，有理想的人若想成事，所有的心思都必须用来逐鹿中原。所以说，在顺世中得宠的，多为三流人才；而在乱世中的成功者，则非一流人才莫属。顺世与乱世，人才的取向不同，质量也不同。够得上英雄级别的人，最好的生活环境便是乱世。

如此说来，刘伯温便是一个例子。

刘伯温生于1311年，正值元朝中叶的全盛时期。顺世中的文人，虽然也有报国的理想，但封侯拜相的愿望，却是比登天还难。现在的文人，可以到大学去教书，当博导；也可以下海经商，当老板。

但在古代，除了科举，别无进取之途。刘伯温走的也是这一条路子，他 22 岁考中进士，然后滞留北京候补，3 年后才被安排到江西行省担任高安县丞。此后，他有 20 年的官宦生涯。其中两次被免职，一次在江西行省椽史的任上。椽史一职，类似于今天的省政府副秘书长，属于行省大臣的幕僚。另外一次则在江浙儒学副提举任上，这个职务相当于今天的省教育厅副厅长。两次免官，绝不是因为刘伯温行为放浪，犯了什么渎职罪，恰恰是因为他过于刚正。用《明史》的话说，他丢了乌纱帽的原因是“发奸擿伏，不避强御”。就是说，他有点像海瑞那样的愣头青，或者用浙江骂人的话说，叫“呆头鹅”。这又说明了一个道理，顺世中的好官，为当世及后代传颂者，大都因为两条：反腐和亲民。恰恰这两条，是只能说而不能做的事。这从侧面又提供了一个论据:乱世英雄,在顺世一般都没有机会当良臣。我常常想，如果生在乱世，唐伯虎、金圣叹这样的落拓文人，未必就不是扭转乾坤的英雄。因为，如果没有元末的大乱，刘伯温也只能是一个寄食官场的不得意文人。

期待“真命天子”

刘伯温少时就有神童之称，据说可以一目七行。14 岁学《春秋》，没有像那些好学生，捧着书本诵读，而是读一遍就完全记住了。判断一个读书人是否有才华，有两个基本标准，一是记忆力，二是领悟力。刘伯温在这两个方面都是超一流的。据说他游学北京期间，某日逛进一家书肆，发现一本天文书，遂站下来翻阅。店主见他看得入神，便上来搭讪。言谈中觉得这位年轻书生谈吐不凡，有意将这本天文书送给他。刘伯温笑着谢绝，见店主仍要坚持，就说：“不瞒店家，我方才看了半日，这本书早已装进了肚皮。”说着就流利地背诵起来。店主大惊，以为遇到了转世的诸葛亮。

章溢像

常言道“一方水土养一方人”，刘伯温的才情与他的故乡不无关系。据北宋《太平寰宇记》记载：“天下七十二福地，南田居其一。万山深处，忽辟平畴，高旷绝尘，风景如画。桃源世外无多让焉。”应该说，南田数百年的精气，孕育出刘伯温这样一位旷世奇才。

刘伯温出自书香世家，高祖父刘濠，出任过宋朝的翰林掌书，祖父和父亲，都是儒林中的佼佼者。刘伯温与其上辈不同的是，他不仅尊崇由内圣开出外王的孔孟儒学，更喜欢运筹帷幄的黄霸之术。《明史》上说他“博通经史，于书无不窥。尤精象纬之学”。

象纬之学，就是我们通常所说的神机妙算。这门学问是建立在天文地理、阴阳五行基础上的谶卜术数。儒学与智术，既有关联又各成体系。懂智术的人一般都通儒学，但即便是硕儒，也未必懂得智术。通儒之人是贤人，通智之人则是高人。而刘伯温呢，则是同诸葛亮一样，既是贤人，又是高人。

刘伯温在元朝最后的几个官职，首先是浙东元帅府都事，这职务类似于今天的省军区参谋长。因建言捕斩海盗方国珍，与上司闹翻而遭到革职。3 年后，再入官场，当过江浙行省都事、江浙行省郎中。那几年的浙江，主要的任务是围剿方国珍。刘伯温屡屡建言而不为当政者重视，最后调任他为处州路总管府判，刘伯温一气之下便弃官归里。这是至正十八年（1358 年）的事，这一年刘伯温 47 岁。

从以上刘伯温在元朝入仕的履历表可以看出，无论是在县、州还是行省，他都没有当过一把手，始终都是无足轻重的配角。这些官职，对一般的乡村知识分子来说，就算是出人头地、光耀门庭了。但刘伯温不一样，他少有大志，认为自己是帝王师一类的角色。年轻时，他曾写过一首《公子行》的绝句：

玉勒金鞍照地光，驼裘珠帽绣文章。
平明上马归来醉，他日清朝作栋梁。

从这些诗作来看，刘伯温早就盼望着改朝换代。他不屑于当元朝的陋官，而期望做新朝的栋梁。

但是，新的真命天子将于何时出现呢？刘伯温辞官归里时，距他在西湖赏春望见“天子气”已过去了 8 年。如果他的寓言灵验，那么，两年后他就应该与真命天子见面了。

促成了朱元璋的皇帝梦

刘伯温与朱元璋的见面，的确是在 10 年后即至正二十年（1360 年）的春三月。斯时，刘伯温已在家闲居两年，写下了他一生中最为重要的著作《郁离子》。关于这部书，我会在后面专门论及，这里还是先讲他与朱元璋见面的事。

据说，朱元璋知道刘伯温这个人的名字，缘于另一位硕儒朱升的推荐。朱升亦是元朝归隐的官员，与朱元璋同乡。他被朱元璋请出山后，便向朱元璋推荐了“金华四杰”。这四个人是刘伯温、宋濂、章溢和叶琛。其时，朱元璋已是元末农民起义军中较有实力的一支。随他揭竿起义的人士，多半是淮西家乡的哥们儿，如徐达、沐英等，抡枪使棒冲锋陷阵都是好汉，但审时度势运筹帷幄都不在行。朱元璋一心想招聘几位智多星来共谋大事。正是在这种情况下，他才听信朱升的话，委派专人前往浙东，将“金华四杰”请到南京。

对于四人的到来，朱元璋给予足够的礼遇。除了集体接见并宴请，朱元璋还与四个人进行单独谈话。四场谈话的内容，今天已不得而知，只知道刘伯温曾向朱元璋面陈“时务十八策”。完全可以断定，为这次见面，刘伯温做了充分准备。此前他就已认定，朱元璋就是他要辅佐的真命天子。

在会见之前，曾发生过这样一件事情。一位老朋友跑到南田来找刘伯温，向他献计说：“如今天下大乱，不少人揭竿而起，据地称王。以老兄才干，完全可以振臂一呼，据括苍、并金华，越中山水可收老兄囊中，成就勾践霸业在此一举。”刘伯温笑着说：“放眼天下，如今起兵的张士诚、方国珍之流，皆鼠狗之辈，我怎么能够仿效他们呢？天命有归，你就等着看吧。”不久，朱元璋兵临金华，刘伯温夜观天象，对老朋友说：“十年前我在西湖上空看到的天子气，如今又在金华上空出现了，这就是天命啊！”说这话时，刘伯温已下了投奔朱元璋的决心。所以，当朱元璋派人来请，他立刻答应，冒着生命危险于兵荒马乱中赶到南京。

刘伯温给朱元璋的见面礼，就是那“时务十八策”。这应该是18条锦囊妙计。具体哪些内容，史载均语焉不详。当年诸葛亮初见刘备，便有了那一篇千古传颂的《隆中对》，相信这十八条妙计也为

明太祖朱元璋像

朱元璋日后取得江山起到了重要作用。只是事涉机密，除两个当事人之外，断无第三人知晓。

不少历史学家认为，金华四杰的加盟，是朱元璋翦灭群雄，最终夺取天下的关键因素之一。其实，在军阀混战中，这四个人里面真正为朱元璋出谋划策起到重要作用的，只有刘伯温一人。

刘伯温投奔朱元璋的时候，朱元璋连吴王都还未称，只是韩林儿麾下一支部队的指挥官。当韩林儿称帝的时候，朱元璋还表示了拥戴。大年初一，在中军帐内设下韩的御座。朱元璋的部下将领，都奉朱元璋之命，对着那御座行叩拜大礼，独刘伯温不搭理。别人问他为何倨傲，他不屑地说："此（指韩林儿）牧竖耳，奉之何为？"意思是这种平庸无能的人完全不值得尊敬，更不值得追随。

消息传到朱元璋的耳朵里，他便把刘伯温找去询问原由。刘伯温单刀直入告诉朱元璋："你就是取代元朝的真命天子，何必还要去侍奉他人？"

当时，天下称王的人有好几个，除了韩林儿，还有陈友谅、张士诚、方国珍等人。朱元璋也久有称王之心，一帮和他一起揭竿的哥们儿也撺掇了很久，只是他心中一直没有底。最让他吃不准的有两条：一是他命中是否有"龙象"；二是称王的最佳时机。通过几次长谈，朱元璋已知晓刘伯温是个精通天文地理的高人。农民出身的朱元璋，对卜卦、推命一类的象纬之学深信不疑。如今刘伯温说他是真命天子，这好比挠痒痒搔到了实处。如果说哥们儿的撺掇有打诳语的成分，那么刘伯温的劝说则被朱元璋当作"神谕"。在这一点上，可以肯定地说，是刘伯温促成了朱元璋的皇帝梦。

一人身抵百万师

刘伯温投奔朱元璋之初的几年，主要是承担军师的角色。他每献一计便成一事，因此深得朱元璋信任。朱元璋对刘伯温说："先生有至计，勿惜尽言。"每逢军国大事，朱元璋有吃不准的地方，必然会请教刘伯温。他从来不叫刘伯温的名字，而是尊敬地喊"老先生"。刘伯温比朱元璋大了十几岁，在辈分上喊他老先生不为错。但这个称呼跟年龄没有关系。那时，在朱元璋的集团里，谁都知道朱元璋把刘伯温当作老师来对待。

投奔朱元璋之前，刘伯温闲居故里时，曾写过一首五律《题太公钓渭图》：

璇室群酣夜，嶓溪独钓时。
浮云看富贵，流水淡须眉。
偶应飞熊兆，尊为帝者师。
轩裳如固有，千载起人思。

可见刘伯温不但羡慕姜太公，更是以姜太公自居。他希望能碰到周文王这样的人。他乐意当一名帝者师。

关于他为朱元璋出谋划策指点迷津的故事，无论是明代的正史和野史，都有诸多记载。在这里，我想说说最有代表性的两件事。

第一件事是鄱阳湖大战。

至正二十四年（1364 年），朱元璋即吴王位后，与汉王陈友谅大战于鄱阳湖。这场大战本可避免，皆因朱元璋不听刘基劝告，撤离南昌驰援安丰。陈友谅听说后，立即出兵欲夺取南昌。朱元璋闻讯后对刘伯温说："不听君言，几失计矣。"于是迅速回兵截击，与陈友谅的部队在鄱阳湖相遇。其时，陈友谅的军事实力超过朱元璋，如果朱元璋此役失败，就会失去问鼎皇位的机会。在这场关乎生死存亡的惨烈大战中，刘伯温始终与朱元璋同坐一条船上，须臾不离左右。战斗打到第三天，朱元璋正坐在旗舰的胡床上督战，坐在他身旁的刘伯温突然一跃而起，拽着朱元璋说：“走，快走！”朱元璋不知就里，也不及细问，只得跟着刘伯温迅速撤到另一艘战船上。还没坐定，只见一发炮弹“嗖”地落在先前的旗舰上。在一团巨大的火光中，旗舰被炸成碎片。朱元璋顿时大惊，心中已是非常感谢刘伯温的救命之恩。

站在高处的陈友谅，看到朱元璋的指挥舰被击沉，欣喜异常，命令船队再次进攻。朱元璋沉着应战，一番厮杀，仍不分胜负。日暮之时，刘伯温建议移师湖口，扼住鄱阳湖入江通道，等到金木相犯日再与陈友谅决战。按五行学说，朱元璋为金命，陈友谅为木命。金木相犯即金克木之日，选择这一天决战，陈友谅必败。

用今天的科学眼光来看，刘伯温的这一套玄学，似乎是无稽之谈。事实上，中国古代的象讳之学，的确是可为而不可知。即应用于实际中，可以得到验证，但若穷究，却谁也说不清楚。这只能说现在的科学水平，还不能完全破译其中的奥秘。

由于朱元璋毫无保留地采纳刘伯温的计谋，鄱阳湖大战最终以陈友谅的惨败而告终。此后，朱元璋顺风顺水，三年而得天下。所以说，用“一战定乾坤”形容是役，一点也不为过。而此战的关键人物，则非刘伯温莫属。一人身抵百万师，刘伯温运筹帷幄的才能，于此发挥到极致。

宰相就是大房子的立柱

现在再说第二件事，刘伯温如何帮朱元璋选择宰相。

朱元璋建立大明王朝之后，任命的第一位宰相是李善长。这位李善长是朱元璋的凤阳老乡。一同起义的老乡中，李善长文化最高。开国后，他被封为韩国公，列为文臣第一。李善长当宰相时，刘伯

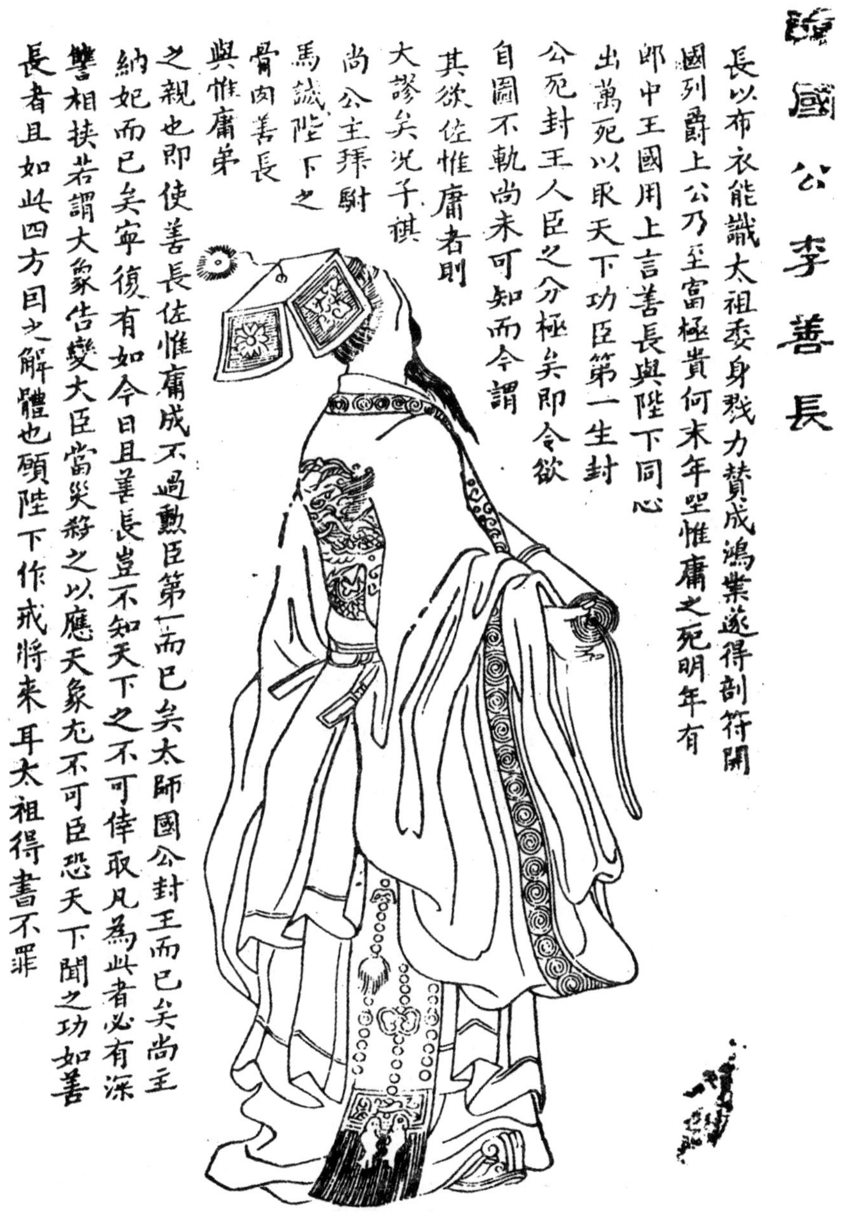
韓國公李善長
長以布衣能識太祖委身戮力贊成鴻業遂得剖符開
國列爵上公乃至富極貴何未年坐惟庸之死明年有
郎中王國用上言善長與陛下同心
出萬死以取天下功臣第一生封
公死封王人臣之分極矣即令欲
自圖不軌尚未可知而今謂
其欲佐惟庸者則
大謬矣況子祺
尚公主拜駙
馬誠陛下之
骨肉善長
與惟庸弟
之親也即使善長佐惟庸成不過勳臣第一而已矣太師國公封王而已矣尚主
納妃而已矣寧復有如今日且善長豈不知天下之不可倖取凡為此者必有深
讎相挾若謂大象告變大臣當災殺之以應天象尤不可臣恐天下聞之功如善
長者且如此四方因之解體也願陛下作戒將來耳太祖得書不罪

李善长像

温的职务是御史中丞兼太史令。这种安排，很明显地表现出朱元璋对刘伯温生了戒心。刘伯温是一流人才，学识与执政能力均在李善长之上。正因为如此,朱元璋才提防他。朱元璋离不开刘伯温的学问，但又害怕刘伯温用自己的学问来对付他。因此,他给刘伯温的定位是：只允许议政，不允许执政。所谓议政，就是当顾问。有事儿的时候，找你来问问见识，没事儿的时候，你就一边儿呆着去，权力中枢那个密勿之地，叫你看得见摸不着。

当了皇帝后，朱元璋的猜忌心日见严重，老害怕那些手握重权的开国功臣谋反。有一天，他把刘伯温找来密谈，就撤销李善长宰相职务的事征询刘伯温的意见。刘伯温当即表示了反对，他说："李善长资历老，又练达，能调和诸位大将及勋旧的矛盾，适合当宰相。"朱元璋听了大惑不解，问道："李善长多次构害于你，欲置你于死地，你怎么还为他说话？"

朱元璋此话事出有因。却说洪武元年（1368 年），朱元璋率兵渡淮北狩，留皇太子监国。刘伯温协助李善长处理政务。刘伯温认为宋元两朝，都是因为宽纵官吏腐败严重导致失国，因此主张吏治从严。此时，恰逢有人揭发中书省都事李彬贪污纳贿。主持监察工作的刘伯温派人调查落实后，便立即下令将其逮捕收监，并说服皇太子批准，将李彬诛杀。这件事在当时影响非常之大，盖因李彬是李善长的外甥。刘伯温执法不留情面，李善长从此对他恨之入骨，一直在设法将他如何弄死。若不是朱元璋对李善长起了疑心而阻止他的阴谋，刘伯温恐怕早就没命了。因此，朱元璋以为只要把废除李善长的想法告诉刘伯温，刘伯温就会拍手称快，却没想到这个倔老头子居然投了反对票。

面对朱元璋的疑问，刘伯温顿首答道："朝廷换宰相，就好比大房子换立柱。立柱必须是一根又直又粗又长的大木头，方可支撑房梁的重量。皇上首先得找一根新的大木头，方可把旧的立柱换掉。如果用一堆小木头捆起来充当大木头去换立柱，那么，这座房子最终会倒塌。”

这场谈话到此为止。刘伯温的立柱说，让朱元璋明白了“束木为柱”的危险。所谓束木，就是大大小小的朝廷官员，他们是大明王朝这座大房子的檩子、椽子、榫子、桩子，但不是最能承受重量的立柱。

后来，李善长终究还是被朱元璋杀掉了。他找了三个在他看来可以当作“立柱”的人，再次向刘伯温征询意见。刘伯温仍是摇头，说这三个人不适合当宰相。他一一分析说：“杨宪这个人，与我私交深厚，按理说我应该帮他在皇上面前说好话，但这个人有相才，无相器。”

朱元璋问：“何为相才，何为相器？”刘伯温答：“相才指才能，相器指气度。杨宪这个人有宰相之才，却无宰相的气度。他好与人计较，不能做到心静如水。”朱元璋问：“那汪广洋呢？”刘伯温答：“这个人心胸偏浅，盛于杨宪。”朱元璋又问：“胡惟庸如何？”刘伯温打了个比方说：“犹如用腐木做了个车辕，谁还敢驾这样的车呢？”

朱元璋有点不高兴，说：“我选的宰相，没有哪个比得上你老先生。干脆，这个宰相你来当好了。”刘伯温有些恐惧，小心回答：“臣疾恶太盛，又耐不得细繁。若强当宰相，必然会辜负陛下的大恩。天下这么大，何患无才，唯愿明主悉心访求。只不过，方才说到的这三个人，的确都不能当宰相。”

刘伯温的这次议政，肯定有违圣意。因为此次谈话之后，杨宪、汪广洋以及胡惟庸都先后拜相受到重用。但不久又相继被朱元璋诛除。事后检点，朱元璋承认刘伯温识人更高一筹。他并不因此对刘伯温更尊重一些，反而增大了戒心。一个人把什么都看得这么透彻，对于猜忌成性的朱元璋来说，这绝不是一件让他愉快的事。

被胡惟庸构陷害死

如果把“清醒”这个词用到刘伯温身上，可作两重意思解：一是清，二是醒。刘伯温为官清廉、清白，同时又法眼常睁、事事明白。朱元璋欣赏刘伯温的清廉，却又不喜欢他的精明。至于官场，是既不屑于他的清廉，更痛恨他的精明。如此说来，刘伯温岂不成了官场的“毒药”？这还真不是玩笑话。刘伯温知道自己无法呆在朱元璋身边了，他想学张良，功成身退从赤松子游。但他清楚，朱元璋的心狠手辣远远超过刘邦，像张良那样飘逸而去是不可能的。

洪武四年（1371 年），刘伯温在追随朱元璋 11 年之后，终于如愿以偿退休归田。退休之前，在京城最后一个春节，刘伯温写了一首《元夜》：

玉漏迟迟出苑墙，星河疏淡月辉煌。
送寒梅蕊清香细，报喜灯花紫焰光。
金阙晓霞来若木，瑶池春色满长杨。
君王注意防骄佚，万岁千秋乐未央。

从这首诗的寓意来看，刘伯温仍不忘作一个诤臣。他要朱元璋防止“骄佚”。他可能是看到朱元璋当上皇帝后的变化，即虚怀若谷、从谏如流的一面正在消失，而骄横之气正日益滋长。由于开始屠戮功臣，朝廷已人人自危。

尽管是委婉地规劝，朱元璋也是不高兴的。他不承认自己交易骄佚，更不希望别人提醒他防止骄佚。因此，他同意刘伯温的退休请求，让他回到老家安享晚年。

61 岁的刘伯温回到老家后，既为了避祸，也为了娱心，便彻底作了一个田舍翁。他每日只做两件事：饮酒和弈棋。当地的一些官员慕名求见，他一概谢绝。这么一位曾为“帝者师”的诚意伯归来，青田县令出于礼节，也为自身计，觉得不觐见说不过去，于是屡屡登门造访，但都被刘伯温谢绝。青田县令于是身着便衣，扮成游学的先生登门，刘伯温秉着斯文同骨肉的旨趣，便让家仆领进门来，寒暄之后留饭。刚摆好菜肴正要入席，青田县令憋不住说出自己的真实身份，刘伯温顿时大惊，朝县令一揖说道：“山民刘伯温见过县令大人。”言毕进到里屋，再也不肯出来。经过这一次，除了乡邻，任何生人他都不见了。

尽管刘伯温如此谨慎，但他还是惹来了大祸，差一点让朱元璋砍了脑袋。南田有个地方叫淡洋，一直是个盐贩聚集、盗贼出没的地方，海盗方国珍就是在那里起事的。刘伯温还乡之后，淡洋的治安状况并没有改善，仍然是个土匪窝子。为家乡计，亦为朝廷计，刘伯温便委托儿子刘琏给皇帝上书，建议在淡洋设立巡检司，调派军队驻守，使奸民无法在此作乱。

这封信没有通过中书省，而是直接送给了朱元璋。尔后朱元璋将这封信批到中书省处理。时任左丞相的胡惟庸，看到这封奏书，心里头便很不是滋味。当初，刘伯温在朱元璋的面前进言，说胡惟庸既无宰相之才，亦无宰相之德。不知何故传到了胡惟庸的耳朵里，胡惟庸早恨得牙痒痒的，巴不得生吃了他，只是找不到机会而已。拿到刘琏的信后，他便找来心腹密谋报复之计。

不久，被胡惟庸派往青田调查的兵部官员回来，向朱元璋上奏了调查结果。说是刘伯温夜观天象，看到淡洋这块地方有王气，便想在这里建造自己的墓地，以利后代。但淡洋居民极力反对不肯迁出。刘伯温想借朝廷之力，设巡检司以驱民。

明眼人一看便知，这是胡惟庸的构陷。这位奸相太了解朱元璋了，大明的开国皇帝什么都不怕，唯独担心的，就是说某地出了“王气”。如果说别人占了王气，朱元璋也不至于紧张，但是刘伯温欲占王气，这就是天大的事了。朱元璋一看到这份调查报告，顿时暴跳如雷，不问青红皂白，即行下旨褫夺刘伯温的俸禄。

圣旨到达南田之日，刘伯温诚惶诚恐，一天也不敢在家呆了，即刻动身，前往南京向朱元璋当面谢罪。朱元璋在气头上，也不召见。刘伯温便以待罪之身，客居京城3年有余。在这期间，胡惟庸深得朱元璋信任，取代汪广洋而独揽相权。刘基得知消息后，对儿子说：“我早就看出胡惟庸不是好人，如果我的话不灵验，那便是苍生的福气。”

风烛残年的刘伯温，面对一个记恨于他的皇帝，一个欲置他于死地的宰相，可谓凄风苦雨度日如年，不久病倒于客邸。胡惟庸听说后，假传圣旨，指派御医前来问诊。据说吃了御医的汤药之后，腹中便长了一个拳头大的石头。在今天来看，这也许是一个肿瘤。但是，在明代，若药物之后而生肿块，便叫“中蛊”。睚眦必报的胡惟庸，欲假郎中之手夺取刘伯温的性命。腹中肿块越来越大，刘伯温知道自己不久于人世，于是在洪武八年（1375年）三月上书朱皇帝乞求返还故里，朱元璋批准同意。刘伯温回家不到一个月，便撒手尘寰。

看尽西风木槿花

在《郁离子·多疑与侥幸》一节中，刘伯温这样写道：

> 郁离子曰：多疑之人，不可与共事；侥幸之人，不可与定国。多疑之人，其心离，其败也，以扰；侥幸之人，其心汰，其败也，以忽。

前面已经说到，《郁离子》是刘伯温用寓言的形式，讲述他安邦治国析理论道的一部奇书。全书 188 篇文章，智慧的光芒无处不在。设若刘伯温没有遇到朱元璋而老死山中，有这一部《郁离子》，他照样可以作为一名杰出的思想家而名垂后世。但是，大凡智慧超群的人，绝不甘于仅仅著书立说，而是想亲自参与天下的治理、社稷的重造。刘伯温也不例外。在《郁离子》的结尾，刘伯温这样表述：

> ……欲以富贵为乐，嬉游为适，不亦悲乎？仆愿与公子讲尧禹之道，论汤武之事，宪伊吕，师周召，稽考先王之典，商度救时之政，明法度，肆礼乐，以待王者之兴。

可见，刘伯温不仅仅想当军师，更愿意当伊尹、吕尚、周公、召公一类的贤相，辅佐明君成就帝业。这一理想他只完成了一半，即帮助朱元璋拿下江山。至于治理天下的另一半理想，他却无法完成。个中原因不在他，而在朱元璋那里。

刘伯温的可贵之处，在于他看出朱元璋的魄力及才能超迈群雄，是值得辅佐之人。他的遗憾之处，在于对“伴君如伴虎”这 5 个字认识不足。他不是不懂，他知道多疑与侥幸之人不可共谋国事，但他已将自己的全部理想都寄托到朱元璋身上了。五十而知天命，他在天命之年追随朱元璋效命王政。在这条路上，他走了 15 年，那是怎样的一条道路啊，既辉煌灿烂，又残酷凄冷；既轰轰烈烈，又战战兢兢。

有一种传说，刘伯温吃的蛊药，是胡惟庸接受朱元璋的密旨而安排的，但史无根据。倒是朱元璋每次接见刘伯温的后代，都要提这件事。说得最清楚的一次，是洪武二十三年（1390 年）的十二月

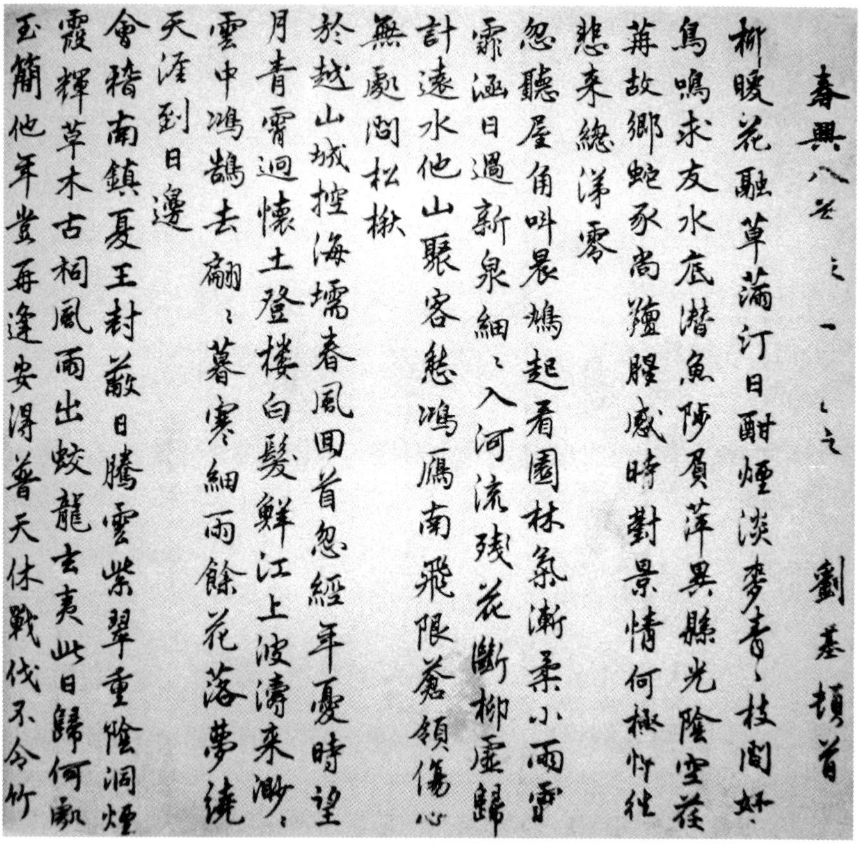
春興八首之一　劉基頓首
柳暖花融草滿汀日酣煙淡麥青青枝間好
鳥鳴求友水底潛魚陟負萍異縣光陰空荏
苒故鄉蛇豕尚羶腥感時對景情何極忭往
悲來總涕零
忽聽屋角叫晨鳩起看園林氣漸柔小雨霽
霏涵日過新泉細細入河流殘花斷柳虛歸
計遠水他山聚客愁鴻雁南飛限蔥嶺傷心
無處閣松楸
於越山城控海壖春風回首忽經年憂時望
月青霄迥懷土登樓白髮鮮江上波濤來渺渺
雲中鴻鵠去翩翩暮寒細雨餘花落夢繞
天涯到日邊
會稽南鎮夏王封蔽日騰雲紫翠重陰洞煙
霞輝草木古祠風雨出蛟龍玄夷此日歸何處
玉簡他年豈再逢安得普天休戰伐不令竹

刘基手迹

二十二日，朱元璋接见刘伯温次子刘璟时，当着众官员的面，说的一段话：

我到婺州时，得了处州。它那里东边有方国珍，南边有陈友谅，西边有张家。刘伯温那时挺身来随着我，他的天文，别人看不着，他只把秀才的理来断，倒强如他那等。鄱阳湖里到处厮杀，他都有功。后来胡家结党，他吃他下的蛊。只见一日来，和我说：“上位，臣如今肚里一块硬结胆，谅着不好。”我着人送他回去，家里死了。

后来宣得他儿子来问，说道："胀起来，紧紧的，后来泻得鳖鳖的，却死了。"这正是着了蛊，他大儿子在江西，也吃他药杀了。

朱元璋老提这件事，可能出于两层原因：一是他的确指使胡惟庸下毒，所以要作"此地无银三百两"的辩解；二是他真的与此事无关，反复申述，是想还自己一个清白。此事悬疑，姑且不论。但朱元璋对刘伯温的感情由浓转淡，由言听计从到猜忌日深，却是不争的事实。

天下未得的时候，朱元璋给刘伯温写信，都是以"顿首奉书伯温老先生阁下"起头。由此可见，他在心中是把刘伯温摆在老师的位置。但是，当了皇帝后，他再给刘伯温写信，便去了"老先生"三个字，换成了"尔刘基"。特别是刘伯温死前一个月收到的《御赐归老青田诏书》，开头就盛气凌人："朕闻古人有云：君子绝交，恶言不出；忠臣去国，不洁其名。尔刘基括苍之士……"

未遇明君之前，刘伯温嬉笑怒骂皆成文章；遇上朱元璋之后，他变得谨小慎微、一饭三省。垂暮之年，刘伯温反思自己的生命际遇，写过《无题》三首，今录其第三：

黄鹄高飞云路遐，野凫谋食但泥沙。
山中樗栎年年在，看尽西风木槿花。

当生命如樗栎无人看重的时候，便会想着如何去当人人夸奖的栋梁。一旦当上了栋梁，回头一看，还是樗栎逍遥自在。读懂刘伯温晚年的心路历程，能不感慨吗？

二

燕泥污我读残书

——记书呆子宋濂

宋濂像

朱元璋的《醉学士歌》

如果在开国皇帝中挑选大老粗，首选人物则是谁也抢不过朱元璋。他的口谕都是大白话。我曾开玩笑说，在中国第一个推广白话文的，不应该是胡适，而是他的前辈老乡朱元璋。但是，就是这么一位粗人，居然仿效屈原的骚体，写下一首《醉学士诗》，为了以下故事叙述的方便，现在全诗抄录如下：

西风飒飒兮金张，会儒臣兮举觞。
目苍柳兮袅娜，阅澄江兮水洋洋。
为斯悦兮再酌，弄清波兮水光。
玉海盈而馨透，泛琼斝兮银浆。
宋生微饮兮早醉，忽周旋兮步骤跄跄。
美秋景兮共乐，但有益于彼兮何伤？

诗中提到的宋生，便是侍讲学士宋濂。侍讲，顾名思义就是皇帝的老师。

朱元璋为何要为宋濂写这首诗呢？话还得从头说起。

却说洪武八年（1375 年）的八月中旬，江南已是一片醇厚的秋色。朱元璋心情大好，便率领一班词臣，登上京城西北狮子山上的阅江楼。面对川流不息的大江，有人呈上尹程创作的《秋水赋》给他看。他玩味一番，觉得尹程的文章虽对景生情，但言不契道。便决定自己另起炉灶，重写一篇《秋水赋》，以纠正尹程的谬误。这位朱皇帝说干就干，不消半日，就像泥瓦匠砌墙似的砌出一篇赋来。朱元璋自我感觉良好，便让侍候的大臣们唱和。既毕，还在兴头儿的朱元璋，又在阅江楼设宴款待。席间，他拿着大酒杯要宋濂喝酒，宋濂谦卑推让说：“臣不胜酒力。”朱元璋哪不知道宋濂不会喝酒？但他就是想看看他醉酒后是个什么样子，于是说道：“不会喝酒，畅饮一次又何妨？”宋濂再不敢推辞，于是被朱元璋连灌了三大杯，当时就醉倒在地不醒人事。在场的御医又是扎针灸，又是灌醒酒汤。宋濂几番呕吐才缓过劲儿。稍能动弹，便挣扎着给朱元璋磕头，诚惶诚恐地说道：“臣狼狈造次，有污圣目，望皇上恕罪。”看着面前这位已经66岁的老臣局促不安的窘态，朱元璋只觉得心里头爽得很。老虎的乐趣不仅仅在于生吃绵羊,还在于戏弄。于是,下令笔墨伺候，写下了这首《醉学士诗》。其时，距刘伯温去世不过4个月。

刘伯温未死之前，朱元璋警惕之心，搁在那位神机妙算的高人身上。刘老秀才咽了气儿，朱元璋便觉得眼前这位书呆子宋濂，也不可掉以轻心。

改变不当官的初衷

宋濂是金华潜溪人，后迁往浦江居住。他比刘基大一岁，在元朝没有出仕为官。元至正中期，就是刘伯温出任浙江学政之时，也有人举荐宋濂出任元朝翰林院编修。他以双亲大人年迈需要娱养为由，辞不赴任，并住进家乡的龙门山十余年。期间著书立说，收徒授课，声名播于遐迩。宋濂博闻强记，从少年时起就刻苦钻研上古典藉，先后求学于当时浙东闻名的大儒梦吉、吴策、柳贯、黄潜等门下。老师们都夸赞他是学问天才。

1360年的旧历三月初一，在南京（当时叫建康）的吴王府，朱元璋接见了“浙东四杰”。其时朱元璋在对陈友谅、张士诚、方国珍等几股军事势力的征战中，均处上风。虽然天下未定，朱元璋早已蓄下了问鼎帝座的雄心。所以，尽管战事频仍，他仍不忘网罗人才。刘伯温、宋濂、章溢、叶琛受到他的礼聘来到建康，这在当时被传为美谈。

此次会见的浙东四杰，刘伯温、章溢与叶琛是第一次被朱元璋召见，而宋濂则是第二次了。他第一次被朱元璋召见是 1358 年的腊月二十二日，这是朱元璋攻克婺州的第三天。这一天，朱元璋召聚当地的儒士代表 13 人，商量开设郡学，并请叶仪与宋濂两人担任讲授《五经》的先生。但学校的校长与教务长这两个官职却另外委派。可见，当时朱元璋对宋濂还不怎么了解，并没有想到要重用他。

稽诸历史，朱元璋大量招募文士进入他的幕府充任咨议顾问之职，是在他夺取婺州后开始的。其时，刘伯温、章溢与叶琛三人所在的处州尚在元军的控制中，刘伯温在青田老家写《郁离子》，章、叶二人尚在元朝守将舒穆噜伊逊的幕府之中。深受信任的吴王府中书省郎中陶安不止一次向朱元璋推荐这 4 个人。所以，当处州被攻克后，朱元璋便请这 4 个人来到建安会面。

这四人都非等闲之辈。有一次，朱元璋问陶安："这四个人和你相比怎么样？"陶安回答说："若论出谋划策，臣不如刘基；论文才学问，臣不如宋濂；至于治理百姓的才能，臣又比不上章溢和叶琛。"听了这番话，朱元璋对浙东四杰便寄予了极高的期望。

宋濂与刘基，都是大器晚成。他来到建康见朱元璋时，已经 51 岁。在人均寿命不到 40 岁的元末之际，这已是标准的暮年了。50 岁前，宋濂无意出仕为官，辞掉元顺帝要他担任翰林侍讲的诏命，便是一个明证。但他这一次为何改变初衷呢？我想大概是以下三件事情对他的触动：

第一件事，朱元璋打下婺州后，就下令禁酒，更不准酿酒。不久，他的爱将胡大海的儿子私自酿酒被人举报，朱元璋立即下令将胡公子逮捕并处死。这时，有人劝说朱元璋不要这样做，因为胡大海正在前线对元兵作战，若将他惟一的儿子杀掉，恐怕会让胡大海临阵倒戈。朱元璋说："我宁肯胡大海背叛我，也决不允许有人破坏我的指令。"他毫不通融，将胡大海的独生子斩首示众。

第二件事，婺州城中，有一个叫曾氏的女人，自称精通天文地理，对一些自然灾害和一些偶发的异常事乱加解释，蛊惑人心。婺州城中的人都很信她，认为曾氏是麻姑下凡。朱元璋听说后，派兵士将曾氏抓起来当众处死。

第三件事，婺州城打下来的第三天，朱元璋就下令恢复郡学。因为兵荒马乱，郡学已经解散了好几年，朱元璋以极快的速度恢复教育，使久违的读书声又在婺州城中响起。

第一件事证明了朱元璋的"言必信，行必果"，第二件事证明了他的"治难需用重典"的狠劲儿，第三件事证明了他的"重在教化"的贤君风范。目睹和经历了这三件事，宋濂这才下定决心投奔朱元璋。他同刘基一样，认准了朱元璋是个再造乾坤的真命天子。与其抗命落个身首异处的下场，倒不如跟着他做一点进贤修德的工作。

说到浙东四杰，最著名还是刘基与宋濂两人。但是，这两人的性格、学问差异很大。《明史·宋濂传》中将两人作比较时，有如下评述：

（两人）皆起东南，负重名。基雄迈有奇气，而濂自命儒者。基佐军中谋议，濂亦首用文学。受知恒侍左右，备顾问。

这里的文学，不是今天的文学艺术，而是涵盖了文史哲诸方面的经邦济世的学问。

帝王学的必读之书

据说朱元璋把四人召聚到吴王府中，说的最动情的一句话是："我为天下屈四先生。"须知说这话时，中国的皇帝还是元顺帝，他只是江南三大反元军事势力中的一支。但他俨然以皇帝的身份在说话了，四个人也都把他当皇帝。应该说，这一时期，是朱元璋与浙东四杰的政治蜜月期。在这个蜜月中，最为朱元璋所倚重的是刘伯温，其次才是宋濂。

宋濂被授的第一个官职是儒学提举。这个官职倒是符合宋濂的身份，但宋濂并不到衙门管事，他只是挂这个职衔，主要的工作是"授太子经"，就是当朱元璋的大儿子家庭教师。第二年，江南儒学提举的头衔被免掉，改任史官，担负起记录朱元璋日常言行的"起居注"的工作。对宋濂来说，这不仅仅是一个职务的变化，而是他被朱元璋宠任的表现。既然要写"起居注"，就得天天不离皇帝左右。如果朱元璋没有对宋濂产生好感，怎么可能让他形影不离地陪伴自己呢？

那么，宋濂究竟是怎样取得朱元璋的信任呢？

有一天，一大早朱元璋就派人把宋濂找去，劈头劈脑就问他一句话："帝王学，什么书最重要？"

宋濂不假思索地回答："《大学衍义》。"

《大学衍义》这本书，乃南宋真德秀所著。真德秀号西山，浦城人，22岁中进士，官至兵部尚书，是南宋著名的理学家，被学术界视为朱子思想最重要的秉承者。他所编撰的《大学衍义》43卷，是推行孔子《大学》的奥义，从格物致知、正心诚意、修身、齐家四个方面征引经训，参证史事，旁采先儒之论，大旨在于正君心、肃宫闱、抑权幸。宋濂对这本书十分推崇，认为是皇帝必读的第一本书。斯时，朱元璋一门心思想的是如何当皇帝。而历代帝王师这一

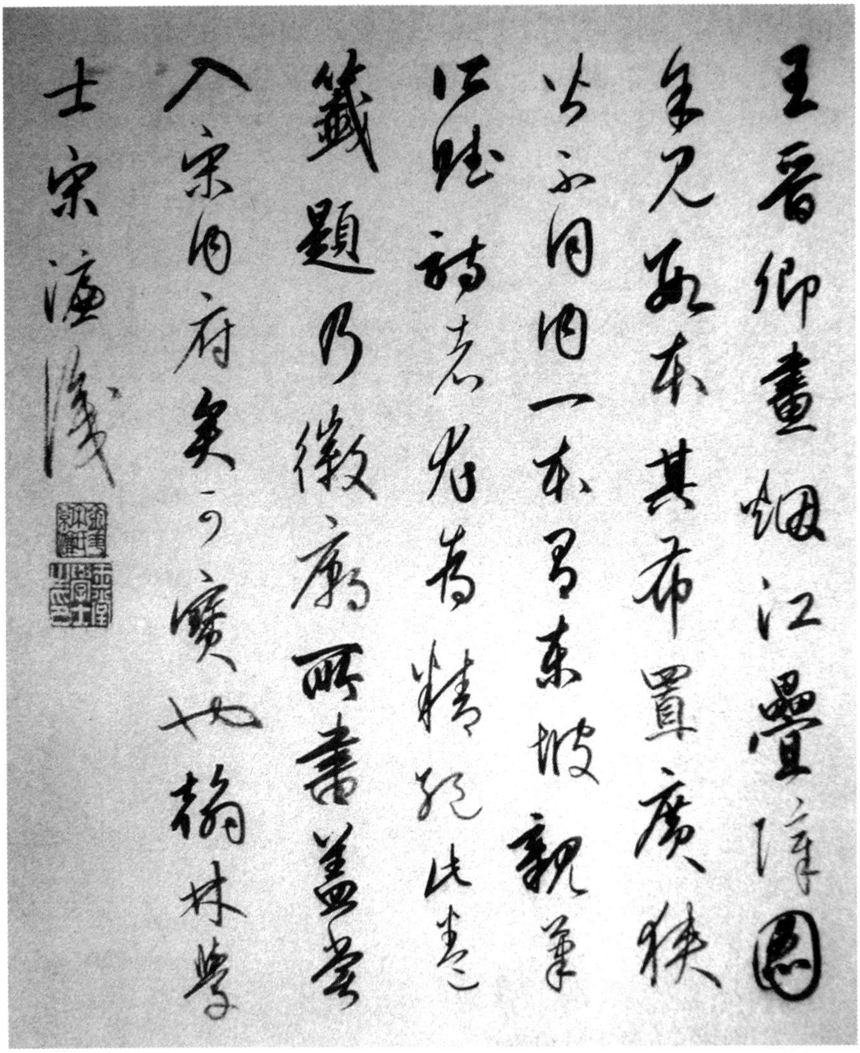

宋濂《王诜烟江叠嶂图》跋

角色，就是教人如何当皇帝。帝王师也必定是士林翘楚，胸藏韬略，学富五车，道德文章众望所归。在朱元璋眼中，宋濂就是这一类人物。所以，他才问宋濂这个问题。很显然，朱元璋对宋濂的回答不甚满意。也许他内心思忖："读一本《大学衍义》就能当皇帝，天下读书人个

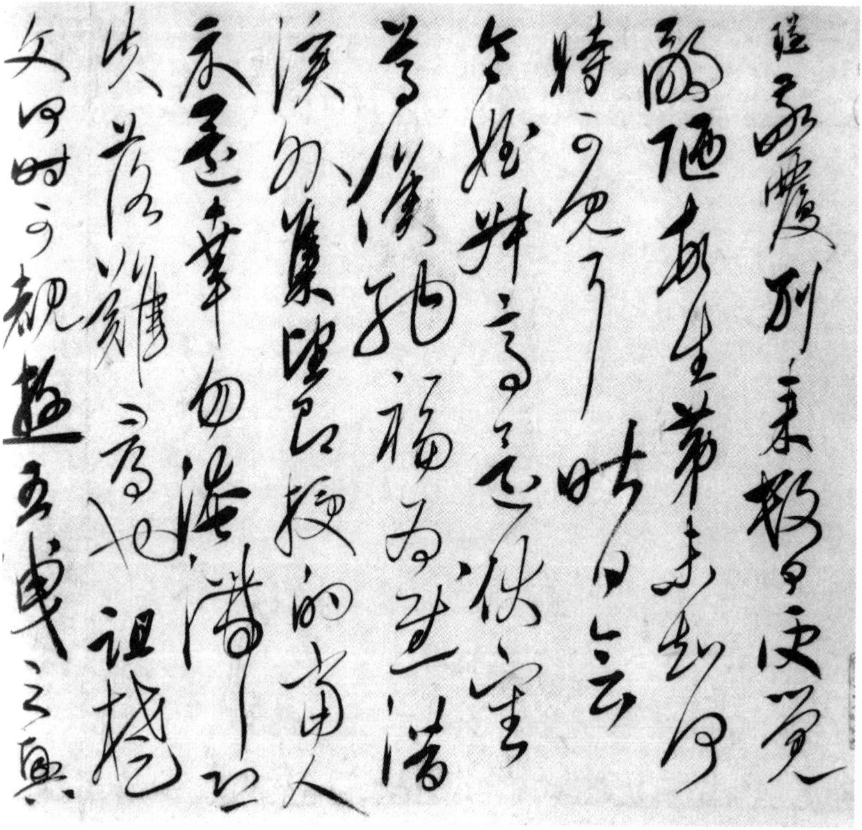

宋燧草书《敬覆帖》(局部)

个都读过这本书，岂不个个都能当皇帝？”宋濂看出朱元璋的心思，从容解释：“陛下能当皇帝，不是受命于天，而是因为深得天下民心。得民心者别无它途，惟在施仁政而已。《大学衍义》一书，将孔子之‘仁’阐发透彻。士子读此书，便懂得忠君孝悌，皇上读此书，便懂得教化风俗，淳育邦民。”

朱元璋是何等灵醒之人，一听这话虽属平常，却深藏奥妙，当下点头称善。也就明白了“帝王学”的知识来路。书还是那些书，只不过不同的人读了有不同的开悟、不同的效果。譬如妇人生孩子，有的生出了帝王，有的生出了囚犯……

也不必多说了，反正朱元璋同意了宋濂的观点，他当即决定将《大学衍义》全文抄录在勤政殿的两庑壁上。他听说宋濂的儿子宋燧书法不错，便下旨让宋燧抄写。父子同受恩眷，一时传为美谈。

艰难的洗脑工程

时下，某一个执政团队或某一位领袖上台，都会建立自己的思想库，或者叫智库。其执事者，应该是思想家一类的角色。他们参予国家制度的建设和重大事情的决策，将学问转化为政治，可谓功不可没。明代的翰林院，便是为皇上执政服务的思想库。

翰林院是各类社科人才的管理机构。人才都是从进士中选拔，凡选中的人，称为馆选，民间叫“点翰林”。被选中的人，清贵无比，是光宗耀祖的盛事。翰林院官职甚多，搞研究工作的，叫检讨；替皇上起草文件的，叫待诏；给皇上讲课的，叫侍讲……在这些官位上干得好的，升格为学士。学士也各种各样，有东阁大学士、文渊阁大学士、武英殿大学士、文华殿大学士等等。有了学士的资格，才能充当皇上或者太子的老师。皇上的老师叫太师或者太傅；太子的老师叫太子太师或太子太傅。到了这个级别，就可称为天下的文坛领袖了。朱元璋一朝，似乎没有任命过太师与太傅。大概是没有任何一个人敢称是这位开国皇帝的老师。刘伯温与宋濂，都是朱元璋恭恭敬敬称过先生的人。国有疑难，朱元璋向这两个人请教甚多。但即便是这样，朱元璋也从来不肯把太师的头衔赏给他们。宋濂最高的头衔是太子太傅，这也是洪武朝中惟独的一个。宋濂当了十几年的太子太傅，他同时教两个人，一是朱元璋，二是太子朱标。

宋濂的性格有点“迂”，或者说有点“倔”。他每次进讲或进言，都不看朱元璋脸色，而讲他认为应该讲的道理。有一次，朱元璋在端门口升座，把宋濂找来，要他讲《黄石公三略》。读过《汉书·张良传》的人，都知道黄石公这个神秘人物。正是他传了一部兵书给张良，使张良能够辅佐刘邦获得天下。朱元璋不止一次对人说："基，吾之子房也。"他认为刘伯温就是他的张良。奇怪的是，关于黄石公的事，他不去请教刘伯温，却叫宋濂来回答。

宋濂看出朱元璋一直对奇书秘籍感兴趣。这样下去，很容易走入旁门左道，不利于国家政治的健康发展。于是拱手答道："尚书、二典三谟、帝王大经大法毕具，愿留意讲明之。"

宋濂认为有利于社稷的正宗学问还是儒学，学不好儒学，便找不到治国的根本。还有一次，朱元璋就赏赐功臣一事征询宋濂意见，宋濂说："得天下以人心为本，人心不固，虽金帛充室，将焉用之！"在宋濂看来，治国须以人为本。若要让人民安稳，前提还得以人心为本。"得民心者得天下"，讲的就是这个道理。

以朱元璋刚愎自用的性格，能够在治国理念上听从宋濂的建议，实属不易。朱元璋特别迷信。他立国第二年，南京钟山上屡降甘露，有人说这是祥瑞，是真命天子上合天意下符民心的表现。朱元璋非常高兴，便命令群臣写《甘露赋》以颂其事。宋濂却一本正经地对朱元璋说："受命不在于天，在于人。休符不在于祥，在于此仁。春秋书异不书祥，为是故也。"朱元璋被扫了兴头，于是请宋濂讲《春秋左氏传》。宋濂说："《春秋》乃孔子褒善贬恶之书，苟能遵行，则赏罚适中，天下可定也。"

大凡开国之君，起于行伍，屡经杀伐，嗜血成性。宋濂数年来始终如一，向朱元璋讲述一个"仁"字，可谓是一个异常艰难的洗脑工程。政治家讲成功，思想家讲操守；政治家看效果，思想家看风气。这就是道统与政统的差别。

好在朱元璋从自身计，从家天下计，他接受了宋濂"仁治"的思想。

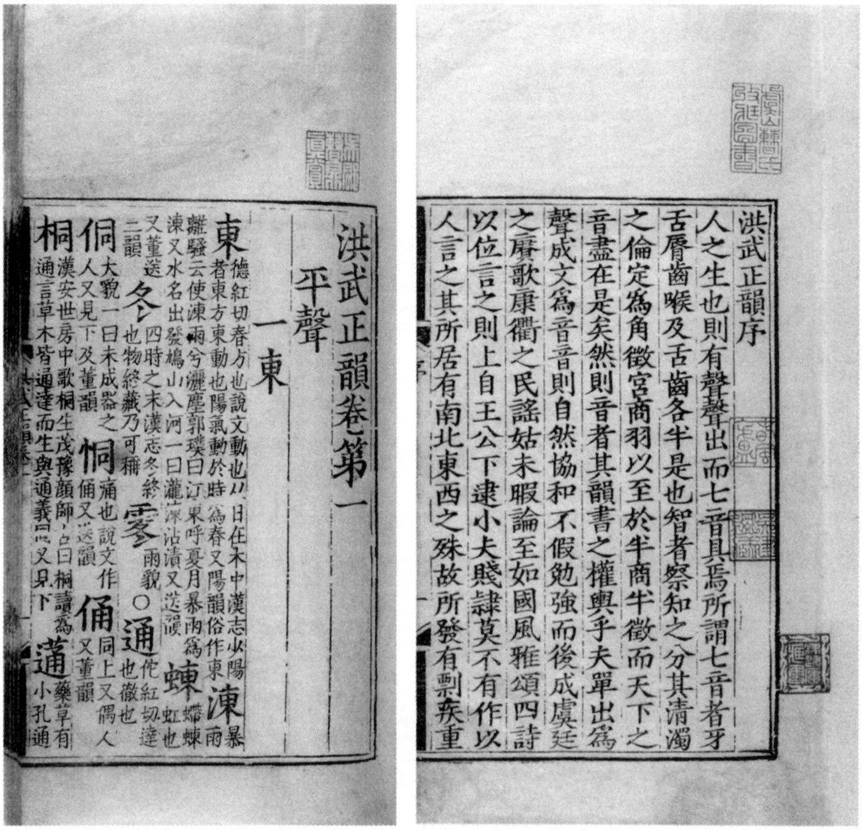
洪武正韻序
人之生也則有聲聲出而七音具焉所謂七音者牙
舌脣齒喉及舌齒各半是也智者察知之分其清濁
之倫定爲角徵宫商羽以至於半商半徵而天下之
音盡在是矣然則音者其韻書之權輿乎夫單出爲
聲成文爲音音則自然協和不假勉強而後成虞廷
之賡歌康衢之民謠姑未暇論至如國風雅頌四詩
以位言之則上自王公下逮小夫賤隸莫不有作以
人言之其所居有南北東西之殊故所發有剽疾重

洪武正韻卷第一
平聲
一東
東德紅切春方也說文動也从日在木中漢志少陽凍暴
者東方東動也陽氣動於時爲春又陽韻俗作東雨
離騷云使凍雨兮灑塵郭璞曰江東呼夏月暴雨爲蝀螮
凍又水名出發鳩山入河一曰瀧凍沾漬又送韻虹也
又董送冬四時之末漢志冬終零雨貌○通佗紅切達
二韻也物終藏乃可稱也徹也
侗大貌一曰未成器之恫痛也說文作俑同上又偶人
人又見下及董韻侗又送韻又董韻
漢安世房中歌桐生茂豫顏師古曰桐讀爲蓪藥草有
桐通言草木皆通達而生與通義同又見下小孔通

宋濂等编《洪武正韵》（明初刻本）

有一天，他带着大臣在西庑听完宋濂讲述《大学衍义》后，作了一个总结性的讲话，他说：

圣哲之君，知天下之难保也，故远声色，去奢靡，以图天下之安。是以天命眷顾，久而不厌。后世中才之主，当天下无事，侈心纵欲，鲜克有终。秦皇、汉武，好神仙以求长生，疲精劳神，卒无所得。若移此心以图治，天下安有不顺之理？以朕观之，人君如能清心寡欲，勤于政事，不作无益事以害有益。使百姓安田里，足衣食，

> 熙熙皞皞，天天快乐，此即神仙也。功业垂于简策，声名留于后世，此即长生不死也。夫恍惚之事难信，幽怪之事易惑，人君要谨慎所好，不入旁门。朕夙夜兢业，以图天下之安，岂敢游心于此？

从这段话来看，宋濂长期的游说还是起到了作用。朱皇帝接受了仁治思想，而仁治的核心，就是以人为本。

君道与臣道

研读历史不难发现，帝王师中学问好的人不在少数，而算得上思想家的人，却少之又少。一个时代有一个时代的正统思想，这个不可能随便改变。思想一乱，社会的困惑必然增多，这是统治者不愿看到的局面。所以，皇帝挑选老师，首要的标准是学问好而不是思想新。思想家多好标新立异，很容易被人斥为异端邪说。明代可以称为思想家的两个人，一个是王明阳，一个是李贽。两个人都当过官，但都屡受排挤。所以说，让思想家生活在道统中是可以的，若让其进入统治阶层，则两败俱伤，思想家的下场会更悲惨。

朱元璋欣赏的宋濂，若定其学术身份，他决不是思想家，却是优秀的学问家。这么说，并不是讥刺他没有思想，而是说他在思想上倾向保守。他是朱熹理学思想的继承者。因为他的原因，朱熹学说成为明朝自始至终坚持的正统思想。他毕生致力于儒学，重在阐发而不是拓展。但是，在他的阐发中，我们还是可以看到他独到的见解。

他有一篇文章《读宋徽宗本纪》，其中有这样一段：

> 徽宗爰自端邸入正宸极，呼吸雷风，舒惨旧荫，赫然有为，闻于天下。于是叙复正人，宏开言路，意臻时雍之治，以复祖宗之旧。

曾未旋踵，卒改所图，委政奸回，托国阉竖。鼎轴非据，节钺妄加。狐狸嗥于阙庭，鬼蜮潜于宫掖。置编类之局，树党人之碑。倡言绍述，挤陷忠良。虐焰炎炎，炙手可热。百僚侧足，四国寒心……

分析历代帝王的兴亡得失，给当下皇帝以警示，是帝王师最为重要的责任。宋徽宗好声色犬马，结果导致忠奸不分，黑白颠倒。宋濂讲述这段历史，是为了增强朝廷统治者的忧患意识与励精图治的精神。

剖析君道，他亦不忘研判臣道。对白居易的《长恨歌》，他有一个全新的解读：

乐天谪居江州，闻商妇琵琶，掩泪悲叹，可谓不善处患难矣。然其词之传，读者尤怆然，况闻其事者乎……余戏作一诗，止之于礼义，亦古诗人之遗言欤，其辞曰：

佳人薄命纷无数，岂独浔阳老商妇。
青衫司马太多情，一曲琵琶泪如雨。
此身已失将怨谁？世间哀乐常相随……

（题李易安所书《琵琶行》后）

相信世上人读《长恨歌》，觉得值得吟咏的是“同是天涯沦落人，相逢何必曾相识”这两句。但宋濂却认为白居易“不善处患难”，和一个早就失身的风尘老妇搅在一起悲悲戚戚，怎么说也是件掉身价儿的事。何况白居易是得罪了皇帝而遭贬的，这么发牢骚，更是不懂“伴君如伴虎”的道理。古人云：“君不密则失臣，臣不密则失身。”白居易若给朱元璋当臣子，写这首《长恨歌》，不遭杀身之祸那才怪呢？

关于所谓民间高人依附权贵屡屡乱政，宋濂亦相当痛恨。在《说玄凝子》一文的结尾，他写道：

> 先王之世，以左道惑众者，必拘杀于司寇。有旨哉，必有旨哉！

孔夫子痛恨“怪力乱神”，宋濂亦如是。所谓清明政治，就是不允许旁门左道者进入庙堂。宋濂独尊儒学，但他并不呆板。在《本儒解》一文中，他说：

> 儒者非一也，世之人不察也。有游侠之儒，有文史之儒，有智数之儒，有章句之儒，有事功之儒，有道德之儒……

把儒学分为7种，这么说，天下一多半的学问，都属于儒家了。

被朱元璋称作贤人

大约是洪武六年（1373年），也就是刘基遭胡惟庸的陷害，从家乡回到南京闲居一年多之后，朱元璋加紧了对大臣的控制。有一天早朝时，他让宋濂出列，当着众位大臣的面，他问宋濂昨夜做什么？宋濂回答说在家请朋友吃饭。朱元璋又问请的何人？吃些什么菜？喝的什么酒？什么时间散席？宋濂一一回答。

一番盘问之后，朱元璋笑道：“宋濂说的都是真话，卿不欺朕。”

朱元璋如此说，乃是因为他派出的监视宋濂的密探，已经将宋濂昨夜的行踪作了禀报。朱元璋利用早朝的机会发问，动机有二：一是检验宋濂是否忠诚，二是借此机会威慑其他的大臣。设想一下，如果宋濂说了假话。他的后果将会怎样？轻者贬谪，重者杀头。在他之前，已有不少大臣掉了脑袋，刘基监视居住，已是惶惶不可终日。

开国之后，最受朱元璋信任的两个人，武有徐达，文有宋濂。但就是这样两个人，依然经常受到朱元璋的监视和敲打。

宋濂自 1360 年投奔朱元璋之后，一直呆在朱元璋身边“备顾问之职”，只是在 1367 年因父亲去世回家守丧 3 年。洪武二年即 1370 年还朝，被朱元璋任命为编纂《元史》的总裁官。书成后，升为翰林院学士。

但是，当上翰林院学士后，宋濂也有两次贬官的经历。

第一次是洪武三年，因为有一次早朝迟到，被朱元璋训斥，降为编修。第二年，又因为没有及时就考祀孔子的礼仪向朱元璋上奏，再次贬谪为安远知县。用今天的官职作比较，等于是从正部级干部一贬为厅级，二贬为处级。由此可见，朱元璋对人苛严，再信任的人，只要犯下一点点过错，也必严惩。

一来是宋濂的天性使然，二来他深谙“伴君如伴虎”的道理。因此成为朱元璋的禁臣之后，宋濂谨小慎微到了极致。他每日到禁城上班，散班时，绝不带走一张纸片。朱元璋分封有功之臣，何者为王，何者为侯，什么人可当什么官，惟独只找宋濂一个人商量。那段时间，朱元璋与宋濂同宿大本堂，讨论通宵达旦。直到结果宣布之前，外人无从猜测。因此，宋濂知道的朝廷的机密最多，参予决策也最多。《明史·宋濂传》说到这一段，只有一句话：“濂力据汉唐故实，量其中而奏之。”但究竟采用了哪些汉唐故实，又如何“量其中”，则语焉不详。个中秘密，只有朱元璋与宋濂两人知道。两人一死，就谁也不知道了。

宋濂既居密勿之地，又是近侍重臣，很多人便想与他套近乎。但他和任何人都不表现出特别亲热。有人登门造访，千方百计想从他嘴中探得一点朱皇帝的口风，他都笑而不答。但他也从不会利用与朱元璋的关系而臧否人事。有一个叫茹太素的大臣，给朱元璋上

明太祖朱元璋像

了一份“万言书”，指斥时政，将朱元璋激怒而被打入诏狱。廷议时，宋濂不顾朱元璋的反感，为茹太素讲了一番好话。朱元璋一反苛严常态，当着众位大臣的面，发了一通感慨:“朕闻太上为圣，其次为贤、为君子。宋景濂事朕十九年，未尝有一言之伪，诮一人之短，始终无二。非只君子，抑可谓贤矣。”

朱元璋称宋濂为贤人，此前称刘伯温为“吾之子房”，对这两个人，他可谓赞赏有加。但是，朱元璋这种感情的热度，究竟能保持多久呢?

让人动容的君臣惜别

就在朱元璋称赞宋濂后不久，即洪武十年（1377）的正月，朱元璋同意宋濂退休回乡的请求。这一年，宋濂 68 岁。早在几年前，宋濂就以年事已高为理由，多次请求退休。朱元璋一直不肯答应。后来看到宋濂确实老迈，才终于答应。

应该说，在洪武九年的腊月，朱元璋就作出了让宋濂退休的决定，但拖延不宣布，是想留宋濂在京城过一个春节。过完年，在正月初六这一天，朱元璋将宋濂召进宫中，宣布了准予退休的决定。尔后问："爱卿今年多大年纪？"宋濂回答说："六十八岁了。"朱元璋吩咐内侍搬上早已准备好了的一套《御制文集》和几匹绮帛，对宋濂说："你把这些绮帛保存三十二年，到时候可做百岁衣。"宋濂听了非常感动，伏地哽咽感谢。朱元璋也很动情，走下御座上前扶起宋濂，嘱咐道："你回家要多多保重身体，每年最少得进京入朝一次，咱君臣也好叙叙旧、拉拉家常。"

这一个君臣依依惜别场面，在场的大臣看了无不动容，宋濂本人更是感慨万分。六天以后，在离开南京返回浦江的船上，宋濂写了一篇《致政谢恩表》：

翰林学士承旨，嘉议大夫、知制诰、兼修国史、兼太子赞善大夫臣宋濂，诚欢诚忭，稽首顿首上言：

臣闻生世而逢真主，仕宦而归故乡，此人臣至荣而愿者也。臣本一介书生，粗读经史，在前朝时虽屡入科场，却不能沾分寸之禄，甘终老于山林。今幸遭逢圣主，定鼎建业，特敕省臣遣使者致币，起臣于金华山中，俾典儒台，继升右史，侍经东宫，供奉翰苑。去岁钦蒙特除承旨，为文章之首臣。而次子璲擢中书舍人，长孙慎殿廷序班，一门三世，俱被恩荣。近者又荷追封祖父，亲御翰墨，宠以雄文，灿然奎壁之光，照耀霄汉。且怜臣年老，令致政还乡，又有冠服、文绮、宝楮之赐。鸿泽滂沛，不一而足，其高如天，其厚如地，其照临如日月，非笔墨能尽述。

臣诚欢诚忭，稽首顿首。钦惟皇帝陛下以布衣混一四海如汉高祖，以仁义化被万方过唐太宗。宵衣旰食，孜孜图治。欲使天下苍生，无一夫不被其泽。虽以臣之愚陋，无尺寸之功，亦蒙宠遇如此之至，铭心镂骨，誓不敢忘。自度无以效犬马之诚，惟朝夕焚香，上祝千万岁寿，并以忠勤教育子孙，俾世世勿忘陛下深仁厚德而已。臣无任瞻天仰圣激切屏营之至，谨奉表称谢以闻。

臣濂诚欢诚忭，稽首顿首谨言。洪武十年二月十二日，翰林学士承旨、嘉议大夫、知制诰、兼修国史、兼太子赞善大夫臣宋濂谨上表。

之所以全录这篇文章，是想让读者了解此时此刻宋濂的心情。文章中从三个方面表现了宋濂的良苦用心：第一，宋濂的大部份文章，都用词古奥，但这篇文章却明白如话。皆因朱元璋是大老粗，不喜欢别人给他的奏章中咬文嚼字，茹太素就是因为在上疏中敷设词藻、用典太盛，而遭到朱元璋的严惩。作为帝王师的宋濂，焉能不知道学生米桶的深浅？故放下身段，写了一篇“准白话文”。第二，文章中三次重复“臣诚欢诚忭，稽首顿首”，通过语无伦次来表达自己的感激涕零。天下文臣之首，真正懂得什么叫“大智若愚”。第三，反复强调朱元璋对他的知遇之恩，并发誓子子孙孙世世图报。但是，宋濂万万想不到，这篇文章竟一语成谶，宋濂晚年的悲剧，就出在子孙身上。

为何成了死囚

洪武十三年（1380）年，明王朝发生了几件大事：

一是正月初六，丞相胡惟庸以图谋造反的名义，被朱元璋下令处死。朝廷开始清理胡惟庸党，受到牵连的官员有 15000 多人。

二是正月十一日，朱元璋在南郊祭告天地后，宣布废除中书省的建置。中书省是宰相衙门。从此终明一朝，再没有宰相之设，皇帝直接管理六部。这体制有点像今天的美国，是总统负责制。

三是二月十一日，朱元璋让他的第四个儿子朱棣到北平就藩，朱棣被封为燕王，王府设在北平。

四是五月二十日，朱元璋命令翰林院儒臣编辑历代诸王、大臣、宦官中违法叛逆者共计 212 人的劣迹，编成《臣戒录》一书，颁发给朝廷内外各级官员，要他们以此为警戒。

五是十月二十一日，退休在浦江老家怡养天年的宋濂被押送到南京，送进诏狱拘禁。

曾是朱元璋最为宠信的天下文臣之首，为何变成了阶下囚呢？这一突来的变故，起因在宋濂的长孙宋慎身上。关于此，《明通鉴》上只记载了一句："慎坐胡惟庸党被诬，与濂季子璲俱下狱死。"此处称璲为季子，即为小儿子。而《明史·宋濂传》中又说："仲子璲最知名，字伯珩，善诗，尤工书法。"宋濂在《致政谢恩表》中又道："次子燧擢中书舍人。"三处记载不一。若以宋濂之说为准，则次子宋燧与季子宋璲并非一人。被朱元璋杀掉的应是季子宋璲，而非诗人书法家宋燧。

《明通鉴》与《明史》均记载清楚，言"坐胡惟庸党被诬"。既然是被诬，就是冤假错案。胡惟庸党 15000 余人，其中被诬的恐怕不在少数。朱元璋拿胡惟庸说事儿，借机排除异己，整肃官场。整个洪武十三年，京城一直陷在恐怖气氛中，多少大臣"人在家中坐，祸从天上落"。可谓人人自危，惶惶不可终日。凡逮进大狱的，不死也得脱层皮。由于宋慎，他的叔父宋璲也受到牵连，叔侄二人双双杖杀于狱中。朱元璋还嫌不解气，又把宋濂抓了起来。

既有今日，何必当初。朝中大臣都记得，洪武九年六月十九日发生的一件事。

那一天，67 岁高龄的宋濂被朱元璋任命为学士承旨，这是文官中最高的职衔。几天后，又任命宋璲为中书舍人，宋慎为仪礼序班。祖孙三代，均成为御前近臣，真可谓有明一代最为显赫的“文官第一家庭”。任命官职的那一天，朱元璋笑着对宋濂说：“爱卿为朕教育太子、诸王，朕也教育爱卿的子孙。”

这话说了不过 3 年，朱元璋就亲手将宋濂的爱子爱孙送上了断头台。而且，他也对宋濂下达了执行死刑的命令。

听说要处死宋濂，第一个反对的是朱元璋的太子朱标。他找父皇求情，希望能赦免宋濂。任凭朱标怎么流泪，甚至以死相抗，朱元璋不为所动。消息传到了朱元璋原配夫人马皇后的耳朵里，她连忙在朱元璋面前进谏：“平常百姓人家，为孩子请一个先生执教，还要按照礼教善始善终，何况是天子家里。宋先生住在浦江老家，怎么知道孙子在京城的事。还望皇上保全宋先生的性命。”朱元璋仍不为所动。正好那天马皇后侍候朱元璋饮食，两人吃饭时，马皇后既不陪酒，也不吃肉。朱元璋问马皇后为何什么都不吃，马皇后恻然说道：“我吃斋是为了替宋先生积德修福呢。”听了这句话，朱元璋放下筷子，沉默了一会儿，终于下达命令赦免宋濂死罪，让他全家离开浦江，迁往偏远的四川茂州安置。

第二天，宋濂从死牢中放出，在锦衣卫的押解下回到浦江。带着余下的家人，以待罪之身，凄凄惶惶地踏上前往茂州的道路。

一年后，72 岁高龄的宋濂，死在迁谪的中途夔州。

对于突遭的横祸，宋濂始终不置一词。晚年的刘伯温，身陷困厄，还时时借景生情发点牢骚。宋濂却甘愿做哑巴，洋洋 4 巨册的《宋濂全集》，找不到只言片语述说此事。哪怕连隐喻、暗示都没有。他

马皇后像

讥刺白居易不懂臣道，所以借老妓女的沦落以自况。没想到，他的下场比白居易更惨，但他修炼到家，坚决奉行逆来顺受的策略。

看了刘伯温的下场，可以流泪。看了宋濂的下场，却是泪也流不出来了。

是谁污了残书

检视宋濂的一生，他最快乐的时光，应该是50岁出仕之前，在故乡收徒授课的那段光阴。孤灯之下，砥砺学问，山中岁月，书本娱心。他写过一首《长白山居图》：

> 满地风云称隐居，燕泥污我读残书。
> 五更风急鸟声散，时有隔花来卖鱼。

何等适意，又何等悠闲。我看，污了宋濂残书的，不应该是燕泥，而是朱元璋。

三

深愧渊明与孔明

——记硬骨头方孝孺

方孝孺像

朝廷请来的国师

1398年的七月初，在汉中府学担任教授的方孝孺，忽然接到来自京城吏部的特快专递，要他迅速进京担任新职。

这一年是洪武三十一年，开创大明王朝的朱元璋在当了30年皇帝后，于闰五月的初十在南京西宫去世，享年71岁。8天以后，他的长孙朱允炆即位，是为明朝第二位皇帝明惠帝。

朱允炆是太子朱标的儿子。朱标是法定的皇位继承人，但他寿命不永，于洪武二十五年（1392年）去世。朱标死后，朱元璋的精神受到重创。他一生中最喜欢的两个人，一个是他的结发妻子马皇后，另一个就是长子朱标，没想到这两个人都先他而去。朱标一死，究竟谁来当皇位继承人？朱元璋经过一番斟酌，决定不在众多的儿子中选拔，而是选定朱标的第二个儿子朱允炆。朱允炆生于洪武十年（1377年），他6岁时，哥哥虞怀王卒。朱标去世时，他已经16岁，而朱元璋已是65岁的老人了。朱允炆一直在他身边长大，他很喜欢这个孙儿，决定传皇位给朱允炆，因此很快就将其立为皇太孙。朱元璋这么做，并非出于祖孙之情，而是想为朱家后代订下“嫡长继大统”的规矩。

朱元璋在他的《遗诏》里说：

朕膺天命，三十有一年，忧危积心，日勤不怠，以期有益于民。奈起自寒微，无古人之博知，好善恶恶，不及远矣。夙昔忧虑，常恐不终，今得万物自然之理，其奚哀念之有！皇太孙允炆，仁明孝友，天下归心，宜登大位。中外文武臣僚，同心辅弼，以福吾民。丧祭仪物，勿用金玉。孝陵山川，因其故，毋改作。天下臣工，哭临三日，皆释服。诸王临国中，毋至京师。诸不在令中者，推此令从事。

这是朱元璋向他的臣民们颁布的最后一道圣旨。他除了以卑微的心态，向天下百姓作了一次简单的皇帝自述报告，重要的关节在于要天下归心，拥戴他一手挑选的接班人朱允炆。

21岁的朱允炆，就这样轻轻松松地得到了大明王朝的权杖。他上任的第一个月，就任命齐泰为兵部尚书，黄子澄为太常寺卿兼翰林学士。齐泰是朱元璋欣赏的兵部官员，对朝廷军事问题了如指掌。黄子澄是朱允炆的老师。将这两个人提拔起来，一为武官之首，一为文官之首。由此可见，朱允炆想迅速改弦更张，培植自己的势力。

这两个人刚一到任，在第二个月，朱允炆又让吏部火速召方孝孺进京。吏部移文刚一发出，朝中大臣都知道，朱允炆要为朝廷请来一位国师了。

宋濂称赞高足

在汉中府学教授任上已呆了6年的方孝孺，面对秦岭巴山之间的远离朝阙的局促之地，心中常生嗟叹。就在洪武三十一年（1398年）的立春日，他在府学斋房中写了《立春偶题》二首七绝：

万事悠悠白发生，强颜阅尽静中声。
效忠无计归无路，深愧渊明与孔明。

百念蹉跎总未成，世途深恐误平生。

中宵拥被依墙坐，默数邻鸡报五更。

诗中透露的信息，是那种报国无门的书生忧患。妙就妙在“深愧渊明与孔明”这一句，若能学陶渊明归隐亦可自标高洁。不幸的是，自己还在为五斗米折腰；想学孔明辅佐圣君“鞠躬尽瘁，死而后已”，自己却在当一个无足轻重的教书匠。隐既不可，达亦不能，处两难之中，方孝孺竟有了那种“活人让尿憋死”的感觉。

如此说来，读者想必有兴趣了解方孝孺的来历。不妨在这里啰唆几句。

方孝孺出生在浙江宁海。在他出生的1358年，朱元璋已经攻克了婺州（今金华市），并聘请宋濂为府学教授。刘伯温正蜗居在青田家中，一面静观天下局势，一面写着他的《郁离子》。那是一个战乱的年代，方孝孺可谓生不逢时，但他自幼就显露出做学问的天才，每日读书盈寸。六岁时，他写过一首《题山水隐者图》的诗：

栋宇参差逼翠微，路通犹恐世人知。

等闲识得东风面，卧看白云初起时。

诗气尚弱，但对参差栋宇的追慕胜过对山水的迷恋，这种情绪几乎是与生俱来，贯穿了方孝孺的一生。

方孝孺11岁时经历了改朝换代。其时，他的生母已经亡故。如果“苦难是一笔财富”这句话当真，那么方孝孺应该是他的同代人中独占鳌头的超级富翁了。他从小失去母爱，但性格并不孤僻。洪武初年，他的父亲方克勤应聘出来做官，被派往山东济宁担任知府。《明史》中方克勤有专门的列传，被时人称为循吏。因为方克勤做事认真、爱民心切、奉公惟谨，一些与他共事的官蠹滑吏，因为捞不着好处，便很忌恨他。洪武九年（1376 年），方克勤因遭人诬陷，说他私用府仓中炭苇二百斤，被朱元璋下旨押解来京，打入诏狱。方孝孺曾经给朱元璋写信为父亲辩冤，并提出代父坐牢。该信被有关部门扣压没有上报。方克勤身陷冤狱大约一年后，被贬往江浦为吏。又因“空印案”再次遭衙吏诬陷，终被逮至京师伏诛。方克勤 46 岁应试做官，仅 5 年就因官弃市。他是洪武时期难得的执政为民的好官，却没有得到好报。一直随侍在侧的方孝孺，为父亲的冤屈撕肝裂胆。《明史》中用“扶丧归葬，哀恸行路”八个字来形容，说得简单，但可深味之。

遵父亲生前之嘱，方孝孺前往浦江从师宋濂。宋濂自洪武九年（1376 年）致仕后，在家乡龙门山中继续招纳弟子授业。在他的众多弟子中，方孝孺特别得到他的青睐。3 年后，当方孝孺学成归还故乡时，宋濂特地写了一篇文章送给高足。题目叫《送方生还宁海并序》，其中有这样一段：

> 凡理学渊源之统，人文绝续之寄，盛衰几微之载，名物度数之变，无不肆言之。离析于一丝而会归于大通，生精敏绝伦，每粗发其端，即能逆推而底于极，本末兼举，细大弗遗……
>
> 予今为此说，人必疑予之过情；后二十余年，当信其为知言，而称许者未过也。虽然，予之所许于生者，宁独文哉。

以宋濂谨言慎行的性格，决不会说过头的话。但他这篇文章对方孝孺赞赏有加，甚至说他所期望的，不只是方孝孺的文章。言外之意，他看到了方孝孺匡扶天下、协理阴阳的宰辅之才。

被朱元璋称为“庄士”

用“阶级斗争”的观念来说，方孝孺属于“黑五类”子弟。父亲是被镇压的“反革命”，按理说，他不应该期望有什么政治前途。但是，就这么一个家庭出身的年轻人，居然被朱元璋接见了两次。

第一次是洪武十五年（1382 年），即方孝孺的父亲被诛 6 年之后，也是他的老师宋濂在贬谪的途中老病而死 1 年之后，由于一位权势人物的推荐，朱元璋接见了时年 26 岁的方孝孺。接见时皇太子朱标在座。当经过一番接谈与询问，朱元璋觉得这个年轻人举止端正，且文采斐然。于是对朱标说：“此庄士，当老其才。”夸奖了几句后，就让方孝孺回了老家。

关于这次会见，方孝孺虽然没有得到实惠，但他还是显得兴奋，他写了一首诗纪其事：

汉家图治策贤良，董子昌言日月光。
自笑腐儒千载后，却劳圣主试文章。

朱元璋让他命题作诗以试其才，他自诩汉朝大儒董仲舒，可见自望甚高。

朱元璋第二次召见他是 10 年后的事情了。其时，太子朱标刚去世。朱元璋接见了方孝孺，对吏部官员说：“现在还不是起用方孝孺的时候。”这一年，方孝孺已经 36 岁了。为了解决生计，吏部还是给了他一个汉中府学教授的职位。

汉中这个地方，既是汉高祖刘邦的龙兴之地，又是诸葛亮进取中原的北伐基地，交通闭塞而风气醇厚。方孝孺在这里过了将近 6 年的安定日子，每日与学生们讲经说法，穷诸学问。这 6 年有两件事值得一记。第一，蜀献王钦慕他的学问，聘请他担任世子的教授。

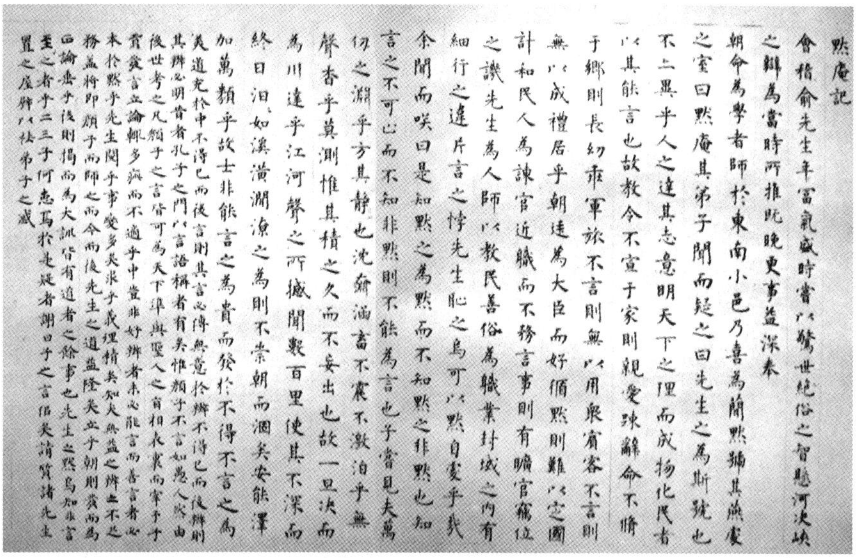

方孝孺《默庵记》

蜀献王是朱元璋的第十六个儿子，封王后入藩成都。皇帝的长子叫太子，藩王的长子叫世子。方孝孺教导蜀献王世子，以道德仁义为尚，深得蜀献王赞许，将他的书房取斋号为“正学”。所以，后世也称方孝孺为“正学先生”。第二，方孝孺说服蜀献王，将他老师宋濂的尸骨从夔州迁往成都安葬，并对宋濂存活的家属给予优待。

朱允炆登基不到两个月，就急召方孝孺进京。他起用方孝孺是否是朱元璋临终前的特别交代，已不得而知。但是，朱元璋在位时不把人才用尽，而为后世留一些足当大任的人才，这一点源自他“长治久安”的思想。这一策略，贯穿到各个方面，如矿山的开采、赋税的征收、漕粮的额度，他都留有较大的余地。一朝领导人不在他的手上将资源与人才用尽，让继任者不至于捉襟见肘无从展布，这也是“圣君”的风范。

不过，据《明通鉴》记载，朱允炆在东宫时，就听说过方孝孺的大名，知道他的学问在当世无出其右。朱允炆的父亲朱标，师从宋濂,方孝孺亦是宋濂的高足。如今,朱允炆要拜方孝孺为“帝者师”，这才叫父子师生两代情，帝家儒门两代承传的佳话。

方孝孺来到京城后，立即被朱允炆任命为翰林侍讲。侍讲，就是专门给皇帝讲授学问的官员。方孝孺一生的荣耀以及一生的悲剧由此展开。

从洪武三十一年（1398 年）的夏天开始，齐泰、黄子澄、方孝孺三个人，便成为朱允炆身边的核心智囊。单说智囊尚为不确，应该说既是权力中枢又参予机密。齐泰黄子澄二人偏于执政，而方孝孺则成了朱允炆名符其实的“文胆”。

朱允炆登基时只有 21 岁,方孝孺正好比他大一倍,42 岁。这个“文胆”究竟给年轻的朱允炆灌输什么样的学问呢？研读方子儒的文集《逊志斋集》，便可知其大概。

道统谱序之人

宋濂秉承南宋朱熹的理学,因此他要朱元璋读的第一本书是《大学衍义》。朱元璋接受了宋濂的思想，因此程朱理学便成了明王朝的正统思想。作为宋濂的学生，方孝孺比老师似乎走得更远。他认为，孔子之所以发出“吾不复梦见周公”的哀叹，乃是因为他所处的春秋时代已经礼崩乐坏，他矢志“克己复礼”，复的就是周礼。方孝孺认为政治文明的最佳楷模是周朝的制度。因此，他对春秋之后的中国政治大都持否定态度。他 20 多岁时，在回答友人俞子严的一封信中，曾如此描述：

> 自宋亡以来，八九十年来，风俗变坏，延至于今世也。又不知古人倘在，视今世为何如也。每深居沉念，辄用慨叹，曷为而

见古人之遗风乎？

他所称赞的“古人之遗风”，指的便是周朝，在《周礼考次目录序》中，他指出：

> 周室既衰，圣人之经，皆见弃于诸侯。而周礼独为诸侯之所恶，故周礼未历秦火而先亡。吏将舞法而为奸，必藏起法，使民不得见。使家有其法而人通其意，吏安得而舞之？周之制度详矣，严上下之分，谨朝聘之礼，而定其诛赏。教民以道，使命以义，恤邻而遵上，此尤战国诸侯之所深恶而不忍闻者也。

大凡志行高洁者，都有执古而薄今的倾向。此种人，沉稳而趋保守，坚守大于变通。方孝孺认为周朝是“以德治国”的楷模，对秦以后历朝倡导的法制，他认为是舍本求末，不值得借鉴。这一观点，在他的著述中多次提到：

> 药石所以治疾，而不能使人无疾。法制所以备乱，而不能使天下无乱。不治其致疾之源而好服药者，未有不死者也。不能塞祸乱之本而好立法者，未有不亡者也。（《深虑论之二》）
>
> 治天下有道，仁义礼乐之谓也。治天下有法，庆赏刑诛之谓也。古之为法者，以仁义礼乐为谷粟，而以庆赏刑诛为盐醢。故功成而名不病，弃谷粟而食盐醢，此乱之所由生也。（《深虑论之五》）

在方孝孺看来，治天下之道，德为本，法为末。德可以使人去欲，法只能制人之欲。这种观点，仍是朱熹“存天理，灭人欲”理学核心思想的翻版和阐释。

方孝孺受宋濂的影响，20多岁形成了这种“重德轻法”的观念，而且一生坚持。他当上“帝王师”之后，试图以这种思想指导朱允炆重建治国方略。在遵朱允炆之命写的《基命录序》一文中，他将自己的思想推向极致：

智力或可以取天下，而不足以守天下。法术可以縻当世，不足以传无穷。有以取之而不知守成之具，虑止乎旦夕而不为久远之图。为己则难以言智，为民则难以言仁。夫岂善为天下计者哉！

商周圣王，舍智力而不用，而必本乎仁义；舍法术而不恃，而必养民以道德。积之以奕世之勋劳，藉之以数百年之忠厚。圣人之才为亿兆所戴，其心犹凛然。若不能当天之心，行民之所愿，除民之所恶，唯恐有所弗及。既受命于天矣，而所以保其命者，益谨而弗懈，其传序之远也，岂不宜哉！

后世人主，祖宗积垒之素，既不若古之人，取之以侥幸而欲守之以智力，縻之以权诈而欲传之以法术，此秦隋以来之君所以陨性偾国者相属也。

在方孝孺看来，自秦隋以来的人主，都是靠权诈与法术而取得天下的。如果坐上皇帝位后，继续以权诈与法术来维持统治，则绝不会传之久远。单从道理上讲，这绝对没有任何错误。方孝孺所指斥的权诈与法术，即庄子所讥刺的“机心”，亦是老子忌讳的“伪”，孔子痛恨的“怪力乱神”。由这些大智慧所构筑的道统，一代代都有人来维护它、发展它。汉朝的董仲舒，北宋的二程，南宋的朱熹，明初的宋濂、方孝孺，都是道统谱序中人。但是，问题的关键在于：“心机”之于人，是如影随形；法术之于世，是无处不在。世上的事情，仅凭学问是处理不好的。历史上，凡是讲求学问的皇帝，都是被后世讥为“秀才皇帝”，在他们手上，社稷江山总是难以达到大治。

方孝孺的学问好，心思也正。但遗憾的是，他所处的时代，没有他的学问赖以生存的土壤。

秀才皇帝的盲目乐观

在方孝孺赴京将近一年之际，即建文元年（1399 年）的七月初四，一直在北平燕王府中装病的燕王朱棣，突然在东殿升座，对聚齐在西厢的亲信宣布，自己病体康复，为朝廷社稷计，他决定兴兵勤王，率军攻打南京，提出的口号是“清君侧”。君之侧，即明惠帝朱允炆身边，究竟有哪些人被朱棣视为“奸党”呢？打头的还是齐泰、黄子澄二人。这两人帮助朱允炆制订了一个“削藩”的计划。而众多藩王中，最具威胁力的就是燕王朱棣。面对这一局势，朱棣先是装病，当他得知侄儿朱允炆已对他下达了秘密逮捕令后，决定反抗。

这一场战斗先后打了 4 年，史称“靖难之役”。朱棣初起兵时，朱允炆并没有想到事情的严重性，他将紧急军务统统交给齐泰、黄子澄处理，自己每日与方孝孺讨论《周官》的制度，商量国家的政治体制改革。经过一年的磨合，朱允炆对方孝孺的尊崇与依赖大为增强。方孝孺几乎无日不呆在他的身边备作顾问。每逢读书遇到疑难，就请方孝孺讲解。临朝处理政务，与大臣商量国事，他也要方孝孺坐在丹墀下的屏风前，随时批答。

应该说，朱允炆秉承了父亲朱标的儒雅性格，骨子里存在着一种悲天悯人的精神。这种气质来自他的奶奶，即朱元璋的原配夫人马皇后。朱元璋之所以选定朱允炆继承皇位，除了要坚持“嫡长承祚”的制度外，他对朱允炆的欣赏不能不说也是一个重要的原因。朱元璋是一个“武治”皇帝，他很希望自己的孙儿能当一个继往开来的“文治”之君。以他的睿智，不可能不知道朱允炆“雅”有余而“威”

不足。这种人，可处顺世而不可处乱世，可养君子而难制枭雄。基于这一点，朱元璋在位时，就将他认为可能给继位者造成障碍的“枭雄”尽可能诛除干净，这就是帮着他打下江山的建国功臣几乎被一扫而空的原因。但是，令他意想不到的是，院子外的“枭雄”诛除干净了，家里头的“枭雄”却是个个儿都在。有问鼎皇座野心的儿子，少说也有三四个。朱元璋心再狠，也不至于说拿起屠刀剐了自己的骨肉。倒是黄子澄看到这一点，劝朱允炆立即“削藩”。但黄子澄是优秀的词臣而非老辣的干臣，说起来一套一套的，话也在点子上，但做起来却把不住火候与节奏。用现在的话来讲，叫思想力还不错，执行力太过欠缺。

20 岁的“秀才皇帝”，本来心智就弱，加上内有清流，外有虎狼，其悲剧的下场是完全可以预见的。问题的关键在于，朱允炆欲学他的爷爷举重若轻的执政技巧，什么大事儿都觉得没什么了不起。

当第一支讨伐大军从京城出发，朱允炆为了表示他的宽宏大量与优雅，他对部队的最高指挥官说：“你们打到燕京，不可胡乱杀人，你们总不至于让我背上杀害亲叔叔的恶名吧。”

在朱允炆看来，对燕王朱棣的作战，胜利犹如探囊取物。他自认为自己是天下归心的皇帝，王师出征，必然所向披靡。这种莫名其妙的乐观情绪在京城中弥漫。钟山脚下的宫阙，依然散发着金色的魅力；秦淮河两岸的河房，更是弦歌如旧。但是，有谁知道，燕王的旌旄南指，会使金陵的王气黯然失色。

连出三计均未奏效

在战争的初始阶段，方孝孺也表示出极大的乐观。当朱允炆要求他按周朝制度改革朝政时，他显示出极大热情。建文二年（1400年），朱允炆敕旨修建的省躬殿建成。这座宫殿专门用来存放古书、《圣训》，类似于皇家图书馆与档案馆。大敌当前，朱允炆修建这座宫殿已属可笑。更可笑得的是，朱允炆仍不以军情为重，却把省躬殿的落成典礼当做头等大事来抓。他让方孝孺稽古三朝，按尚父所说的丹书宗旨，对殿内的一切陈设都撰写铭文，以取戒饬的作用。这有点像年轻的学生，见到格言警句抄下来贴到墙上，太小儿科了。

省躬殿建成不久，到了八月初一，叔侄之间的战争打了一年了，恰逢承天门遭遇一场火灾。方孝孺认为这是大事，天降灾咎，是人君有过失。再者，洪武皇帝朱元璋定下的城门之名也有问题。因此他提议将午门改成端门，把原来的端门改成应门，把承天门改成皋门，把前门改成路门。朱允炆一一准奏。

就在这时，忠于朝廷的官军与燕王的部队在河北、山东一带已经打了数十场战斗。战争开始，官军略占上风。但几个月后，燕兵渐渐掌握了战争主动权，而且朝廷中叛变的官员也渐渐多了起来。到了建文三年（1401 年）的三月，官军遭遇夹河之败，损失惨重。朱允炆这才意识到事情的严重性。他于闰三月初四罢免了齐泰、黄子澄的官职，表面上将他们贬出京城，实际上是让他们到处招募军士。

齐、黄二人离开京城后，方孝孺就不再只是一个讲述周礼，推行政治体制改革的顾问了。他开始在朱允炆的要求下过问军事。从建文三年四月至建文四年的五月，一年多的时间内，就当时的战事，他向朱允炆出过 3 次大计，但这 3 次大计均未奏效。建文四年（1402 年）的六月初八，朱棣率领的燕兵在接连攻克淮河、长江两道天险之后，挟如雷破竹之势，终于兵临金陵城下，驻扎在城郊的龙潭。

“奸臣”榜上名列第四

建文四年（1402 年）六月初八的晚上，南京城中潮湿燠热。昔日密管繁弦车辇相接的帝京，如今笼罩在战云之下，一片惊恐。手

黄子澄像

足无措的朱允炆在大内殿廷前徘徊。他已派人紧急召进方孝孺。当这位始终充满自信的帝王师匆匆走进内廷，在东庑的长廊见到朱允炆时，他多少有点黯然神伤，因为这里是他的老师宋濂向朱元璋讲述《大学衍义》的地方。如今物是人非，新一代的君与臣、学生与老师，将会在这里讲些什么呢？

看到方孝孺走近，朱允炆焦急地问："方先生，燕兵已入龙潭，朕该怎么办？"方孝孺问："陛下想怎么样？"朱允炆说："有几位大臣建议，让朕弃守金陵，前往浙江或湖、湘，以图重新振作。"方孝孺连忙摇头答道："君王怎么能够离开帝都呢？城中尚有二十万部队，我们只能尽力坚守，等待援军的到来。"朱允炆问："万一守不住呢？"方孝孺看了一眼朱允炆，凛然说道："就算是没有希望了，国君为社稷而死，也是正当的，是死得其所。"也许是方孝孺的正气让朱允炆感到了震撼，他颌首表示了同意。方孝孺又说："暂时的办法，是再派大臣以及诸王前往龙潭，与燕王讲和，以拖延他的进攻。陛下好等待勤王之师的到来。”

这一段话，记录在《明通鉴》上，600 年后重读，依然感到方孝孺的可亲可敬。在生死存亡的关头，他依然要他的学生坚定以身殉国的决心。明代的帝王师大都不幸，但方孝孺是最不幸的一个，可是他又是最幸运的一个。为什么这样说呢？因为朱允炆对他始终依赖，甚至可以用“言听计从”4 个字来形容。这样的皇帝实不多见。

遗憾的是，明惠帝朱允炆的悲剧就在眼前。方孝孺要朱允炆行使拖延术以待勤王之师。其时，朱允炆的股肱大臣王叔英与齐泰在广德募兵，姚善与黄子澄在苏州募兵，练子宁在杭州募兵，黄观在长江上游募兵。六月初十，朱允炆派人带着藏有密诏的蜡丸，分成数路遁出金陵，到各处催兵，但这些信使全部都被燕兵捕获。得到消息后，朱允炆与方孝孺执手流涕，两人知道大限将临。

六月十三日，燕军逼近金川门，谷王朱橞、李景隆打开城门迎接燕军。朱允炆见大势已去，下令纵火烧毁宫殿，而他自己下落不明。传言“帝从地道出，翰林院编修程济、御史叶希贤凡四十余人从”。

当天晚上，燕王就下达通缉令，金陵城中的大街小巷到处张贴告示，上榜的奸臣共有 29 人，前 6 位是：太常侍卿黄子澄、兵部尚书齐泰、礼部尚书陈迪、文学博士方孝孺、御史大夫练子宁、右侍中黄观。通缉令下达时，除方孝孺外，余下 5 人都在外募兵。所以，第一个泰然就逮的，是安坐家中等待这一刻的方孝孺。

3 年前燕王在北平起兵时，他的军师大和尚道衍（姚广孝）曾以方孝孺为托。道衍说：“城破之日，方孝孺一定不肯投降，希望殿下不要杀他。杀了方孝孺，天下读书种子就灭绝了。”燕王点头同意，因为他也听说过方孝孺，同当年的宋濂一样，是天下文臣之首。

六月十四日，燕王在祭拜了父皇朱元璋落葬的孝陵之后，回到

传说中的建文帝出家形象

宫中，命人将方孝孺从狱中提出。

诛灭十族的惨案

中国的文人，向来把气节看得比生命还重要。所以，大凡在国家危亡之时，殉国的文人比武人要多得多。明惠帝失国，为他殉乱的文臣多达400余人，而武臣则只有河北卫指挥张伦一人。殉乱文臣，最为惨烈的当数方孝孺。

却说方孝孺被捕前，就已在家换好了孝服。当他被带进殿中时，悲恸之声震动殿陛。

燕王朱棣之所以要将方孝孺带进殿中，是想借他的名气来起草自己登极的诏书。见方孝孺痛哭不止，朱棣走下丹陛，上前劝慰道：

"先生不要太痛苦了，我是效法周公辅佐成王。"

方孝孺怒问："成王在哪里？"

朱棣答："他已经自焚了。"

方孝孺又问："为什么不立成王之子？"

朱允炆只有两个儿子：太子文奎，少子文圭，此时都还年幼。

因此朱棣回答："他的孩子太小，现在国家需要一个可以担负责任的年长的君主。"

太子朱标共有5个儿子。大儿子虞怀王早夭，二儿子朱允炆就成了朱元璋钦定的太孙。朱允炆下面还有3个弟弟，分别被封为吴王、衡王、徐王，此时也都已就藩在外。

方孝孺的话，倒把朱棣给噎住了。他腼腆回答："这是我家里的事儿。"说着，他示意左右给方孝孺纸笔，恳切地说："诏告天下，非先生不可。"

方孝孺把笔扔在地上，一边哭一边骂："要杀就杀，诏书决不起草！"

依朱棣的性子，这时候早就手一挥，让人将方孝孺推出去斩首了事。但他还记得对道衍和尚的承诺，于是还想施以威胁，逼使方孝孺从命。他说："你一个人死是小事，难道就不怕灭你的九族吗？"

方孝孺呛道："就是灭了十族，你又能把我怎样？"

朱棣忍了忍，还是请方孝孺草诏。方孝孺拿过笔，在纸上大书"燕贼篡位"4字。朱棣终于歇斯底里爆发，在殿庭里咆哮起来，下令将方孝孺推到街市上，当众处以车裂分尸的磔刑。

方孝孺临危不惧，临死前写了《绝命词》一首：

天降乱离兮，孰知其由？

奸臣得计兮，谋国用犹。

明成祖朱棣像

忠臣报国兮，血流交流。

以此殉君兮，抑又何求！

呜呼哀哉兮，庶不我尤！

这一年，方孝孺46岁，这正是他父亲出来当官的年龄。他的4年帝王师生涯，由此画上了血腥的句号。

就因为他的“便十族，奈我何”这句话，不但他的九族诛灭净尽，朱棣更将他的朋友、弟子凑为十族，全部抓捕杀害。方孝孺的夫人、两个儿子、两个女儿全都罹难。从“灭门之祸”到“灭族之祸”、“灭友之祸”，一共被杀掉了800多人。终明一朝，再没有比这更酷烈的惨案了。

让人景仰的硬骨头

当年朱元璋去世，远在汉中的方孝孺听到噩耗，摒弃杀父的仇恨，写了一首《大行皇帝挽诗》：

睿哲君天下，恢宏德化新。
宵衣图治道，侧席致贤臣。
王气金台晓，仁风玉宇春。
忽朝云晏驾，率土泪沾巾。

以方孝孺这样的硬骨头，对朱元璋那样一个屡造冤案的开国之君，还抱有如此真诚的好感，这种文化现象，古往今来并不少见。大约每一位怀有“致君尧舜上，再使风俗淳”理想的读书人，都会在心中掂量君王的是非功过，然后作出感情上的选择。方孝孺服侍朱允炆忠贞不贰，碰到朱棣这样的强势人物也决不变节，这就是常被人不能理解的“愚忠”表现。纵观历史，道统之所以能够延续，就是因为有不少的人坚持愚忠。

方孝孺未显时，常常“深愧渊明与孔明”。其实不用惭愧，渊明不愿为五斗米折腰，是愚而不忠；孔明“鞠躬尽瘁，死而后已”，是忠而不愚。方先生又忠又愚，用自己的生命（同时让十族相陪），为历史留下一个让人景仰却难以做到的大丈夫的标本。

写到这里，我为方先生上一炷香。

四

大悲愿力应无尽

——记大和尚姚广孝

姚广孝像

生性嗜杀的和尚

大约在洪武六年（1373年）的秋天，一个名叫道衍的和尚到河南嵩山少林寺参访。他在寺侧的塔林转悠，缅怀那些已经圆寂的大禅师。突然，从斜侧的一座灵塔后转出一位头戴儒巾的方士，拦住道衍，劈头盖脸地说："你这位和尚好怪异！"

道衍一惊，追问："我怎的怪异？"

方士说："看你目如三角，形同病虎。虽穿着僧衣，但眉宇间杀气腾溢。你生性嗜杀，必刘秉忠之流。"

道衍听罢，并不诧异，而是拱手一揖，问道："刘太保遇到忽必烈，才成就一番事业。当今洪武皇帝才刚刚开创万世基业，改朝换代已经完成，我怎么会成为刘太保呢？"

方士一笑："不出十年，和尚当遇明主。"

这位方士名叫袁珙，是元末明初时期活跃于江湖的一位著名的相士。他与道衍和尚相会于嵩山的事，明史中有记载。他所说的刘秉忠，是元初的大政治家，此人原名刘侃，字仲晦，祖籍江西瑞州（今江西高安）。他祖上在辽国做官，遂定居邢州（今河北邢台）。金灭辽后，他的曾祖父又仕金，当过金朝的邢台节度副使。蒙古人灭掉女真人建立的金国，刘秉忠的父亲又归顺蒙古人，在邢州元帅府中担任军职。刘秉忠长到18岁，便依靠父亲的关系，在邢州节度府里当了一个小官。

刘秉忠属于班超一类的人，胸有大志，不甘于当一名受人驱使的刀笔吏，于是弃官归隐，上武安山当了一名道士。当时，有一名虚照禅师听说了刘秉忠的行迹，于是派弟子上武安山找到刘秉忠，对他说："不要当道士了，还是出家当和尚为好。"也许是慕虚照禅师的大名，刘秉忠真的就脱了道袍剃度出家。又过几年，居于漠北王府的忽必烈召见高僧海云印简。海云听说刘秉忠博学多才，便邀他一同前往。忽必烈见到刘秉忠后，一番晤对。刘秉忠侃侃而谈古今治乱兴亡之事，忽必烈深为赞赏，于是放归海云，而将刘秉忠留在身边参与军政大事，并令其还俗，赐名秉忠。从此，刘秉忠得以展露他的政治才华。1260 年 6 月 4 日，忽必烈在开平即蒙古大汗位，年号中统，取中原正统之意。4 年后，忽必烈又接受刘秉忠的建议，改年号为至元，取《易经》中"至哉坤元"之意。

刘秉忠精通周易，三式六壬遁甲之术，无所不会。儒释道三家学问，他都能融会贯通。忽必烈对他终生信用不疑，即帝位后，拜刘秉忠为光禄大夫、太保、参领中书省，也就是通常所说的宰相之职，可谓位极人臣。刘秉忠一生的三大功劳：第一是协助忽必烈夺取皇帝之位；第二是设计了元朝的典章制度；第三是主持设计并建造了元大都，即今天的北京城。中国大一统的政权建都北京，自元朝忽必烈始，在这一点上，刘秉忠功不可没。

比刘秉忠晚了 100 余年的道衍和尚，听袁珙夸他是"刘秉忠"之流，内心自然欢喜。数年之后，道衍和尚到了北京，还专门拜谒了刘秉忠的坟墓，并写了一首诗：

芳时登垄谒藏春，兵后松楸化断薪。
云暗平原眠石兽，雨荒深隧泣山神。
残碑藓蚀文章旧，异代人传姓氏新。
华表不存归鹤怨，几多行客泪沾巾。

刘秉忠著有《藏春集》，故称谒藏春，道衍觉得自己是刘秉忠的传人。他对刘秉忠身后的寂寞颇为不平。两年后，道衍随另一位高僧宗泐过镇江北固山，写了一首《京口览古》：

樵橹年年战血干，烟花犹自半凋残。
五洲山近朝云乱，万岁楼空夜月寒。
江水无潮通铁瓮，野田有路到金坛。
萧梁事业今何在，北固青青眼倦看。

宗泐是一个循规蹈矩的得道高僧，一看道衍这首诗，禁不住惊呼："此岂释子耶？"用今天的话说，即"这哪里是和尚说的话呀"！

和尚尚和，凡事阿弥陀佛，但道衍心中总有不平之气。用袁珙的话说，他是"嗜杀"之人。从这一点看，道衍倒真的不像是正经八百的和尚。既不像和尚，他为何又要出家呢？

吟咏与参禅的岁月

据《明史·姚广孝传》记载："姚广孝本为医家子，十四岁度为僧，名道衍。"

姚广孝出生于江苏长洲（今属苏州市）一个富裕的医家。他从小受到了良好的教育，少年时代，是在研读儒家典藏与修习诗词歌赋中度过的。但凡有异禀之人，天生就有叛逆性格，于不经意处，就做出了惊世骇俗的大事。姚广孝从小就有强烈的出人头地的念头，总想做第一流的大事，却不知如何一个做法。那一天，他上街闲逛，忽见一队人马过来，伞盖簇拥之中，肩舆上坐着一个和尚。那阵势、那派头，竟比地方上的县令出行还要威风。姚广孝大受刺激，心中忖道:“当这样一个和尚,竟比当官还强。”当下就跑到庙里剃度出家。

用今天的话讲,姚广孝这是行为艺术,但他并不是好出风头的愤青,而是敢作敢为的有志之士。在一般人看来,14岁的年龄,心智尚不成熟,何况是慕人豪华而出家,这事儿肯定长不了。事实是,姚广孝自当了道衍和尚之后,直到老死都是脚蹬僧鞋,身着袈裟。

姚广孝出家时,江南流民增多,尖锐的社会矛盾已经显现,但还不是兵荒马乱的年份。待到他20岁后,天下大乱,元朝的气数将尽。斯时,姚广孝的家乡为军阀张士诚所控制。当姚广孝蛰于古庙,以长夜的木鱼声拒抗一阵紧似一阵的杀伐声时,比他大了20余岁的宋濂与刘伯温已被朱元璋聘至幕府参与机务。而比他小了20余岁的方孝孺则刚刚出生,风声鹤唳、血雨腥风,成为这位神童无可更换的生命营养。

姚广孝14岁到44岁的这30年时间里,史载甚少,只说他曾师从道士席应真,“得其阴阳术数”之学,余则语焉不详。可那是天翻地覆的30年,也是改朝换代的30年。这期间 多少英雄人物起于草莽?但与朱元璋年纪差不多的姚广孝,却是平静度过的。这无论对于历史,还是对于姚广孝这样一位胸富韬略、智贯古今的人物来说,都是无法解释的奇迹。

在这种激浊扬清、除旧布新的历史转折期,三流人物只要机缘得当,都可叱咤风云,做出一流的事业。像姚广孝这样的一流人物,更应该是如鱼得水,如虎穿林。但是,这一时期的姚广孝,日子却非常平淡,从他的诗中可以看出:

瞑色连群壑,孤舟促去程。

寒山惟塔在,古路断人行。

弱燕风停舞,残农雨罢耕。

惭同问津者，奔走去余生。

（《次塞山》）

万里携妻去，危亡恨昨非。

身应随地葬，魂拟故乡归。

天末人家少，云深鸟道微。

抗之不可得，徒自泪沾巾。

（《黄三谪钦州死于途次哀之以诗》）

鸿雁池头落日低，倚筇吟望路东西。

云山尽处潮声歇，烟树阴边塔影迷。

江市有尘车过乱，野樵无约燕归齐。

水禽飞断千林静，不觉随钟度远溪。

（《江头暮归》）

第一首诗，勾勒出战乱年代的萧瑟和凄清；第二首诗，表现了动荡岁月中生离死别的哀恸；第三首诗，凸显了乱世中超然物外的禅家心态。

人住世上，为世所用，叫风云际会；反之，则叫生不逢时。元亡明兴的 30 年，尽管英雄辈出，但这个时代不属于姚广孝，他仍只是披着一袭僧衣的“病虎”，在吟咏与参禅中打发漫长的岁月。

“王道”与“佛道”

大约在洪武八年（1375 年），朱元璋下诏天下各寺院通儒的僧人来京入觐，经金陵大天界寺主持宗泐的推荐，姚广孝自苏州来到南京。《明史·姚广孝传》中记载此事：“洪武中诏通儒僧试礼部，

宗泐像

不受官，赐僧服。”

为何朱元璋要特别召见通儒的和尚呢？这一点，姚广孝在《般若波罗密多心经新注演义序》一文中有记载：

> 今圣天子诏令天下僧徒习通《般若心经》及《金刚》、《楞枷》，复诏取诸郡禅讲师僧会于大天界禅寺，校勘三经古注，一定其说。颁行天下，以广博持。于是天界住持宗泐等折中古注而释焉。

宗泐是朱元璋深为信赖的大和尚，正是由于宗泐的推荐，姚广孝才得以参加由朱元璋倡议的三经校注工程。这是姚广孝第一次为大明王朝做事，但做的还是和尚分内之事，即校注佛家经典。而且，他显然没有引起朱元璋的注意。第二年，三经校注完成，所有参加这项工程的和尚都赐僧服还山，姚广孝亦不例外，他有一首《京都送云海上人还山》可证此事：

朝辞魏阙返家林，秋到江南尚绿荫。
钟阜云归山寺近，石城潮落海门深。
僧中不有兴亡事，世上宁存去住心。
此别似难期后会，且留茶座抚孤琴。

从诗中可以看出，辞别帝都，姚广孝心中有排遣不尽的惆怅。这位道衍和尚，深知“僧中不有兴亡事”，但他偏偏爱说的，就是天下兴亡。李白来到黄鹤楼，感叹“眼前有景道不得”，是因为前有崔颢的题诗。姚广孝的“天下兴亡道不得”，是因为朱元璋没有问他。朱元璋在他面前“不问苍生问鬼神”，乃是因为朱元璋只把他当作一个诵经念佛的和尚。

姚广孝离开京师的这一年，正是刘伯温仓促返回家遽然死去的那一年，也是宋濂乞求回家养老的那一年。洪武八年（1375年）的南京，于不经意间，将这几位大明王朝的精英轻轻地剔除了。

姚广孝回到苏州太湖西山的海云院，在院中觅得一间小屋，取名莲花室。他日夕坐于其中，研习佛法。他有一篇《莲花室铭》，单道此事：

洪武九年春，衍奉旨还西山之海云院闻小室，奉弥陀画像于西隅。日夕面之西称念，无过客则终日危坐澄想。已名之曰莲花室焉……衍自少时知有弥陀教法，业深障重，虽发愿造修，或进而或退。兹年四十有八，死期将至，故痛自鞭策，要必往彼国莲花化生也。冀是花之有荣而无悴，因扁（匾）其室以自勉，乃为之铭……

从这篇短文中可以看出，姚广孝“奉旨还山”后，内心中受到的打击很大。刘秉忠碰到忽必烈后，先谈佛后论政，一拍即合。而朱元璋压根儿就没有和姚广孝谈论过政治。姚广孝感到自己苦等 30 余年，仍无法行“王道”，于是下决心归于“佛道”。年满 48 岁的他，忽然感到死期将至了。他发愿要往佛国往生，变成一朵“有荣而无悴”的莲花。

但是，这位打算在莲花室中终老其身的和尚怎么知道，几年后，还会有一番惊天动地的大事业等着他呢？

无愁应只为宾王

洪武十五年（1382 年）八月初十，朱元璋的结发夫人马皇后病逝，享年 51 岁。马皇后与朱元璋是患难夫妻，为人贤惠，在朝野上下威望极高。她的死，让朱元璋流出了平生最悲痛也是最汹涌的泪水。他命令所有就藩的皇子们都赶回来吊孝。九月二十四日，马皇后在孝陵安葬。丧礼之后，各路亲王都要回到藩地，燕王朱棣在回返北京时，他的扈从中多了一个人，这个人便是姚广孝。

关于这件事，《明通鉴》是这样记载的：

时诸王奔丧送葬毕，将还，上命各选僧一人侍从之国，为孝慈皇后修佛事。吴僧道衍，先以宗泐荐，名在燕府籍中，一见相契，燕王因奏请从行。道衍者，姚广孝僧名也。

宗泐向朱棣推荐道衍，大约是洪武九年（1376 年）的事。朱棣大约也是接受了道衍的，因此才有可能“名在燕府籍中”，但两人并未相见。朱棣就藩正是在洪武九年，其时 20 岁，离开父母前往北京，一住就是 6 年。这次回来，有了 6 年的历练，燕王已是飒爽英姿，威武有加。朱元璋对他的这位四皇子，内心也是充满喜爱。很显然，让诸亲王带一位和尚前往藩王府为皇母祈祷，是朱元璋的主意。但道衍跟随燕王，却并不是朱元璋的指定。

关于燕王与姚广孝的第一次相见，明人札记中曾有记录，说是燕王乍一见到姚广孝其貌不扬，便生厌弃。姚广孝把燕王叫到一旁，耳语一句：“殿下若是带我前往北京，我将送一顶大白帽子给您戴。”这是一句隐语，王字头上加一个白字，即是“皇”字。朱棣听了这句话，当即同意带姚广孝回北京。这种记载属于小说家言，不足为凭。但两人相见时，姚广孝已 54 岁，朱棣 26 岁。这样两代人的差距，燕王为何欣赏姚广孝，倒真是一个谜。

洪武十五年（1382 年）的十月初一，姚广孝跟随朱棣启程，乘船沿京杭大运河前往北京。上船后，姚广孝写了一首诗：

> 石头城下水茫茫，独上官船去远方。
> 食宿自怜同卫士，衣冠谁笑杂军装。
> 夜深多橹声摇月，晓冷孤桅影带霜。
> 历尽风波艰苦际，无愁应只为宾王。

比之 6 年前的“奉旨还山”，姚广孝此时的心情有了很大的改变。他不再有那种“坐老菩提树，翻残贝叶经”的枯寂心境，而是不计艰苦，决心辅助燕王成就帝业。“无愁应只为宾王”7 个字，透露了姚广孝心路的调适，以及对新环境、新生活的追求与期待。

出家人偏作兵家事

《明史·姚广孝传》载："（广孝）从至北平，住持庆寿寺。出入府中，迹甚密，时时屏人语。"这是说姚广孝到北京后与朱棣相处的情况，寥寥数语，已将两人非同一般的关系描摹深刻。

关于燕王朱棣与侄儿建文帝争夺皇位的故事，我在《深愧渊明与孔明》一文中已经阐述。现在我要补充的是，发生在公元1399年至1402年这四年间的"靖难之役"，既是燕王与建文帝的对决，也是姚广孝与方孝孺的较量。治国忌诡，用兵忌直，而方孝孺恰恰不懂诡术，以治国之道来行军事。姚广孝则不然，他虽然尊崇儒家的方正，但更懂得变通。用兵的人，不讲公正只讲输赢，不求道德只求成功。姚广孝不仅认识到这一点，更可以说，朱棣之所以横下心来举兵讨伐建文帝，与姚广孝的日夕撺掇不无关系。

姚广孝写过一首诗《送袁廷玉》：

昔游西崦喜随君，马上清吟思逸群。
早过道陵同溺雪，暮栖梵刹共眠云。
泉头扫石琴三叠，谷口寻花酒半醺。
今日相逢又相别，到家勿惜寄音闻。

袁廷玉即袁珙。若以诗论，这算不得好诗，但这诗的背后，却藏了一个表现姚广孝诈术的故事。

如果说洪武十五年到洪武三十一年(1382—1398年)这16年间，姚广孝住在北京做了些什么，可以说，除了日常佛课之外，他只做了一件事，就是鼓励朱棣造反，与侄儿建文帝争天下。

据说，朱棣起初对举兵之事犹豫不决。为了使其增强信心，姚广孝请来20多年前在嵩山认识的老友袁珙，请他为燕王看相。朱棣混迹于一群大兵之中，袁珙一眼将他认出，并说出他有皇帝之命，年届44岁时将登大位，当一个垂诸后世的太平天子。

袁珙的话，对朱棣起了一定的作用。中国古代，人们普遍信奉君权神授的说法。而一些神秘职业者，诸如相面、风水、卜卦等，往往充当君与神之间的桥梁。袁珙所言，被朱棣看做是吉祥的神示，这对他坚定信心大有裨益。

却说建文帝登基之后，便接受黄子澄的建议，实施削藩计划，即将朱元璋分封的各路亲王全都撤其爵禄或易地安置。这些亲王都是建文帝的叔叔。24位藩王中威胁最大者，首推燕王与秦王。但对这两个位高权重的亲王，建文帝却不敢轻易下手。他上任后仅3个月，就下旨削夺了周王的藩封，接着又先后逮捕齐王朱榑、代王朱桂、岷王朱楩等人。周王朱橚是朱棣的同母弟弟，削藩自他开始，可谓敲山震虎。朱棣心存恐惧，于是装病，躲在燕王府中不与外界接触，但暗中在招兵买马，伺机反扑。

在这期间，姚广孝是唯一能够为朱棣出谋划策的人。朱棣对姚广孝，可谓言听计从。"靖难之役"发动之前，有两件事或可一记。

第一件是朱棣已有心反抗建文帝，但仍担心得不到老百姓的支持。因为，建文帝毕竟是朱元璋亲自指定的接班人。中国人一向崇尚正统，身为藩王出兵反抗中央，难免有篡逆之嫌。当姚广孝劝朱棣尽管举兵时，朱棣说出自己的顾虑："民心向彼，奈何？"姚广孝当即回答："臣知天道，何论民心。"

在儒家看来，天道即民心，两者不可分。姚广孝此说乃兵家言，即不谈空道理，讲求实际效果。

第二件事更表现了姚广孝的机智。据说燕王在北京起兵誓师时，忽然来了一阵大风雨，誓师广场后的燕王府檐瓦嗽嗽坠地。朱棣见

袁珙像

此脸色大变，认为是不祥之兆。姚广孝生怕动摇军心，连忙站出来大声说道："这是好兆头、大吉祥，飞龙在天，从以风雨。这说明燕王起兵是上顺天意。至于燕王府上的黑瓦坠地，更是上天示意，燕王的房子不再是黑瓦了，即将换成黄瓦。"黄瓦是皇宫专用瓦。姚广孝这是向将士们暗示，朱棣要当皇帝了。

大悲愿力因无尽

历史上将朱棣与朱允炆叔侄之间这场权力争夺战，称之为"靖难之役"。朱棣称自己的部队为靖难之师。日后，他登上皇位大行赏封时，称受封的将士们为"靖难功臣"。我想，"靖难"二字，是朱棣强加给建文帝朱允炆的。这一词句难以表达那场战争的真实性，但相沿成俗，更改似乎已无必要了。不过，靖难一词的发明，倒真是帮了朱棣的大忙。这一功劳，可能还得记在姚广孝名下。

三年多的战争，姚广孝因年事已高，不能随朱棣驰驱征战。他留在北京，辅佐世子朱高炽镇守后方，筹集粮草。但是，朱棣每有疑难，还是驰书相问。靖难之役中，几乎每一场重大的战役，都有姚广孝的谋划，他实际担任了靖难之师的总参谋长。其重要性，可比拟于刘邦身边的张良，以及朱元璋身边的刘伯温。

战争初始，朱棣开局不利。大约两年多时间，南北二师互有胜负，战争处于胶着状态。姚广孝的心情，一直随着战争的态势而起伏变化。在靖难之役的第二年重阳节，留守北京的姚广孝对局势担忧，写过一首《九日感怀》的诗：

八月中秋不玩月，九月九日不登山。
可怜时节梦中过，谁对黄花有笑颜。

中秋不玩月，重阳不登山，表露出姚广孝对战事的关切。他一生的政治抱负，都寄托在朱棣身上，若朱棣失败，他也必将身败名裂。此一时期，姚广孝已完全摒弃了释家心态。他写过《常山王庙二首》，明说常山王张耳，实际是说他自己：

倏然一衲久忘情，际遇元君喜有成。
不恤苍生涂炭苦，肯来尘世立功名。

征南筹幄岂寻常，功烈应封异姓王。
黄鹤不归人世变，庙前松柏饱风霜。

如果说第二首还沾一点常山王的边，第一首则完全是自况了。他认为自己之所以重入尘世，乃是为拔除苍生涂炭之苦。常言说，出家人修山中法，芸芸众生修世间法，二者不可兼容。由释子而居庙堂的姚广孝，却认为两者是一回事，他在《题释迦佛出山相图》中指出：

> 六载功成便出山，顶旋螺髻耳金环。
> 大悲愿力因无尽，离世间还入世间。

在这里，姚广孝又拿释迦牟尼佛说事。认为佛家真正的大悲愿力，既在离世也在入世，因事流转，因人度化，应无定法。从中可以看出，姚广孝的嗜杀，在别的出家人看来是孽障，可是他却认为，嗜杀是济世的方式，亦是普度众生的方式，这就是大悲愿力。

关于姚广孝在靖难战役中的功绩，《明史》是这样评价的：

> 帝在潜邸，所接皆武人，独道衍定策起兵。及帝转战山东河北，在军三年，或施或否，战守机事，皆决于道衍。道衍未尝临战阵，然帝用兵有天下，道衍力为多，论功以为第一。

当了三代帝王师

靖难之役，以朱棣胜利而告结束。建文帝身边的重臣，大都被祸酷烈，方孝孺更是被诛十族。而朱棣身边的人，则一个个骤登显贵。作为第一功臣的老和尚道衍，在永乐二年（1404 年）四月以 75 岁的高龄，被朱棣封为资善大夫、太子少师。并恢复其俗姓，赐名广孝。朱棣还希望姚广孝脱掉袈裟，蓄起头发还俗，姚广孝坚持不肯。朱棣赐给他一处大宅第和两名如花似玉的宫女，他也全都谢绝。但当了资善大夫，却免不了上朝，为了照顾朝廷的颜面，姚广孝还是身着一品官员的衣帽。退朝后，仍回到寺庙，卸下官袍换上僧衣。

帮助朱棣夺取政权当上皇帝，是姚广孝一生最大的事业。朱棣登基后，姚广孝便日渐淡出朝政。他被任命为太子少师的第二个月，朱棣便给姚广孝派了一个美差，让他到松江、嘉兴、苏州、湖州四州赈济。临行前，朱棣对姚广孝说了一席话："人君一衣一饭都取自百姓、民产，怎么可以不体恤救济。君是父亲，民是儿子。作为儿子应当孝顺，作为父亲应该慈爱，各尽其道。少师前往，应体谅朕的苦心，不要为国家怜惜钱财。"

松、嘉、苏、湖四州，是姚广孝40余年的禅游之地，亦是建文帝的根基，一些追随建文帝的大臣多诞生于此。这四个州的百姓对朱棣多生抵触。朱棣派姚广孝前来赈济，可谓煞费苦心。此前，他曾调广西参政陈瑛来京担任都御史，专管缉拿建文帝旧臣。陈瑛心狠手辣，短短几年制造冤案无数。如果说陈瑛恶事做尽，那么，朱棣便想让姚广孝回到家乡大行善举。拿着中央财政的钱到家乡赈济，爱给多少就给多少，爱给谁就给谁，拿着朝廷的钱收揽人心，天底下还有比这更美的差事吗？这件事，可以视为朱棣对姚广孝尽心辅佐的回报。

永乐一朝，朱棣派给姚广孝的差事，除了这一件，还有三条可记：第一是辅佐太子朱高炽监国。从永乐三年（1405年）起，朱棣往来于南北二京，并多次带兵深入漠北与北元作战，治国事务交由太子处理，姚广孝协助。第二是永乐五年（1407年），皇长孙朱瞻基入书房上学，朱棣命姚广孝担任侍讲、侍读。这种安排，让姚广孝实际成为朱棣、朱高炽、朱瞻基三代皇帝的老师。终明一代，姚广孝这样的殊荣，恐怕绝无仅有。第三，敕令姚广孝与刑部侍郎刘季篪、

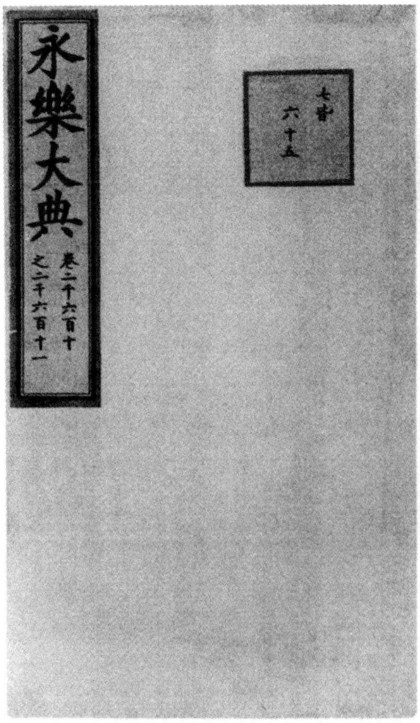

姚广孝等监修的《永乐大典》

文渊阁大学士解缙三人督修《永乐大典》。

这三件差事，姚广孝都只是牵个头，负领导责任。各有一帮臣子尽心去做。所以说，永乐二年以后的姚广孝，又回到和尚的位置上，做一些出家人分内的事。这期间，他写了一本在当世与后代都争议很大的小册子《道余录》。

拿二程与朱熹开涮

《道余录》这本书，是站在佛家立场上，对儒家的三位巨匠北宋程颐、程颢与南宋朱熹的排佛学说大加挞伐。在《道余录》序言中，姚广孝言辞凌厉：

三先生同辅名教，唯以攘斥佛老为心。太史公曰：世之学老子者，则绌儒学，儒学亦绌老子。道不同不相为谋，古今共然，奚足怪乎？三先生既为斯文宗主，后学之师范，攘斥佛老必当据理，至公无私则人心服焉。三先生固不多探佛书，不知佛之底蕴，一以私意，出邪诐之辞，枉抑太过，世之人心，亦多不平，况宗其学者哉！

姚广孝虽然通儒，但其学问根基在佛老。儒佛之争，在宋元两朝，一直未曾停歇。虽然帝王信佛是多数，但在读书人特别是大儒那里，对佛持批判态度的不在少数。朱元璋建国后，虽然尊崇佛教，但亦推崇儒学。他亲定朱熹学说为儒学正宗，规定天下士子必读。朱子思想上宗二程。这三个人的学说风靡天下，姚广孝欲伸佛学，以他的“嗜杀”的性格，首先想到的，必然是拿二程与朱熹开刀。他认为：二程遗著中有 28 条，朱熹语录中有 21 条，都是妄斥佛理，极为谬误，他遂逐条批驳。现摘录几则观其大概：

伊川先生（程颐）曰：学佛者难。吾言人皆可以为尧舜，则无仆隶不材。言人皆可以为尧舜，圣人所愿也，其不为尧舜是可贱也。故曰为仆隶。

逃虚曰：佛愿一切为众生，皆成佛道。圣人言又皆可以为尧舜。当知世间、出世间，圣人之心未尝不同也，伊川知此否？

晦庵先生（朱熹）罔论释氏多有神异，疑其有之。曰此未必有，便有亦只是妖怪。

逃虚曰：神异一事，非但有佛有之，至于天仙龙鬼，虽大小不同，亦皆有之。心学佛者，当求安心法门，顿悟妙理为务。若真积力久，自然神通光明，非是显异惑人也。若言佛之神异为妖怪，朱子亦怪矣。

《道余录》的写作体例，是引用一段二程朱熹的原文，然后加上一段批驳。姚广孝释名道衍，还有一名叫逃虚子，这显然是道家的法号了。他站在释道的立场上批判儒学，而且口气苛严，犹如乡村私塾先生揪着蒙童的耳朵大声申斥。

《道余录》成书于永乐十年（1412 年），这一年姚广孝 83 岁。如此耆老尊宿，还有这样的凌云健笔，可见这老头子一是压抑得太久，二是愿力犹健。

《道余录》一经传出，立刻就引起轩然大波。江南的知识分子，不要说将朱熹奉若神明，就是对本朝的宋濂、方孝孺这样的大儒，亦奉之唯谨。虽然，这两个人都先后成为罪臣而受到贬谪和镇压，但在士人心目中，他们依旧是光鉴千古的人物。如今，姚广孝仗着朱棣这个后台，把二程与朱熹如此奚落嘲讽，这是绝不可饶恕的事情。

据说，《道余录》发表后，姚广孝迅速众叛亲离。他回到长洲老家，年近 90 的姐姐不肯见他，更不准他踏进家门。他折身去见当年的知己好友王宾，王老先生也赶紧躲避。不想在路上两人相遇，王老先生一边趋避，一面摇着手喊道："和尚误矣，和尚误矣！"

位极人臣，身为三代帝王师的姚广孝，已是有家归不得了。他的悲剧不在于得罪了政统，而在于得罪了道统。

最后的归宿

永乐十六年（1418 年）三月初，姚广孝回到阔别 14 年的北京。斯时，他已重病在身。尽管此时朱棣还没有下达迁都的诏令，但北京的紫禁城已经建造得差不多了，而且朱棣也选中天寿山建造自己

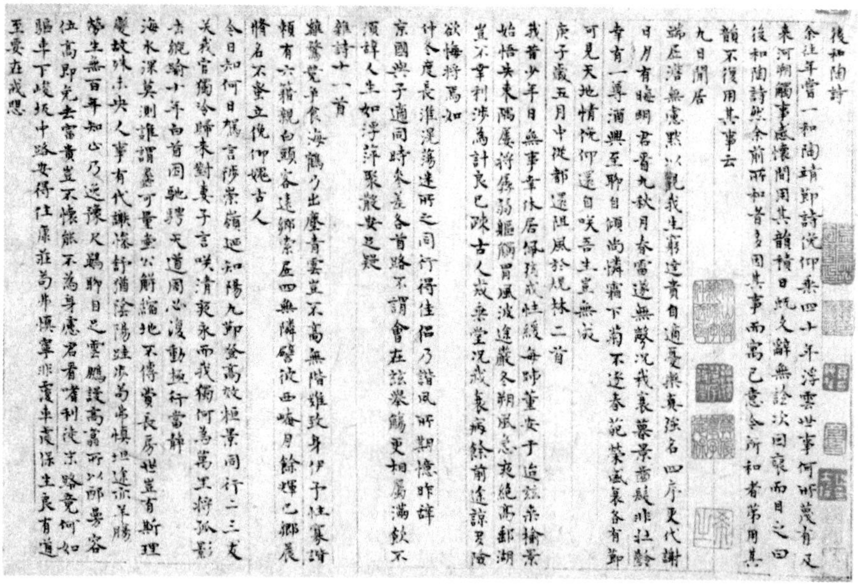

姚广孝楷书《中洲先生后和陶诗》(局部)

的陵寝。姚广孝觉得自己不宜厝骨江南，同朱棣一样，他已经把北京当作精神上的故乡，这是他一手策划的龙兴之地。魂归故里，归的不是长洲，而是多慷慨悲歌之士的北京。

一到北京后，姚广孝仍住进庆寿寺，朱棣立即赶来探视。姚广孝一身僧衣，从床上下来勉强行礼，朱棣扶住他，知道老和尚将不久于人世，便问他：“少师，你有何吩咐？”姚广孝说：“陛下，老僧别无所求，只求一件事，请把溥洽放了。”溥洽是建文帝的剃度师，传说是他掩护建文帝逃走。所以，朱棣找一个理由，将溥洽关了16年。听到姚广孝为他求情，朱棣沉默了一会儿，答应了。

建文帝的老师是方孝孺，剃度师是溥洽。当年，姚广孝曾请求朱棣攻取南京后不要杀方孝孺，结果未能如愿。但这次却成功地解救了溥洽。“嗜杀”的姚广孝，其实心中仍装着常人难以测度的大慈悲。

到京城不过20余天，即永乐十六年（1418年）三月二十九日，姚广孝在庆寿寺中圆寂，享年89岁。《明史》说他享年84岁，恐记载有误。

听到这个噩耗，朱棣深为震悼，辍朝两日，他吩咐礼部遵从姚广孝的遗愿，以僧人的方式葬之。朱棣为之在房山县东北选造墓地，亲自撰写神道碑，并追赠他为推诚辅国协谋宣力文臣，特进荣禄大夫上柱国荣国公。这是文臣能够得到的最高荣誉。

姚广孝究竟是火化还是棺葬，史书没有记载。更不知道如果是火化，他的肉身是否能烧出五彩斑斓的舍利来。

五

文艺情长识器小

——记狂人解缙

解缙像

一首题画诗改变太子命运

永乐二年（1404 年）四月初二这一天，永乐皇帝朱棣做了两件大事。上午，他在金銮殿举行隆重仪式，任命和尚道衍为太子少师，并恢复俗姓姚，赐名广孝。朱棣让姚广孝担任太子的老师，可见倚重之深。但此时，究竟谁能够当上“太子”，朱棣还没拿定主意。

朱棣有 3 个儿子，大儿子朱高炽，二儿子朱高煦，三儿子朱高燧。按照袭封的规定，亲王的大儿子，其官方的称呼叫“世子”，亲王的爵位由世子继承。所以，朱高炽几岁时就成为皇室承认的世子。朱棣获得皇位以后，按规定，当了多年世子的朱高炽，应该顺顺当当地登上太子之位，成为合法的储君。但朱棣嫌朱高炽柔弱，有心将皇位传给二儿子朱高煦。

朱棣之所以偏爱朱高煦，的确有他的理由。却说建文元年（1399 年）七月朱棣在北平起兵南下“靖难”时，时年 20 岁的朱高煦一直追随父王，经历上百次战斗，总是冲锋陷阵，不畏箭矢。在几次惨烈大战中，朱高煦拼死保护父王，可谓屡见奇功。朱棣与朱高煦，既是父子，又是战友，加之朱高煦的长相及性格都很像朱棣，因此朱棣有心弃世子朱高炽，而改立朱高煦为太子。朱高煦知道父皇的心思，也四处笼络大臣，打算夺取太子之位。

在永乐元年（1403 年）下半年，围绕究竟由谁继位的问题，朱棣召开过几次会议进行讨论。朝中大臣分为两派。淇国公丘福、驸马都尉王宁等都是朱高煦的支持者，他们认为朱高煦有战功，应当立为皇储。但兵部尚书金忠持反对观点，他认为长子当立，这是传位的规矩，破了规矩，会给后世的立储留下无穷的隐患。

丘福、王宁、金忠 3 人，都为朱棣夺得皇位立下了汗马功劳。特别是金忠，他由姚广孝推荐，因善于占卜而得到朱棣的信任。朱棣起兵后，金忠始终跟随左右，以占卜决定疑难问题，往往灵验。加之时时提出建议，朱棣采纳后亦收奇效。朱棣登基后论功行赏，金忠升任工部侍郎，辅导世子朱高炽留守北京，后来又同世子一起被召回南京，晋升为兵部尚书。他在朱棣面前多次讲述历代废嫡立庶的教训，让朱棣无法反驳。

到底应该立谁为太子呢？朱棣举棋不定。尽管他想传位于朱高煦，但大臣们的反对意见又不无道理，而立储之事再也不能拖下去。四月初二这天下午，在封姚广孝为太子少师之后，朱棣决定召聚一些大臣，到阅江楼举办一次笔会。

事先，在朱棣的授意下，宫廷画师画了一幅《彪虎图》。画面上是一只健硕的大老虎领着 3 只小老虎，尽显父子相亲，两相眷顾的情状。在阅江楼上，朱棣让太监将这幅《彪虎图》悬挂起来，命在场大臣作题画诗。

一看这幅图画，大臣们都明白，朱棣是借画自况。他无法就立储问题做出决断，想借助这种方式，再次征询大臣们的意见。

不多时，大臣们作好的题画诗都悬挂了起来，朱棣一一观看，其中有一首诗吸引了他：

虎为百兽尊，谁敢触其怒？
唯有父子情，一步一回顾。

朱棣情不自禁念出声来，他再回头去看那幅《彪虎图》，只见 3

只小老虎都紧紧追随大老虎，打头的那只小老虎眼神温顺而谦恭。朱棣不免大受感动，当即宣布，立世子朱高炽为太子。而他最喜爱的二儿子朱高煦被封为汉王，三儿子朱高燧被封为赵王。一场持续半年之久的立储风波终于平息。这正好印证了那句话：历史的进程往往决定于细节。促使朱棣最后决心的，便是这首短短 20 字的题画诗。

作诗的人，乃朝中最年轻的大臣，文渊阁侍读学士解缙。

二十二岁时的一封“万言书”

如果以洪武立国为界，解缙算是“解放后”出生的年轻干部。明朝的帝王师，自解缙开始，都是和平年代生人。比之刘伯温与宋濂等，他们的人生历练要少得多。

解缙出生于洪武元年（1368 年）。在江西吉水，解家是一个官绅世家。解缙的祖父解子元是元朝安福州的州判，元末死于乱兵。父亲解开曾受到朱元璋的召见，讨论元朝得失，得到朱元璋的赏识，要留他做官，被他婉言谢绝。回到乡里后，专以课子为乐。

解缙幼年聪颖，有神童之称。洪武二十一年（1388 年），解缙考中进士，时年亦是 21 岁，这一科共有 200 余名进士，解缙年纪最小。少年才子，风流倜傥，引起了朱元璋的注意，将他选为翰林庶吉士。这个庶吉士并非官职,与今天的博士后庶几近之。每科进士，吏部会挑选其中优秀者，再入翰林院深造两年，入选者则被称为庶吉士。有了庶吉士这个台阶，日后晋升便要优人一等。明代的首辅，十之七八都是庶吉士出身。当了一年多的庶吉士后,解缙被授予中书。中书类同秘书，不但要负责替皇上起草各种文件，亦要誊写。因此担任中书的人，一要文采，二要书法精到。纵观历史，解缙的确是明初重要的书法家之一。

大约解缙的才情，很得朱元璋的欣赏。有一天，朱元璋将解缙召到宫中的大庖西室，对他说："朕与尔义则君臣，恩犹父子。尔当知无不言。"

朱元璋放下皇帝架子的几句家常话，让解缙心潮澎湃，感激不尽。回到廨房后，解缙豪情顿生，洋洋洒洒，给朱元璋写了一封万言书，就朝政问题发表意见。为了方便了解解缙当时的思想脉络，姑将这份奏章略录如下：

> 臣闻令数改则名疑，刑太繁则民玩。国初至今将二十载，无几时不变之法，无一日无过之人。尝闻陛下震怒，锄根翦蔓，诛其奸逆矣。未闻褒一大善，赏延于世，复及其乡，终始如一者也。
>
> 臣见陛下好观《说苑》、《韵府》杂书与所谓《道德经》、《心经》者，臣窃谓甚非所宜也。《说苑》出于刘向，多战国纵横之论。《韵府》出元之阴氏，抄辑秽芜，略无可采。陛下若喜其便于检阅，则愿集一二志士儒英，臣请得执笔随其后。上溯唐虞夏商周孔，下及关闽濂洛，根实精明，随事类别，勒成一径，上接经史，岂非太平制作之一端欤？
>
> ……若夫祀天，宜复扫地之规，尊祖宜备七庙之制。奉天不宜为筵宴之所，文渊未备夫馆阁之隆。太常非俗乐之可肆，官妓非人道之所为。禁绝倡优，易置寺阉。执戟陛墀，皆为吉士。虎贲趣马，悉用俊良。除山泽之禁税，蠲务镇之征商。木辂朴居而土木之工勿起，布垦荒田而四裔之地勿贪。释老之壮者驱之，俾复于人伦；经咒之妄者火之，俾绝其欺诳。绝鬼巫，破淫祀，省冗官，灭细县。痛惩法外之威刑，永革京城之工役。流十年而听复，杖八十以无加。妇女非帷薄不修，毋令逮系；大臣有过恶当诛，不宜加辱。治历明时，授民作事，但申播植之宜，

何用建除之谬……

近年以来，台纲不肃。以刑名轻重为能事，以问囚多寡为勋劳，甚非所以励清要、长风采也。御史纠弹，绵承密旨。每闻上有赦宥，则必故为执持。意谓如此，则上恩愈重。此皆小人趋媚效劳之细术，陛下何不肝胆而镜照之哉！

陛下进人不择贤否，授职不量重轻，建不为君用之法，所谓取之尽锱铢、置朋奸倚法之条，所谓用之如泥沙……椎埋嚚悍之夫，阘茸下愚之辈，朝捐刀镊，暮拥冠裳。皆谓陛下任喜怒为生杀，而不知皆臣下之乏忠良也。古者善恶，乡邻必记。今虽有申明旌善之举，而无党庠乡学之规……

陛下天资至高，合于道傲，神怪妄诞，臣知陛下洞瞩之矣。然犹不免所谓神道设教者，臣谓不必然也。一统之兴图已定矣，一时之人心已服矣，一切之奸雄已震慑矣。天无变灾，民无患害，圣躬康宁，圣子圣孙，继继绳绳，所谓得真符者矣。何必兴师以取宝为名，谕众以神仙为征应也哉……

孔子曰："名不正则言不顺。"尚书侍郎，内侍也，而加于六卿；郎中员外，内职也，而以名于六属。御史词臣，所以居宠台阁；郡守县令，不应回避乡邦。同寅协恭，相倡以礼。而今内外百司，捶楚属官，甚于奴隶，是使柔懦之徒，荡无廉耻。进退奔趋，肌肤不保，甚非所以长孝行，励节义也。臣以为自今非犯罪恶解官，笞杖之刑勿用……

臣但知罄竭愚忠，急于陈献，略无次序，惟陛下幸垂鉴焉。

根据现存的史料，可以断定，这是解缙写给朱元璋的第一封奏章。这一年，解缙22岁。以今天的眼光看，这年龄尚是一个不谙世事的大学生，不要说给皇帝上疏，就是写一篇学士论文，有的人还免不

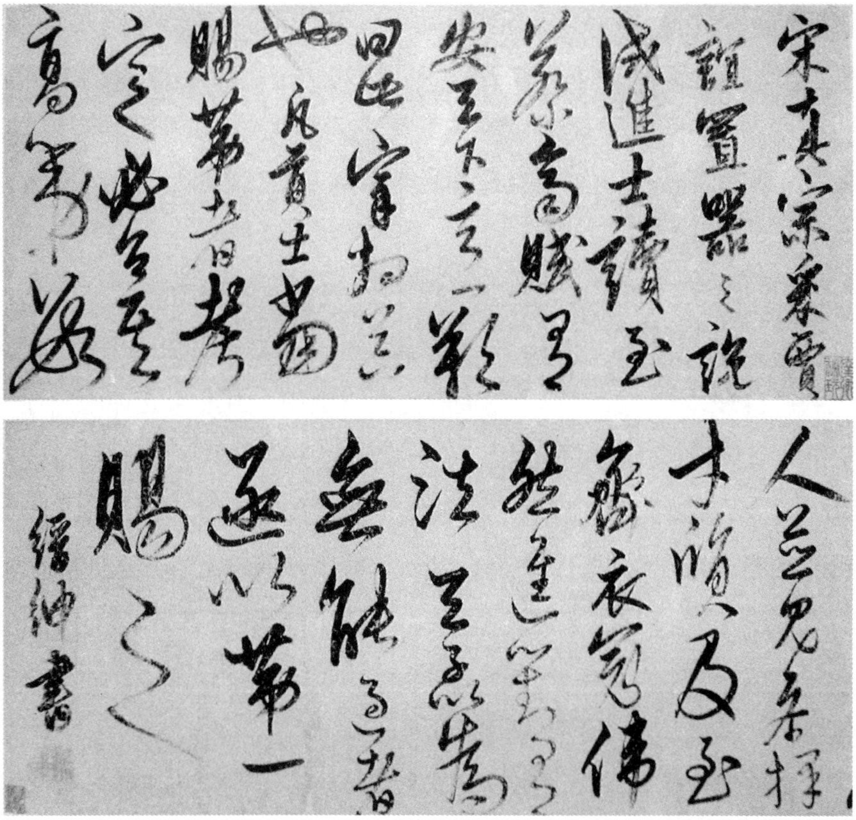

解缙草书《宋真宗殿试佚事》

了东拼西凑，甚至词不达意。但解缙的这篇奏疏虽是急就章，却显得才华横溢，不负神童之称。不过，细究起来，其中的问题也显而易见。归纳起来，有以下几条：

一、行文庞杂，体例不纯。从民间风俗谈到朝廷典章，从文化建设又谈到宗庙祭祀，继而又谈人才选拔与官场恶习，信马由缰而莫衷一是。

二、罗列问题多而创见少。常言道，发现问题不难，找到解决问题的方法难。解缙给朱元璋开出的救世药方，多半是老生常谈，照抄前人的书本而已。

三、煽情文字多而理性分析少。这几乎是年轮人的通病，解缙也在所难免。胸中块垒不吐不快，固然是血性文章的突出特征，但给皇上提建议、讨论国事，此类文字不是要热得发烫，而是要冷得有味。

四、过于恃才傲俗，不能准确把握分寸。奏疏中指斥弊端，勇气可嘉，但一竹篙打一船人，甚至连皇帝也要捎带讥刺几句。如果讥刺得有理，倒也无可厚非，问题是所讥之事，并非朱元璋之顽症，因此才让人有隔山打牛的感觉。

总之，这封万言书将解缙的优点与缺点都暴露无遗。很明显，解缙年纪太轻，从校门到衙门，经历太简单，所以出口就是学生腔。

据说朱元璋看到这封万言书后，只是称赞解缙的文采好。至于内中的诸多建议，却是一条也未采纳。解缙的本意是要给沉闷的官场放一个响炮，谁知到头来，依旧是哑炮一个。

对这一位年轻才俊，朱元璋的态度开始有了微妙的变化。

被朱元璋体面辞退

朱元璋之所以欣赏解缙，大概出于两个原因：第一，经过 20 年的整肃，开国元勋中的精英大部分都离开了朝廷，他们或死或贬，不再构成威胁。但朝廷的人才也因此而缺乏，急需新人来补充。第二，洪武二十一年（1388 年）的二月二十一日，东壁二星在天上相对而出。朱元璋请钦天监的术士占卜，得出的结论是将有文士被效用。朱元璋听了非常欢喜，因为马上就要举行三年一度的会试，这意味着有谋略的进士将要出现。不到一个月，21 岁的解缙考中进士，他是新科进士中最年轻的一位，得到老年朱元璋的眷顾是理所当然的。他让解缙呆在身边担任秘书之职，受重视的程度不亚于国初的宋濂。

但解缙的才学与沉稳，远不能与宋濂相比。

继万言书后，解缙又给朱元璋呈献了一份文字更为冗长的《太平十策》。因无甚新意而不为世人推崇。朱元璋一如既往表示了高兴，但未作任何指示。

不过，朱元璋对解缙的器重却是朝野共闻。朱元璋作为雄才大略的开国皇帝，同多少一流的人才打过交道啊！像朱升、刘伯温、宋濂、章溢、李善长、徐达等等，都是雄视千古的人物。但他们在朱元璋面前莫不俯首帖耳，极尽谦卑。和他们相比，解缙只是一个毛孩子,完全不可同日而语。但这个毛孩子却得到老皇帝的如此欢心，这不能不令人惊奇。

一个人过早地得到了他不应该得到的东西，一定不是好事。受宠的解缙,大概还不懂得“伴君如们虎”的道理。他不但不收束自己，反而更加放纵。用当时人的议论，他是“恃才不检”。有一次，他跑到兵部索要皂隶。那时，高官身边的服务人员都由兵部管辖。解缙私自去索要,很可能是与自己级别不符的非分要求,因此遭到了抵制。解缙恼羞成怒而辱骂兵部尚书。有人将这件事告诉了朱元璋，老皇帝听了，说了一句：“解缙这是因为闲散而自我放纵啊。”几个月后，朱元璋将解缙改任为监察御史。

用今天的话讲，监察御史属于纪检干部。做这种工作的人，大都谨言慎行。解缙却放荡不羁，很快就和同僚弄得关系紧张。才高遭忌，本属规律，何况解缙常表现出自命不凡，鹤立鸡群。他的顶头上司、都御史袁泰对他十分怀恨，他的下场也就可想而知。大约在洪武二十四年（1391 年），解缙的父亲解开受诏来到南京，朱元璋接见了他，对他说：“你现在把你儿子带回老家，让他再刻苦读书，以期大器晚成。”就这样，当了 3 年近臣的解缙，在 24 岁时被朱元璋体面地辞退。

复出后再度得宠

解缙回家闲居 8 年后，朱元璋去世。在这期间，朱元璋再也没有起用解缙。建文帝登基，解缙也没有受到重用。到建文帝被推翻时，解缙的职务只是翰林待诏。其时，建文帝身边最受信任的文臣是方孝孺。以方的性格，他不大可能喜欢解缙这种习性的人。但坐冷板凳的处境恰恰帮助了解缙，当永乐皇帝朱棣登基后，解缙很快得到了重用。

朱棣于 1402 年七月初一在南京南郊举行祭天大祀，尔后宣布登基。一个月后，即八月初一，他就下旨命解缙与黄淮两人到文渊阁办公，参予机务。关于解缙受到重用的情形，《明通鉴》作了如下描述：

> 缙首迎附，召对称旨，命与（黄）淮常立御榻左备顾问。或到夜分，上就寝，犹赐坐榻前，语以机密重务。内阁预机务自此始。

自胡惟庸与李善长两位宰相相继被诛杀之后，朱元璋便永久地废除了中书省这个宰相衙门，自己亲自掌控六部等各大行政机构。为了方便草诏、督办、调研与待制等公务，朱元璋配备了几位秘书。这些秘书通常都放在翰林院，职务是待诏、待制、侍读、侍讲。建文帝时，这种方式并未改变。朱棣登基后，专门设置了一个机构，将身边的工作人员放置其中，这便是明代内阁制度的开始。入内阁当值者，被称为辅臣，也称阁老，为首者则为首辅。明中叶之后，首辅逐渐演变为实际的宰相。当辅臣的条件，首先须有学士的头衔，再者就是当过皇帝或太子的老师。当然，朱棣初设内阁时，选拔辅臣的条件尚不苛严，甚至有些随意，完全是朱棣个人的意见在起决定作用。不过，赋闲 10 年的解缙，却无意中当了明代阁臣的第一人。

阁臣不同于秘书的显著特点，在于秘书只办公务，而阁臣却参予机务。给朱元璋当过秘书的解缙进入内阁前，先被朱棣拔擢为侍读学士，并且命他主持纂修《太祖实录》及《烈女传》两书。编纂《太祖实录》是一个难办的差事，皆因朱棣用非正常的手段夺取皇位，对于前代之事，特别是朱元璋关于“太子”、“太孙”的一些论述，都得进行删改，以符合朱棣的需要。解缙被朱棣选中来做这项工作，肯定是经过深思熟虑的。解缙在建文帝当政时并未受到重用，而且是第一批向朱棣归顺的官员。

解缙干这件事很卖力，对朱棣的意思也是心领神会。有一天，朱棣在宫中得到建文帝时的千余本奏章。他命令解缙等翻阅，还明确指示：凡是关系军马钱粮数目的都留下，其余有干犯当下忌讳的一概烧掉。当解缙与另一名修撰李贯进行这项工作时，朱棣忽然跑进来问解缙等人：“这些烧掉的折子里头，恐怕有你们的吧？”解缙不敢回答。李贯表白说：“臣实在没有干系。”朱棣没好气地说：“你以为你没有就是好人吗？吃人家的俸禄就得给人家办事。当国家危急之时，身为皇上身边的近臣，独无一言建树，这可以吗？朕并不厌恶那些尽忠于建文的人，只是憎恨那些引诱建文破坏祖宗法度的人。”李贯惭愧而退，解缙也吓出一身冷汗。

不久，《太祖实录》与《烈女传》两书编成，解缙由此得到朱棣的赏赐。这时，立储之争也在朝廷展开。有一次，朱棣找来解缙询问关于立储的意见。解缙回答说：“世子仁孝，天下都归向他。”朱棣默不作声。解缙又说：“圣孙更好！”朱棣这才颔首，似有所悟。圣孙指的是世子朱高炽的大儿子朱瞻基，即后来的宣德皇帝。朱棣非常喜欢这个孙子，解缙这一句话可谓点到了要害。因为如果废掉世子，则圣孙将来也不能继承皇位。兹后，当朱棣挂出《彪虎图》请诸位大臣作题画诗时，其内心虽然仍在犹豫，但为了圣孙，他感

明成祖朱棣像

情的天平已慢慢向世子朱高炽倾斜了。

作为近臣，解缙一生最大的功劳，就是在立储问题上促使朱棣作出了正确的选择。但也因为这件事，他得罪了汉王朱高煦，并最终招致了杀身之祸。

两次赐衣中的玄机

翻阅史籍，会发现一个很有趣的问题，立储纷争中，身为朱棣最为信任的朝廷第一重臣姚广孝，却从头到尾不置一词。由此可见姚广孝的大智慧，他认为立储是朱棣的家事，掺和进去必会引火烧身。尽管这样，朱棣还是先让他当上了太子太傅，后立太子。按理说，教导太子的责任应该由姚广孝来承担，但实际情况不是这样。名分给了姚广孝，实际工作却由金忠来担任。立太子的当天，朱棣就任命金忠为詹事府詹事。詹事府是负责太子事务的机构，詹事是这个机构的主要负责人。同时，解缙被晋升为侍讲学士。至此，他有了太子讲官的正式身份。

当解缙准备给太子授课时，朱棣把他找来，特别交代一番："帝王的学问，贵在切实合用。秦始皇教太子学习法律，晋元帝给太子大讲《韩非子》，这都是误入歧途。他们将帝王之道废弃不用，所以乱伦。现在，朕让你将修己治人、管理国家的道理编成一部《文华宝览》。这是大经大法，你要用这部书来辅导太子，每天为他讲说，这样可以养成太子的德业，日后就能够立一个遵守成规的好君主。"

此一期间的解缙，虽然小有麻烦，但仍春风得意。一天夜里，朱棣派人给解缙送来一封密件，内中开出一串名单，让解缙对这些人进行评价。名单上的人皆是朝廷重臣，解缙不计后果，居然秉笔书答：

> 蹇义天资厚重，中无定见；夏原吉有德量，不远小人；刘俊有才干，不知顾义；郑赐可谓君子，颇短干才；李至刚诞而附势，虽才不端；黄福秉心易直，确有执守；陈瑛刻于用法，尚能持廉；宋礼戆直而苛，人怨不恤；陈洽疏通警敏，亦不失正；方宾薄书之才，驵侩之心。

解缙点评的这十位，都是朝廷中位高权重之臣，亦是朱棣的股肱。解缙对朱棣亲自培植的这一个“执政团体”，总体评价并不太高。从日后这十个人的政绩来看，评价亦不算太准。朱棣拿到这份回复，没有任何评语，而是交给了太子。太子看过，便把解缙找去，又问了尹昌隆与王汝玉两位，解缙仍是不假思索回答：“尹昌隆是个君子，但气量不恢宏。王汝玉有文采，但可惜有贪财之心。”

以上谈话，虽属君臣密语，但以解缙的性格，他不可能守口如瓶。久而久之，他获得了一个“狂人”的称号，并遭到同僚的忌恨。朱棣对他的态度，从两次赏赐中可以看出变化。

第一次是永乐二年（1404 年）的九月二十九，朱棣给 7 位内阁辅臣各赐一套五品官服。此前，内阁辅臣都是按洪武时期的秘书待遇，级别定在六品或七品。现在提到五品，相当于翰林院的掌院学士了，可见朱棣对内阁的看重。兹后，第二年之春，朱棣又赐给解缙等人金丝线绮衣，这衣服过去只有二品尚书才能穿。解缙等入宫致谢时，朱棣说：“内阁是为皇帝代言的机构，关系着朝廷的机密，你们从早到晚侍奉朕，对朕的协助不在尚书之下。”

这一次的赠衣，解缙放在首位，说明朱棣此时对解缙圣眷犹浓。但是，时隔两年，到了永乐四月（1406 年）的十一月，朱棣给内阁辅臣赐二品官穿用的纱罗衣时，6 位辅臣赐了 5 套，唯独没有解缙的。赏赐不及，这是极大的政治事件。官场上的人鼻子都灵，立刻闻出了味道，解缙已经失掉了朱棣的信任。

一贬再贬，死得窝囊

解缙的失宠，还是源于他拥立太子的态度。当世子朱高炽被立为太子储君的同时，朱棣的二儿子朱高煦被封为汉王，并将他的藩地定在云南。朱高煦闻讯后，恼怒地说："我有什么罪，把我贬斥到万里之外，我不去！"朱高煦知道解缙一直在为朱高炽说话，因此对他恨之入骨。

自立朱高炽为太子后，朱棣心中总觉得对不起二儿子朱高煦，因之对他的宠爱超过以往。朱高煦不肯去云南，他也就听之任之，并让他呆在身边，参予国家大事。他受到的待遇超过太子。眼见此情，大臣们都颇感忧虑，但不敢说出来。解缙不改"愣头青"的脾气，向朱棣劝谏说："陛下厚汉王而轻太子，这是引发争端啊！"朱棣听了很不高兴，认为这是离间他们父子间的骨肉之情，对解缙开始冷淡。

永乐五年（1407 年）的二月，有官员上表弹劾解缙，说他于上年的廷试中阅卷不公道。朱高煦也趁机在父皇面前进谗，说解缙在外头炫耀自己拥立太子的功劳，故意泄露宫中的机密。朱棣听罢，将解缙贬为广西参政。

解缙被贬，在朝廷中算是一件大事。欣赏他才华的人为之惋惜，而忌恨他的人莫不弹冠相庆。曾被他在密信中讥刺过的礼部郎中李至刚，趁机给朱棣上书，揭发解缙对被贬出京心怀不满。朱棣看到这封奏章立刻批示，将尚在赴任路上的解缙再贬一次，从广西调到交趾，命令他在化州（今广东化州市）督饷，职务是化州参军。

解缙此去化州，路远山高，一去就是 4 年多，其间没有回过京城。直到永乐九年（1411 年）的六月，他才得以机会到南京奏事。此时，朱棣正好北征，解缙便前往宫中拜谒行监国权力的皇太子朱高炽。

明仁宗朱高炽像

汉王朱高煦知道这件事后，便在父皇面前进谗说：“解缙趁皇上离京，私自从化州跑回来拜见皇太子，他背着皇上见太子，究竟想干什么？”朱棣听罢，联想到当年解缙拥立太子的坚决态度，顿时震怒，立即动了逮捕解缙的念头。

恰好在这个时候，又发生了一件事。

解缙来京奏事返回化州时，正好翰林院检讨王偁也因罪贬谪交趾，两人得以同行。他们由江西取道广东，一路上察看山川。感到山川险峻交通不便，解缙忽发奇想，觉得应该开凿赣江，用水路连接广东和江西间的交通。这件事如果放在别人身上，也只是想想而已，最多在酒席上与朋友们谈谈也就罢了。但解缙却认为这是一条体现朝廷功德的锦囊妙计，于是又提起笔来，给永乐皇帝上书一封，请他圣宸独断，开凿赣江。

这道奏章送到朱棣手上，本来就在气头上的他，更是暴跳如雷，他认为解缙是在用妄语欺他。让向北流入鄱阳湖的赣江翻越高高的大庾岭向南流向广东，这不是妄语又是什么？朱棣毫不迟疑，下旨将解缙捉拿来京。

解缙一到南京，就被打入锦衣卫掌控的诏狱，遭到严刑拷问。内容有两个：一是为何要私下见皇太子，二是为何要用妄语欺侮皇上。

在解缙看来，这本是平平常常的两件事，没想到竟能酿成巨祸。这位曾经风光无限的皇帝近臣、太子的老师，哪里受得过刑具的残酷摧残？每次用刑，免不了胡言乱语。凡他提到过的人，又被朱棣视为他的同党，都统统抓起来。一时间，受到牵连而身陷囹圄的官员有 20 多个。其中，有 6 人“病”死狱中。

解缙命大，没有被折磨致死，却在大牢里无限期关押。到了永乐十三年（1415 年）的正月，解缙已在狱中过了 5 个春节。却说第五个春节刚过，正月十九日，朱棣下旨京内外各衙门，蠲免以前所拖欠的各种赋税，将士军官犯罪被羁押的，全部赦免。

得到这道敕令后，管理诏狱的锦衣卫都督纪纲便向朱棣呈上在押囚犯的名单。审阅名单时，朱棣发现了解缙的名字，便轻描淡写地问了一句："解缙还在呀？"俗话说，听鼓听声，听话听音。纪纲一下子听出了朱棣的弦外之音，回到值房后，他摆了一桌酒席，吩咐手下将解缙请来吃酒。解缙已听到了朱棣要大赦犯罪官员的消息，现在又见平日狠如豺虎的纪纲满脸巴结地请他喝酒，以为自己即将被赦免，本来蔫耷耷的精神顿时又高涨了起来。心怀鬼胎的纪纲趁机猛劝，酒过三巡，情绪不错的解缙便烂醉如泥。斯时天降大雪，纪纲命人脱去解缙的衣服，把他拖到院子里，用积雪掩埋。不一会儿，醉酒的解缙便身体僵直而死。

第二天，解缙的死讯传到朱棣的耳朵里，朱棣又下令抄没了解缙的家产，将他的妻子、子女以及宗族统统流放到辽东。这一年，解缙 47 岁。

历史没有假设

关于解缙，《明通鉴》的作者夏燮有如下评价：

> 明之解缙，其才有似于贾谊，其得君有似于魏征。然迹其生平，殆裴行俭之所谓有文艺而无器识者欤！

说解缙有文艺而无器识，这一评语下得允当。朱元璋当皇帝时，曾接见过两个年轻的才子，一个是方孝孺，一个是解缙。朱元璋没有重用这两个人，是想把他们放回江湖，磨砺他们的学识胆气，储为儿孙所用。方孝孺后来见知于建文帝朱允炆，足膺重任，且能死节，被士林视为楷模。而解缙知遇于朱棣，却不改放纵的本性，终以悲剧收场。虽然方孝孺的结局也是悲剧，但其悲剧轰轰烈烈，震撼人心；而解缙的悲剧窝窝囊囊，颇遭谩评。人不能不聪明，人又不能太聪明；人不能没有个性，人又不能太有个性。此中分寸，唯有得道者才能把握。

解缙死后的第 9 个年头，即永乐二十二年（1424 年）七月十八日，永乐皇帝驾崩于塞北榆木川。八月十五日即中秋节这一天，太子朱高炽继位，是为仁宗皇帝。

朱高炽登基不到 10 天，就召见礼部左侍郎兼华盖殿大学士杨士奇，将当年父皇朱棣交给他的解缙点评十位大臣的密信给杨士奇看。并说："人们说解缙狂妄，我看了他的这个议论，都有一定见解，可见他并不是狂妄的人。"杨士奇明白，新皇帝心里头一直感激解缙当年在立储问题上对他的帮助，于是建议皇上给解缙平反。

八月二十七日，朱高炽登基后的 12 天，就颁布诏令为解缙平反，将解缙的妻、子、宗族放回原籍，并任命解缙的儿子解祯亮为中书舍人。

试想一下，如果解缙学会隐忍，熬到太子登基，他岂不会以"帝王师"的身份，辅佐新皇帝干出一番革故鼎新、收揽民心的伟大事业？遗憾的是，历史没有假设。

六

匡时愧腐儒

——记老塾师杨士奇

杨士奇像

夺嫡风波中的两次召见

永乐九年（1411 年）的夏天，北巡 3 年的永乐皇帝朱棣，在北京与西北各地转了一大圈，而后回到南京。其时尚未迁都，南京仍是朝廷中枢所在。

朱棣回来的第二天，就在便殿中单独召见了担任左谕德官职的杨士奇。明代，管理太子事务的衙门叫詹事府。左谕德隶属于詹事府，负责太子的学习。明代的翰林院与詹事府，都是讲臣与词臣汇聚之地。左谕德官阶五品，在讲臣中较有地位。

朱棣为何要单独召见杨士奇呢？说来事出有因。

朱棣夺位之后，在立储的问题上一直摇摆不定。这件事的始末情由，我已经在写解缙的文章中作了介绍，这里不再赘述。需要说明的是，在永乐皇帝北行期间，太子朱高炽一直行使监国的权力。而他的两个弟弟汉王朱高煦与赵王朱高燧，也都留在南京。这两人联手对付太子。不停地找岔子，弄一些似是而非的问题，用密件向远在西北边陲的父皇打小报告。

朱棣本来就不大喜欢太子，所以情绪容易受到干扰。于是，一回到南京就找来杨士奇秘密询问。北行之前，朱棣下旨让杨士奇、蹇义、黄淮三位大臣辅佐太子监国。这三人都得到朱棣信任，而杨士奇又特别得到朱棣的赏识。

在便殿中，杨士奇被赐座之后，朱棣劈头就问："这三年来，太子监国的情况如何？"

杨士奇面对朱棣咄咄逼人的眼神，从容答道："太子对皇上非常孝敬。”

朱棣对这种回答显然不满意，斥道：“治国大事，仅有孝敬，焉能担当大任？”

杨士奇又答：“殿下天资高，即便有过，常自当省悟，并且知过必改。而且存心爱人，从来不敢有任何差池，有负皇上监国重托。”

听了这席话，朱棣微微颔首。眼看就要爆发的一场“易储”危机，暂时得到了化解。

但是，这件事情并没有完。

3年后，朱棣再次北征。临行前，仍下旨让杨士奇等3人辅佐太子监国。朱棣这一去又是3年，永乐十四年(1416年)秋回到南京。这期间，汉王朱高煦的夺嫡之举愈演愈烈，对太子的诋毁与谮害变本加厉。朱棣仍是将信将疑，返回南京时，恰恰太子因为搞错了时间，出城接驾稍迟，引得朱棣勃然大怒。他当时就下旨将太子身边的大臣全部逮捕，送往锦衣卫拘押。但唯独宽宥了稍后赶到的杨士奇，并于当日再次单独召见。

朱棣问道：“这三年，太子监国如何？”

杨士奇跪奏：“禀告皇上，太子孝敬如初。今日迎驾稍迟，皆臣等罪过，与太子无关。”

朱棣让杨士奇退下，并不追究。但被汉王收买的大臣却交相上疏，认为杨士奇身为太子身边重臣，不能独宥。朱棣只好下旨将杨士奇收监。但过了几天，又将杨士奇等一干在押大臣全都释放。其因是汉王夺嫡的阴谋以及一些行为不轨的事，传到了朱棣的耳朵里。于是，他找来蹇义和杨士奇两人，询问汉王的事迹。朱棣首先问蹇义，蹇义不回答。朱棣转而问杨士奇，杨士奇答道：“臣与蹇义两人，长期就职东宫辅佐太子。汉王有什么不轨之举，外人也不敢告诉我们二人。”

杨士奇回答得很有分寸，既保全自己又留有余地。朱棣又问："朕听说了汉王的一些事情，你们难道什么都不知道？"

杨士奇等哪不知道汉王夺嫡之举，只是不敢在朱棣面前披露。见朱棣态度似有转变，杨士奇趁机说道："汉王是否有非法之举，臣等没有证据，不可妄言。但汉王最近的一件事，倒是值得皇上注意。"

朱棣问："什么事？"

杨士奇说："皇上两次分封汉王，他均以种种理由拒绝前往就藩。近日，听说皇上有迁都之意，汉王便主动申请留守南京，惟陛下深思汉王之意。"

听了这句话，朱棣默不作声，起身回到内宫，可见杨士奇的话触动了他。南京乃龙蟠虎踞之地，且祖陵所在，就近有江浙膏腴之地，粮赋充足。设若自己百年之后，太子在北京登基，留在南京的汉王，完全可以凭借江南的赋税北向擒王。到那时候，兄弟相残，非死即伤，说不定还会发生"鹬蚌相争，渔翁得利"的悲剧。接下来的几天，大约是朱棣内心斗争最为激烈的时候，为社稷民生着想，为朝廷长治久安计，他作出了一个正确的决定：削减汉王的两厢护卫，并让他即日离开南京到山东乐安就藩。

一场进行了 14 年的"夺嫡"斗争，至此才算落下帷幕。在汉王怆然离开南京的时候，朱棣宣布提拔杨士奇为翰林学士。

在"夺嫡"风波中，风流倜傥的才子解缙丢了性命，而老成持重的杨士奇却荣膺重任。他们都是拥立太子的重臣，其下场为何绝然不同呢？哲人说"性格即命运"。撣开历史的烟云，在解缙与杨士奇两人的身上，我们看到了某种宿命。

从乡村教书匠到帝王师

回到洪武二十年（1387 年）之前，就是在刘伯温与宋濂相继饮恨离世的时候，可谓官场的环境恶劣，朝中大臣人人自危。此时宦海中人，恐怕都有唐代诗人李商隐的那种想法："永忆江湖归白发，欲回天地入扁舟。"此情之下，优游山林是一种多么令人羡慕的生活。我们现在来读两首写于这一时期的诗：

湘阴山南江水斜，春来两岸无人家。
深林日舞鸟啼歇，开遍满山红白花。

（《三十六湾》）

汉阳楼上鼓声稀，烟柳胧胧一鹊飞。
乘月不知行处远，满江风露湿人衣。

（《江山早行》）

这两首诗的作者就是杨士奇，他当时的身份是一个教育蒙童的私塾先生。说到教书匠，便想起郑板桥《道情十首》中，有一段描写老书生的诗句："老书生，白屋中。说黄虞，道古风，许多后辈高科中。门前仆从雄如虎，陌上旌旗去似龙。一朝势落成春梦，倒不如蓬门僻巷，教几个小小蒙童。"郑板桥看穿了世态，故将社会上的一些边缘人物视为已友，下笔歌颂。与功名无涉的老书生，本是穷愁潦倒，在他眼中倒是乐趣无穷。

杨士奇在整个洪武时代，都过着乡村教书匠的生涯。这倒不是他选择这种生活，而是迫于无奈。比起前面写过的5位帝王师，他应该是出身最苦的一位。他1岁时就死了父亲，母亲带着他改嫁到一位罗姓人家，他也跟着姓罗。大约这位姓罗的也是一位乡村知识分子，士奇跟着他，念了几年私塾。出于生活所迫，士奇连进县学讨一个秀才的资格都无法实现。十几岁他就离开罗家，恢复李姓，独自在外，靠教书度日。一边教学生，一边自修。在湖湘之间，也就是今天的湖南、湖北，他漂泊近20年。其中有一半的时间，他是在湖北的江夏度过的，所交者都是村夫野老、医卜炼士之流。授课之余，勤研史籍，游历山水，写点诗词游记文字。谁也不会想到，这样一个混迹于市井的落魄书生，日后竟成为手操宰辅权柄的三朝帝王师。

大约快40岁时，杨士奇经历了人生的重大转折。洪武皇帝朱元璋驾崩，尚在江夏教私塾的杨士奇同所有大明王朝的子民一样，只是感到死了一位老皇帝，对自己的贫贱生活毫无影响。但是，过不多久，他接到当地知县的手札，告知新继位的建文帝要征集天下饱学之士，为其祖父纂修《太祖实录》，经人推荐，杨士奇入选其中。

建文元年（1399年），杨士奇以一介布衣的身份来到南京。全国征召来的儒士不下百人，用了一年的时间，《太祖实录》告成，所有参加编纂的儒士皆有奖赏。杨士奇由于才华出众，被破格录用，派到南京某府学担任教授。还没有启程，主修官之一的王叔英听说了，他再次向吏部推荐，称杨士奇史才胜于文才。于是，吏部改变初衷，改派杨士奇到翰林院任编纂官。又过了一年，翰林官例行考录，杨士奇写了一篇策论，大约谈了一些如何借鉴古代经验治国的道理。吏部尚书张紞看了这篇策论后，赞道："此非经生言也！"将这卷子判了个第一。经张紞的建议，建文帝批准，杨士奇被提拔为吴王府副审理，即管理吴王府的二把手。但只是享受待遇，并不到职，杨士奇仍留在翰林院充当史官。

朱棣打到南京、夺取侄儿建文帝的的皇位之后，杨士奇没有象他的顶头上司方孝儒那样慷慨殉君，十族尽诛。而是同解缙一样，成为第一批向朱棣表示效忠的官员。朱棣当了皇帝，需要大批的官员为他效命。他身边多武将，所以对于投诚过来的文官格外看重。

当年，就升任杨士奇为翰林院编修，接着又让他进入内阁参予机务。第二年，再次升杨士奇为左中允，五年进左谕德。短短 10 年时间，杨士奇从社会底层步入朝廷中枢，从一位乡村教书匠晋升为帝者师。这种变化，不但朝野称奇，连他本人也是做梦都没有料到。

但是，若仔细分析杨士奇的为人，对他的这种人生巨变便有迹可寻。

却说永乐四年（1406 年），广东布政使徐奇置办了一批岭南的土特产，运到南京来分送各衙门高官。有人以行贿之名向朱棣写了检举信，并列举了那些接受了徐奇礼物的官员名单。朱棣看到名单后，奇怪上面怎么没有杨士奇的名字。于是把杨士奇找来询问。

杨士奇知道原委后，回答说："徐奇当初赴广东就任时，很多官员都前往送行，并以诗文相赠。臣正好生病没有参加。所以，徐奇就没有礼物送我。依臣之见，徐奇送点土特产以答谢赠他诗文的人，也是人之常情，且礼物菲薄，谅无他意。"

听罢杨士奇这番话，原本要严肃处理这件事的朱棣，笑了笑，顿时把那封检举信给烧掉了。

这件事传为美谈。设若杨士奇一味取悦朱棣，大谈自己如何清廉，对行贿受贿官员理该严惩，这样的话，恐怕许多高官都要丢掉乌纱帽了。

皇帝近臣，一句话能活人，一句话也能死人。杨士奇深谙这个道理。所以，他的人望极好，皇帝也觉得他办事可靠，这是他平步青云的重要原因。

仁宗执政时的四条记载

在朱棣当政的 22 年，杨士奇虽然深受信任，但常常还受到敲打。譬如说，朱棣在去世前一年，听信旁人谗言，认为杨士奇辅导太子

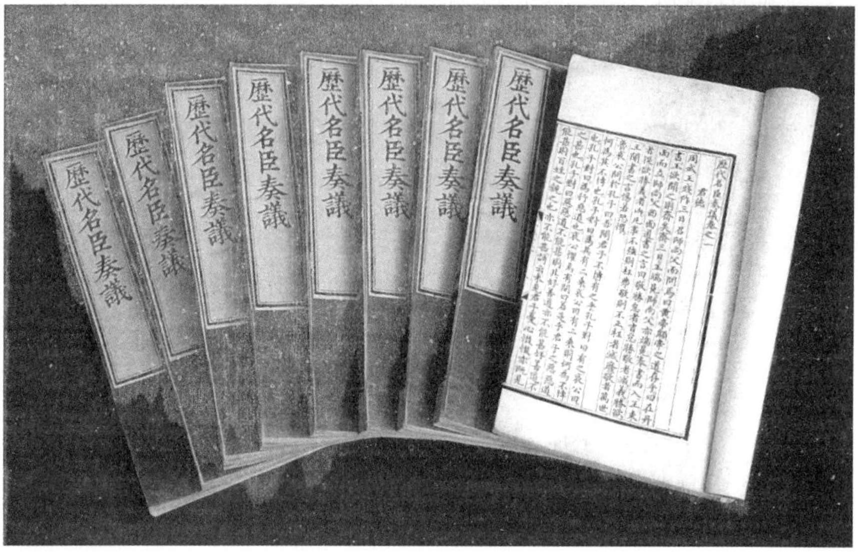

杨士奇等奉敕编《历代名臣奏议》(明永乐刻本)

出了差错，将他打入锦衣卫大牢，不到半个月又下旨释放。朱棣两次让杨士奇到牢中小坐，皆有惊无险，这样反倒增添了杨士奇的戒慎之心。永乐二十二年(1424 年)七月十八日，朱棣在西北榆木川军中病逝，享年 65 岁。他死前让英国公张辅赴京传达遗诏，让太子朱高炽继位。朱高炽于八月十五中秋节这一天登皇帝位，是为仁宗。仁宗是一个勤政爱民的好皇帝，可惜在位时间太短。他死于第二年(即洪熙元年)的五月十二日，只当了 9 个月的皇帝，享年 48 岁。

在仁宗执政的短短 9 个月内，他颁发了一系列诏令。对祖父朱元璋、父亲朱棣两位皇帝制造的冤案，都有所纠正;对老百姓的治理，更是大行宽政。因此，朝野上下都对这位新皇帝大加赞赏，认为是真正的太平天子。

他登基后不几天，就下旨恢复被建文帝裁掉的公孤制度。始于汉代的公、孤，是朝廷的最高爵赏。各有三：三公为太师、太傅、太保;三孤为少师、少傅、少保。这 6 种头衔并非专设，而是由尚书、辅臣中德高望重的人兼任。建文帝认为赏爵太滥是朝廷弊政，故革除。永乐一朝亦未恢复。仁宗皇帝恢复公、孤制度，乃是为了报答一直效命的几位股肱大臣。第一批赏封公、孤的有 4 位大臣。他们是：蹇义为少傅，杨士奇为少保；杨荣为太子少傅，金幼孜为太子少保。

这 4 位大臣中，蹇义、杨士奇是仁宗身边的老臣，而杨荣、金幼孜则是他的父亲永乐皇帝的心膂。为了显示公正，一边提拔两个。这四人中最受仁宗信任的，应数杨士奇。

在仁宗执政的 9 个月里，杨士奇提了不少好的建议。这里介绍 4 条。

第一条：杨士奇担任礼部侍郎、华盖殿大学士职务不久，有一天忽然申请求见。时仁宗正在乾清宫外的便殿接见蹇义、夏元吉两位大臣。他吩咐让杨士奇进来，并笑着对在座的两位大臣说："新任的华盖殿大学士来了，必有谠言，你们一起听听。"杨士奇一进来，果然一番诤谏。原来三天前，仁宗下诏减岁供，目的是减轻农民负担。但大内惜薪司今日传旨，依旧照去年计划，征山东、河南枣木 80 万斤。杨士奇看到这道旨后，认为与前旨不符，更与仁宗减轻农民负担的初衷有悖。于是特意入宫，请求仁宗更改旨令。仁宗听罢，立刻降旨减半征收。

第二条：仁宗因蹇义与杨士奇辅导有功，决定给他们二人增加俸禄。杨士奇知道后，连忙建议："汉文帝刘恒即位后，首先增加了自己老师宋昌的俸禄，这件事受到史家的贬斥。请您先给扈从先皇出征的大臣增加。"仁宗听从建议，先给杨荣、金幼孜增加了俸禄。

第三条：御史舒仲成在仁宗尚为太子监国时，曾向朱棣告过刁状，意在帮汉王说话。仁宗对此一直耿耿于怀，登基后欲找个岔子对舒仲成治罪。杨士奇知道后立即制止，劝谏说："陛下即位时，曾向全国下达诏书，明言此前一切忤旨者都不追究，尽行宽宥。如今却要处罚舒仲成，这与诏书的精神不符。这样一来，很多人都会感到恐惧，对政局的开展不利。陛下应该学习汉景帝对卫绾的态度，卫绾反对他，他却不计前嫌给卫绾升官，这才是从谏如流的仁政。”仁忠听罢，点头称许。

第四条：由于仁宗推行一系列勤政爱民的善政，短短几个月，国家便呈现出生机勃勃的新气象。于是，有一位大臣上疏，称太平盛世已到来。仁宗很喜欢这个说法，把这封奏疏拿出来让大臣们讨论。大臣们多数都积极附和，唯独杨士奇站出来对仁宗说：“陛下虽然恩被天下，但还有许多流徙在外的人不能回到家乡，许多州县的疮痍尚未得到恢复，老百姓普遍还比较贫困，温饱没有解决。若陛下坚持怀仁之心以及养民善政，几年后，百姓贫困得以解除，那时再提太平盛世，也不算迟。”仁宗再次听从建议，将那份奏疏束之高阁了。

政治家分多种

政治家分多种：有的理论颇有建树，实干也卓见成效；有的不喜欢坐而论道，却埋头苦干；有的勤于造势，喜欢先声夺人；有的善于冒险，开时代风气之先；有的言行不一，却政绩斐然。杨士奇的性格表面上像是棉花包，内心中却有钢铁长城。这种人若碰到强硬的君主，其忍让与妥协的一面便凸现出来。遇上仁慈的明君，其智慧与清醒的一面就会发生作用。

杨士奇入仕较晚，碰到朱棣时，他已经 40 多岁了。在社会底层苦苦煎熬了半辈子，骤然显贵，便不会得意忘形。因为，过去的苦难历历在目，使他谨慎。这一点，不似少年得志的解缙，恃才傲物，终以悲剧收场。杨士奇之所以获得朱棣的信任，不在于才干，而在于性格。当时的朝廷大臣中，比杨士奇才干高的人多的是，但像杨士奇这样老老实实的人却太少。

但是，读《明史·杨士奇传》，便发现一个有趣的问题。在朱棣当政时，杨士奇每次受到召见，都不是建言献策，而是替太子和自己辩解。到了仁宗当政，他每次召见，大都讨论国事，明辨是非，以促进政局的健康发展。坚持与变通，会塑造政治家的双重人格，而敬畏与感恩，又会让政治家变得缜密与圆融。朱棣与朱高炽父子两位皇帝，虽然性格与才略有天壤之别，但杨士奇对他们同样感激涕零。

仁宗驾崩后，亦埋葬于天寿山，是为献陵，与父皇朱棣的长陵相去不远。宣德五年（1430年），杨士奇陪皇太后与宣宗皇帝上万寿山谒陵，曾写了两首律诗：

忆昔六龙升御日，最先呈诏上銮坡。
论思虚薄年华远，霄汉飞腾宠命多。
空有赤心常捧日，不禁清泪欲成河。
文孙继统今明圣，供奉无能奈老何！

（《谒长陵》）

海宇洪熙戴至尊，愚臣殿陛最蒙恩。
常依黼扆承清问，每荷纶音奖直言。
万古兹山藏玉剑，九霄何路从金根。
余生莫罄涓埃报，血泪横膺不忍论。

（《谒献陵》）

从这两首诗中，我们看到一位柄国老臣的敬慎之心。在永乐一朝，杨士奇仅是一个合格的帝王师；而在洪熙朝，他迅速变成一个老练持重的政治家。

君臣合力的范本

洪熙元年（1425年）的五月初二，南京发生地震。仁宗得知消息后，认为这是上天示警，处理政务愈加谨慎。但不幸的是，到了十一日这天早上，仁宗感到身体不适，他立即下旨，将蹇义、杨士奇、黄淮、杨荣4人召到思善门，命杨士奇当众写下敕书，驰传留守南京的太子朱瞻基赶回北京。

第二天，仁宗皇帝驾崩，享年48岁。一个月后，太子朱瞻基继位，改明年为宣德元年，是为宣宗。

宣德元年（1426年）的八月初一，汉王朱高煦反叛。朱高煦与朱高炽争夺储君的位子失败后，被朱棣安排到山东乐安就藩，但他的夺位之心从未消除。尽管仁宗继位后，对他的赏赐高于所有的王府，他仍不甘心。仁宗死后，汉王认为时机到来，就派遣亲信枚青秘密来到北京，联络英国公张辅作为内应，但张辅却将枚青捉拿并奏闻宣宗。

此时，朱高煦已经组织好自己的造反班底，委任了一批太师、尚书、都督、侍郎等官职，并在卫所散发弓刀旗帜，将相邻郡县的牲畜马匹尽数夺取，建立五军、四哨。

宣宗知道这个消息后，不忍心讨伐自己的亲叔父。于是，写了一封信派宦官侯泰送到乐安。朱高煦看到信后，对侯泰说："靖难之时，如果不是我拼死出力，父皇怎能夺取江山。后来，父皇听信谗言，削减我的护卫，将我迁到乐安。仁宗软弱无能，用金帛财宝来引诱我。当今的君主，我那个侄儿动不动以祖先的制度约束我，我怎能在此郁郁久住。"侯泰回京，不敢将汉王的话告诉宣宗。而朝中大臣，不少人开始作壁上观。眼看朱棣与建文帝叔侄之间争夺皇位的故事又

明宣宗射猎图

要重演，京师内外人心惶惶。

但宣宗不是建文帝，他还在孩童时，就随祖父朱棣北征，有过军事上的历练。而且他接位时已经 27 岁，心理素质已经很坚强。在这箭在弦上不得不发的时候，他听从大学士杨荣的建议，亲自率师讨伐。九月十九日，王师抵达山东乐安。仅两天，汉王朱高煦便在众叛亲离的情况下宣布投降。一场声势浩大的叛乱如此之快地平息，这得益于宣宗听信了杨荣的建议。皇帝亲自出征，既可鼓舞士气，又能震慑叛将。设若只派将帅出征，则汉王之威无法遏止。

但是 7 天之后，即九月二十九日发生的一件事，又因杨士奇的清醒判断，宣宗再次作出了正确的选择。

是时，宣宗班师凯旋而归，在河北献县的单桥驻扎。大学士陈山从北京赶来迎接，对宣宗献计说：“赵王与朱高煦共谋叛逆为时已久，陛下平叛汉王，一战告捷。此时不宜班师回京，应乘胜出击，移师彰德将赵王擒拿，以免后患再次发生。”

宣忠听罢心有所动。杨荣支持陈山的意见，但杨士奇坚决反对。他说：“对皇上进言，要事当有据，岂可妄言，天地鬼神可欺乎？”杨荣性子急，忍不住朝杨士奇吼了起来：“你想阻挠朝廷的大计吗？已经抓获的叛逆奸党，都说赵王确实参与了阴谋，怎么没有根据？”杨士奇不急不恼，从容解释：“太宗皇帝有三个儿子，当今皇上只有两个叔父。有罪的人不可饶恕，无罪的人应当优待。如果怀疑赵王谋反，就防范他，使他不敢妄为。如果仅凭怀疑就遽然用兵，这不是伤害皇祖的怜子之情吗？”在场大臣分为两派。同意杨士奇的人，只有杨溥。宣宗经过深思，终于同意杨士奇的意见，还是班师回京。

此后，在审理汉王朱高煦的谋反案时，宣宗下旨不要追究赵王朱高燧。并再次征求杨士奇的意见，将大臣揭露赵王参与谋反的奏章封好，送到彰德给赵王看。赵王由是产生敬惧，并自动申请削减护卫，拥戴宣宗，一场家族间的夺权纷争终于平安落幕。

不难看出，杨士奇与三朝皇帝打交道，始终坚持“和为贵”的治国策略。他总是与人为善，并且冷静地观察局势，对于各种矛盾的出现，他力图消减而不是激化。因此，三代帝王都对他倚重和信任。

宣德六年（1431 年）六月末的一天，漏下十二刻时分，乐于微服出行的宣宗带着 4 名侍卫，骑马来到杨士奇的宅邸。杨士奇仓皇迎接，叩头说：“陛下身系宗庙社稷，怎么不自己保重？”宣宗笑了笑说:“朕想和爱卿说几句话，所以来了。”见杨士奇仍蹙紧眉头，便问：“微服出行有什么不妥吗？”杨士奇回答：“陛下尊居九重，对紫禁城外的幽暗岂可尽知。万一冤夫怨卒，伺机寻仇，岂不酿成大祸？

陛下不可不虑。”这件事过去半个多月，刑部在北京城内捕获了专门在夜间抢劫行人的大盗。宣宗知道后对杨士奇说：“那晚爱卿的态度让朕心里不痛快，现在才知道爱卿是真正地爱护朕。”

皇帝到大臣家，对于大臣来讲，应是值得炫耀的殊荣。但杨士奇首先想到的不是自己获得恩宠，而是皇上的安宁。这既证明杨士奇深谙臣道，又说明他为人本分。

宣宗是明朝第五位皇帝。此前，太祖朱元璋在位 31 年，建文帝在位 4 年，成祖朱棣在位 22 年，仁宗朱高炽在位 1 年。在这 58 年间，无论是改朝换代带来的阵痛，还是为巩固政权而产生的官场剧祸以及皇室内斗，均使朝廷冤案不断，精力耗散，老百姓得不到真正的休养生息。宣宗继位后，特别是成功平息汉王叛乱之后，朝野之间绵延几十年的争斗才宣告平息，国家的元气日渐恢复，老百姓也才初步尝到了太平日子的滋味。

因此可以说，宣宗一朝，是明朝由开创转向建设的重要转折点。杨士奇作为承前启后的股肱大臣，既是帝王师，又是内阁首辅，实乃举足轻重的关键人物。

宣宗继位时，朝廷各个重要的岗位上，几乎都是德才兼备的精英。像蹇义、夏元吉、金幼孜、杨荣、杨溥等，他们共同撑起了宣宗时代的一片蓝天。这真是一个让人景仰的时代。虽然在宣宗末期，朝廷老臣仅余下杨士奇、杨荣、杨溥三人，但史书中一直称赞的“三杨”之治，也是后代君臣合力、上下同心的范本。

太监干政的先例

宣德十年（1435 年）的正月初三，38 岁的明宣宗在乾清宫驾崩。明代的皇帝，除朱元璋、朱棣父子及嘉靖、万历之外，大多英年早逝。我想，这除了家族遗传，恐怕与他们的纵欲无度有关。正月初十，时年九岁的太子朱祁镇即皇帝位，诏令将明年改为正统元年，是为英宗。这是明代的第一个儿童皇帝。

四月二十二日，已经历仕四朝的内阁大学士杨士奇上言太皇太后：去年十月，奉先皇帝谕："明年春暖，东宫出阁讲读，宜慎选贤良端谨之士以为辅导。"今遗言犹在耳。皇上冲龄，此为第一要事。伏惟山陵毕日，早开经筵以进圣学。

因英宗年幼，宣宗死前安排自己的母亲太皇太后张氏垂帘听政。老太太收到这封上书，传谕同意。已是 70 多岁的杨士奇，又开始担负起教育 9 岁小皇帝的责任。

但是，随着小皇帝的登基与杨士奇的衰老，政治修明的局面开始有了改变。这种改变，取决于一个叫王振的宦官。

王振是英宗的贴身内侍，成天逗英宗开心，因此英宗对他产生了心理依附。王振也借英宗之势，在大内横行霸道，甚至对外廷大臣也常常颐指气使，大臣屡感不堪。这些消息逐渐传到太皇太后的耳朵里。

太皇太后即仁宗皇帝的皇后，宣宗的母亲。姓张，河南永城人。她深明大义，明英宗即位之初，她将政事都交给内阁三杨处理，而让英宗一心学习。她听说王振干涉政事，决定严惩。

一天，太皇太后坐在便殿，召英国公张辅，内阁杨士奇、杨荣、杨溥，尚书胡濙 5 人进殿。但见太皇太后左右的女官，都佩刀带剑，表情严肃。英宗小皇帝站在太皇太后身边，五位大臣面朝太皇太后站在须弥座下。太皇太后与五位大臣依次叙话。问到杨溥时，太皇太后叹息着说："仁宗在世时，总是称赞爱卿的忠诚，没想到在他去世十几年后，我们还能相见。"太皇太后的话，勾起杨溥的心酸往事。因为小人进谗，杨溥被朱棣打入诏狱十几年，直到仁宗登基后才被释放并重新重用。想到这里，杨溥泪流满面，太皇太后也放了悲声。

王振石刻像

拭过泪后，太皇太后对站在身边的孙儿——英宗皇帝说：“这五位大臣，都是你爷爷、父亲两代皇帝深为信任的，现在我召他们来，是把他们送给你。朝廷的大事，必须和他们五人商量，凡是他们不同意的，不可一意孤行。”英宗皇帝点头，表示知道了。

这时，太皇太后将太监王振叫进来。王振一见架势不对，赶紧匍匐在地。太皇太后脸色骤变，指斥王振：“你侍候皇帝起居，很不规矩，现在该赐你死。”话音一落，一女官出列，将刀刃架在王振脖子上。英宗见状，连忙跪下求情，五大臣也跪下。太皇太后犹豫片刻，说：“皇帝年幼，岂容这等人祸害国家。我答应皇帝和五大臣的请求，留你王振一命，以后绝不许你干预国事！”

应该说，太皇太后杀死王振的决策是正确的。刀下留人后，王振收敛了一些日子，但不久太皇太后去世，王振便变本加厉地干涉朝政。而年事已高的杨士奇，因为精力不济反应迟钝，也没有能力加以制约。

关于王振干政的种种劣迹，不在本文叙述。但可以断定，他是明朝第一个大肆干政的宦官。正是因为他，才有了土木堡之变。当了 14 年皇帝的英宗，被他怂恿出征西北，结果在土木堡当了瓦剌首领也先的俘虏。此时，杨士奇已死了 5 年。

杨士奇于正统九年(1444 年)的三月十四日死在任上，享年 80 岁。他是明朝第一个善始善终的帝王师。尽管土木堡之变后，有人认为这是杨士奇当年做老好人，不肯严惩王振的结果。但英宗对这位四朝老臣，还是给予极大的哀荣，追赠他为太师，谥号文贞。

真正的智者

作为帝王师，杨士奇的学问比之先前的刘伯温、宋濂、方孝孺、姚广孝等人，恐怕是最平实的一个。他不是理论家，也算不上文学家。他也从不拿学问唬人。论治国之术，他几乎没有创见。但他却能够老实做官，以不变应万变。他先后服务于 4 位皇帝。不管这四代皇帝能力如何，性格如何，他都能平安相处，并始终获得信任，这就是杨士奇的过人之处。

他留下的《东里文集》，应酬之作占大半。裁芜汰俗，我们仍能从中读到他的一些观点。在《文丞相祠堂重修记》中，有这样一段：

> 孟子曰：我知言我，善养吾浩然之气。知言者尽心知性，而有以究极天下之理。浩然之气，即天地之正气。具于吾身，至大而不可屈绕者，知之至养之充，而后足以任天下之大事。天下大事，莫大于君父……

对孟子的“养气”说，杨士奇用自己的观点诠释，认为养好气后才能最有效地为君王服务。当皇帝的人，看了这样的文章，哪有不高兴的道理？在《滁州重建醉翁亭记》一文中，他又说：

> 三代而下，以仁厚为治者，莫逾于宋。宋三百年，其民安于仁厚之治者，莫逾昭陵（宋仁宗）之世。当时君臣一德，若韩（琦）范（仲淹）富（弼）欧（阳修），号称人杰，皆以国家生民为心，以太平为己任。盖至于今，天下士大夫想起时，论其功，景仰歆慕之无已也。

滁州醉翁亭，为欧阳修所修，出于“醉翁之意不在酒，在乎山水之间也”这句名言。而杨士奇极为称赞的韩琦、范仲淹、富弼、欧阳修等人，集于一朝而创造太平盛世。作此表述，足见士奇心境，一是钦慕君子当国，二是提倡“集体领导”，他不希望有某个特别出众的人独操权柄。士奇如此说，也如此做。我想，这就是他能够善始善终的原因。

晚年，士奇思乡日切，但他身为首辅无法回到故乡颐养天年，当然也就不可能和故乡的亲朋把盏话旧。于是在70岁时，他请宫廷画师替他绘了一张小像寄回老家供人探视，并为此写下《自题小像寄乡邑亲故》这首五律：

两京三十载，梦寐在乡闾。
叨禄承明主，匡时愧腐儒。
淹留鞶带缓，愁思鬓毛疏。
惟有秋霜意，今吾是故吾。

自称腐儒，士奇总是谦抑。这位塾师出身的人，从教乡村蒙童到教皇帝，两种绝然不同的人他都教得很好，可见他是真正的智者。

七

醉时翻作醒时看

——记孤臣李东阳

李东阳像

孝宗驾崩前的紧急召见

弘治十八年（1505 年）五月初六的下午，内阁辅臣刘健、李东阳、谢迁三人，被太监李荣叫到乾清宫。此时，孝宗皇帝躺在乾清宫的病榻上，已是气息奄奄。见三位大臣来到跟前，他强打精神喃喃说道："朕秉承国家大统十八年，现年三十六岁。这次患病恐怕再也不能好了，所以才把你们召来。"

看到孝宗皇帝痛苦的样子，刘健等三位大臣心下怆然。孝宗接着说："朕自已知道天命，朕遵守祖宗法度，不敢稍有荒废怠慢，天下事务确实烦忧了你们。"

刘健安慰皇上，让他安心养病，国事他们会尽力办好。孝宗微微摇头，继续交待："东宫太子已经十五岁了，还没有选择婚配，你们要立即命令礼部操办这件事。"三大臣齐声答应"遵命"。孝宗于是命司礼太监李荣入内起草传位遗诏。拟毕，孝宗拉着刘健的手，颤抖着说："你们三人这些年辅佐朕，用心良苦，朕心里都知道。东宫太子年幼，性好贪玩，你们应当教育他读书，把他辅导成一个有才有德的君主。"

后事交待完毕，孝宗疲乏地闭上眼睛，三大臣退下。

第二天午时，即五月七日，孝宗去世。

孝宗名朱佑樘，是明朝的第九位皇帝。从仁宗皇帝开始，兹后明朝皇帝，大多寿命不长：仁宗 48 岁、宣宗 37 岁、英宗 38 岁、景皇帝 30 岁、宪宗 41 岁。出现这种情况，与他们毫无节制的酒色生活有关。

孝宗是宪宗的太子，其出生颇为传奇。宪宗登基后玩“姐弟恋”，对比他大 16 岁的万贵妃宠爱不衰。万贵妃很想为宪宗生一个儿子，但诸般努力皆不奏效。因此，只要宫中有哪位嫔妃宫女怀孕，她一律设法让其堕胎流产。孝宗的生母姓纪，是一个普通的宫女。宪宗与她仅有一次“亲密接触”，就导致怀孕。宫中太监怕宪宗无后，于是设法将纪宫女保护起来，让她秘密生育。孝宗长到 6 岁，连胎毛都未曾剃过，每日躲蔽，属于“黑户口”。见到父皇后，他迅速被立为太子。就在那一天，他的已被封为淑妃的生母突然病逝。有人猜测，还是万贵妃对其下了毒手。

由于孝宗有了这种凄惨的童年经历，所以他存在一种悲天悯人的精神。《明史》赞他：“孝宗之为明贤君，有以哉！恭俭自饬，而明于任人。”史家评价他是继仁宗、宣宗之后的一位中兴君主，甚至将其与宋仁宗相比。宋仁宗时的国家气象是：“国未尝无嬖倖，而不足以累治世之体；朝未尝无小人，而不足以胜善类之气。”

君子用其德，小人用其能，这是圣君帝王用人策略之一。朝中有小人不怕，就怕小人成势而殃及善类。孝宗信任宦官，这是他为后世政治留下的隐患。但他保护君子，使得国家有中兴之象。他去世前内阁的三位辅臣，都是既有道德底线又有治国能力的股肱。

多少年后，当李东阳当了武宗一朝的首辅，他仍对孝宗怀念不已。在孝宗的忌日，他先后写过几首诗。其中一首写道：

秘殿森严圣语温，十年前是一乾坤。
孤臣林壑余生在，帝里金汤旧业存。
舜殿南风难解愠，汉陵西望欲销魂。
年年此日无穷恨，风雨潇潇独闭门。

（《五月七日》）

李东阳在诗中自称“孤臣”，其意一是指三位顾命大臣只剩下他一个，二是指朝中“小人道涨，君子道消”。

争夺少年皇帝的控制权

孝宗驾崩后第 11 天，即五月十八日，皇太子朱厚照即皇帝位，定次年为正德元年，是为武宗。他登基时只有 15 岁，是明代第二个少年皇帝。第一个是英宗，登基时只有 9 岁。

两个月后，武宗加封内阁首辅刘健为左柱国，次辅李东阳、谢迁均为少傅兼太子太傅。一个月后，二人也都加封为柱国。但是，这种加封并没有让三位阁臣感激涕零。相反，皇权与相权的对立却是在武宗时代开始。

武宗登基后，对原来东宫的宦官全部重用。他们是刘瑾、马永成、谷大用、魏斌、张永、邱聚、高凤、罗祥 8 人。他们沆瀣一气，把持朝政，时人称为“八党”，也称作“八虎”。武宗登基后，几乎没干一件正事，每日里与八虎一起驾鹰逐犬，寻花问柳。

首辅刘健坚持顾命大臣的职责，在数次劝导均不奏效的情况下，便写了一封措辞严厉的劝谏疏：

> 陛下登基诏出，中外欢呼，想望太平。今两月矣，未闻裁汰冗员几何，节省冗费几何。诏书所载，徒为空文。此阴阳所以失调，雨旸所以不若也。如监局、仓库、城门及四方守备内臣，增置数倍，朝廷养军匠，费钜万计，仅足供其驱使，宁可不汰！文武臣旷职偾事虚糜廪禄者，宁可不黜！画史、工匠滥授官职者多至数百人，宁可不罢！内承运库累岁支银数百余万，初无文薄司钥，库贮钱数百万未知有无，宁可不勾校！至如放遣先朝宫人，纵内苑珍禽

刘健像

奇兽，皆新政所当先，而陛下悉牵制不行，无以慰四海之望。

措辞虽然激烈，但重拳打在棉花上，无济于事。武宗“温语答之”，但一切照旧。身边的宦官不是在减少，而是在增多；内廷的开支不是在节缩，而是在膨胀；八虎的气焰不是在收敛，而是更加嚣张！

刘健、李东阳、谢迁三人，都当过孝宗皇帝的老师，如今孝宗又把儿子托付给他们。知子莫若父，孝宗知道儿子的毛病，所以才说“东宫年幼，好逸乐，卿等当教之读书，辅导成德”这样的话。但是，这个重任三位大臣实难完成，老师是好老师，学生却决不是好学生。

刘健屡屡上疏，请武宗出席经筵听讲读书。武宗一味推诿，登基半年后，勉强听了一课，但第二天又传旨暂停。到正德元年（1506年）的三月，当了10个月皇帝的武宗，总共出了3次经筵，听了3

个半天课。他仍是每日游戏人生，一应国事，听凭八虎之首刘瑾摆布。此时，朝中正直大臣在刘健的带领下，决定向八虎宣战。

为争夺少年皇帝的控制权，文官集团与宦官集团进行了一场殊死搏斗。

他是怎样当上首辅的

户部尚书韩文是内阁首辅刘健的坚定盟友，铲除八虎的斗争由他牵头。他选定担任户部侍郎的李梦阳起草檄文。草稿成后，韩文亲自修改。他说："这个奏疏不可求文雅，文雅了恐怕皇上不懂。也不能太长，太长了恐怕皇上没耐心看完。"

最终，武宗看到的由韩文领衔九卿具名的奏疏是这样的：

> 臣等伏睹近日朝政日非，号令失当。中外皆言太监马永成、谷大用、张永、罗祥、魏斌、邱聚、刘瑾、高凤等，造作巧伪，淫荡上心，击球走马，放鹰逐犬，俳优杂剧，错陈于前。至导万人之尊与外人交易，狎昵媟亵，无复礼体，日游不足，夜以继之。劳耗精神，亏损志德。遂使天道失序，地气靡宁，雷异星变，桃李秋华，考厥攸占，恐非吉兆。缘此辈细人，惟知蛊惑君上，自便其私。而不知昊天眷命，祖宗大业，皆在陛下一身。万一游宴损神，起居失节，虽齑粉若辈，何补于事！窃观前古阉宦误国，为祸尤烈，汉十常侍，唐甘露之变，其明验也。今永成等罪恶彰彰，若纵不治，将来益无忌惮，必患在社稷。伏望陛下奋乾纲，割私爱，上告两宫，下谕百僚，明正典刑，潜消祸乱之阶，永保灵长之祚。

这篇奏疏只有短短的 258 字，但有着雷霆万钧之力。且用字简明，稍通文墨者都能读懂。武宗读完这篇奏疏，当场就吓得哭了起来。他平时只知贪玩，没想到闹出这么大的动静。仓促之中，他派司礼中官李荣、王荣等，到内阁商量解决的方法。武宗对八虎倚赖甚深，不想处死他们，提出将八人发配南京安置。谢迁不同意这种处理，执意要将八虎诛杀。刘健也是必欲除之而后快，只有李东阳口气缓和。李荣一天三次，来往于内阁与乾清宫之间，终究也没有统一意见。刘健等商议，第二天早晨朝中所有大臣伏在皇宫前诤谏，司礼监秉笔太监王岳作为内应，要武宗当面表态。这本是一件很机密的事，怎奈吏部尚书焦芳觊觎首辅之位既久，此时便向刘瑾告密。

当夜，八虎邀齐匍匐在武宗周围哭泣。刘瑾以头叩地说："坑害我们的人是王岳，他暗中结识内阁大臣，想限制皇上的出入，所以想将我等八人先行处死。司礼监不维护皇上，反倒与左班文臣勾结，这件事请皇上明断。"武宗听罢，也不问青红皂白，立即下令逮捕王岳，提升刘瑾为司礼监掌印太监，马永成、谷大用分别掌东厂和西厂。

第二天早晨消息传出，刘健、谢迁深感绝望，当天就上书乞求退休。李东阳听说后，也立即跟进请求致仕。朝廷旧例，辅臣致仕，必须要等到三番五次乞求之后，方可允许。但是新掌司礼监大权的刘瑾深恐刘健、谢迁去之不速，立即假传圣旨，同意二人归乡，只留李东阳一人。

就这样，李东阳当了内阁首辅。但李东阳知道，首辅之位如今已成烫手山芋。第二天，他再次请求致仕，武宗下诏安慰并挽留。

不几天，刘健与谢迁就辞京返回故乡，许多臣僚赶去送行。李东阳也赶了过去，在饯行宴上潸然泪下。刘健冷眼看着李东阳，正色说道："你干吗要哭呢？假使当日你多说一句话，态度坚决一点，今天不也同我俩一样回老家了吗？"

听到这句话，李东阳默然无语。

忧患在胸的政治家

李东阳是湖南茶陵人，但他出生在北京。因他父亲是军人，驻守北京。在明代，这种情况叫“戍籍”，即我们通常说的军人子弟。李东阳从小就有“神童”之称，传说他 4 岁时就能写径尺大字。景帝想见见这位神童，便让太监将他领进皇宫。因门槛太高，他迈不过去，太监取笑说：“神童脚短”，他当即回答：“天子门高”。景帝听说后非常惊讶，将他抱在怀里，赐他果钞。稍长后，又两次召他进宫讲《尚书大义》，皆称旨。景帝亲自批条子，让他入京师学堂入读。天顺八年（1464 年），18 岁的李东阳考中进士。他顺利地选拔为庶吉士，接着当上翰林院编修。他当上进士的当年，英宗驾崩，宪宗继位。宪宗也很赏识他的才华，亲自选拔他为侍讲学士。在经筵上，宪宗对他的讲课很满意。当太子确立后，宪宗又任命他充任东宫讲官，这位太子就是后来的孝宗。

李东阳少年得志，但中年并未显达。在宪宗执政的 23 年里，他的官阶只到五品。且一直呆在翰林院充当讲官，从未外任。中国历史中的多半朝代，凡任宰相者，一般都担任过封疆大吏，干过实际的行政，对世俗民情了解深刻，掌管全局后，便不会发生“纸上谈兵”的笑话。但明代则不然，担任内阁首辅的人，很少从封疆大吏中选拔，倒是都有“帝王师”的身份。从某种意义上说，给太子当老师比给皇帝当老师更重要。因为，太子一旦登基，立刻就会起用东宫旧臣。在明代，因为充当东宫讲官后而成为首辅者，不在少数。前面写到的杨士奇是一例，李东阳是一例，兹后的徐阶、高拱、张居正都是范例。

弘治五年（1492 年），时任内阁首辅的徐溥以诏敕繁重，拟专设阁臣一人统管。宪宗同意，并拔擢李东阳为礼部右侍郎兼侍读学士，入内阁专管诏敕。李东阳的书法与文章，在当时已名满朝野。应该说，徐溥的这一建议，是专为李东阳度身定制。就这样，46 岁的李东阳在他的仕途上迈上了一个大台阶。如果说此前的 26 年，李东阳在官场上是“小步走，不曾停”，此后，他便是“快步走，超常规”了。49 岁时，他得宪宗谕旨参予内阁机务。也就是说，他对朝廷机密大事有处置权了。52 岁时，他被晋升为太子少保兼礼部尚书、文渊阁大学士。仅仅 6 年时间，他从五品官升至一品，已是朝中举足轻重的人物了。

但是，此一时间内，李东阳的政绩与他的名望似不相符。相反，他还是文人心态，缺乏政治家的那种坚毅与大气。49 岁时，应该是他官场腾达之时，他却写过这样一首诗：

> 醉乡天地本来宽，万事无悲亦不欢。
> 四十九年醒是醉，醉时翻作醒时看。
>
> （《一醉二首·录之二》）

徘徊于醒醉悲欢之间，看不出担当，也看不出忧患。李东阳有点“大隐于官场”的味道了。不过，弘治十七年，因为阙里庙的重建，李东阳奉命往祭。回到京师后，将沿途所见写了一封奏疏上报孝宗，倒是表现出他少有的清醒与责任：

> 臣奉使遄行，适遇亢旱，天津一路，夏麦已枯，秋禾未种。挽舟者无完衣，荷锄者有菜色。盗贼纵横，青州尤甚。南来人言，江南浙东流亡载道，户口消耗，军伍空虚。库无旬日之储，官缺累岁之俸。东南财赋所出，一岁之饥，已至于此。北地呰窳，素无积聚。今秋再歉，何以堪之？事变之生，恐不可测。臣自非经过其地，则虽久处官曹、日理章疏，犹不得其详。况陛下高居九重之上耶！

弘治十六年《十同年会图》中的户部右侍郎陈清、兵部尚书刘大夏、户部尚书李东阳（右起）

臣访之道路，皆言冗食太众，国用无经，差役频繁，科派重叠。京城土木繁兴，供役军士财力交殚，每遇班操，宁死不赴。势家钜族，田连郡县，犹请乞不已。亲王之藩，供亿至二三十万。游手之徒，托名皇亲仆从，每于关津都会，大张市肆，网罗商税。国家建都于此，仰给东南，商贾惊散，大非细故。更有织造内官，纵群小掊击闸河，官吏莫不奔骇。鬻贩穷民，所在骚然。此又臣所目击者。

夫闾阎之情，郡县不得而知也；郡县之情，庙堂不得而知也；庙堂之情，九重亦不得而知也。始于容隐，成于蒙蔽。容隐之端甚小，蒙蔽之祸甚深。臣在山东，伏闻陛下以灾异屡见，敕群臣尽言无讳。然诏旨频降，章疏毕陈，而事关内廷贵戚者，动为掣肘，累岁经时，俱见遏罢。诚恐今日所言又为虚文，乞取从前内外条奏，详加采择，断在必行。

李东阳在当朝被誉为文章圣手，一生写了许多章疏与美文。但我认为，上面这篇奏疏是他写出的最好的国情咨文。仅此一篇文章，我们就不能将李东阳视为文人，他仍是忧患在胸的政治家。通过这篇文章，我们约略知道孝宗执政 17 年后的社会现状，各种矛盾的潜伏与暴露是多么可怕。历史上称孝宗为“中兴之主”。中兴之下，社会各种势力犹如此尖锐对立，以至酿成武宗一朝的内忧外患，后来当政者岂可不深思之。

与狼共舞的首辅生涯

刘健、谢迁的退休，表明文官集团争夺皇帝控制权的失败。这不仅仅是两个正直大臣的离职问题，它实际上是明代政治的一个分水岭。此前，宦官虽屡有作恶，但还不至于影响国家的政治。司礼监掌印太监是宦官之首，俗有“内相”之称。但是，这“内相”在政坛上的影响力，也不能和“外相”即首辅相比。作为文官之首的内阁首辅，自杨士奇开始，就已经是国家权力中枢的实际操纵者。

现在，这一切都颠倒了过来。刘瑾成为“内相”后，由于有武宗的信任和支持，他成了国家权力的实际控制者，而内阁却沦为权力的附庸。李东阳身为首辅，却无法行使首辅的权力。每天，他被迫“与狼共舞”，特别是心术不端且卖身投靠的吏部尚书焦芳入阁之后，李东阳更是如芒刺在背。但是，他仍在利用有限的权力，保全善类。

却说刘瑾入主司礼监之后，一个月内，几乎天天都有圣旨传出。其中绝大部份是他擅自作主，矫诏发出。盖因刘瑾想大权独揽，便每天组织各种杂耍游戏让武宗参予，每每玩到兴头上，刘瑾便拿出各衙门上奏文书，请武宗阅读处理。武宗往往不耐烦地说：“我用你是做什么的，一件事一件事都来麻烦我。讨厌！”刘瑾要的就是这句话，从此他独断专行，对国事妄自裁断。真正当皇帝的不是武宗，而是倒行逆施的刘瑾了。

正德二年（1507 年）的闰二月初六，也就是刘健、谢迁等去职3 个多月后，刘瑾撺掇武宗在奉天殿外杖打给事中艾洪、吕翀以及南京给事中戴铣、御史薄彦徽等 21 名官员。这些官员都曾上章奏请挽留刘健、谢迁而遭到刘瑾忌恨，故全部逮捕治罪。廷杖后，21 人全部被贬为庶民。戴铣受杖刑创伤很重，抬出宫殿就死去。他的好友、时在南京任职的王阳明上疏为其辩冤，也被刘瑾下令捉到北京来廷杖，尔后谪戍贵州都匀卫。王阳明戍边 3 年，埋头读书，成为有明一代最伟大的思想家，此是后话。

当第一批受廷杖的官员全部戍边后，刘瑾于三月二十八日假借武宗名义，发布了一个《奸党录》，以刘健、谢廷、韩文三人为首，共 53 人，张榜公之于朝堂。散朝之后，刘瑾又下令所有早朝官员都跪在金水桥南面，让鸿胪寺再次宣读《奸党录》，以此警戒群臣。

刘瑾特别忌恨给皇上进谏为“奸党”辩诬的官员，谁敢进谏，一律廷杖戍边。一些官员都冤死在杖刑中。此情之下，李东阳是泥菩萨过河，自身难保。

就在这时候，一件更为惨烈的事情发生了。

天下荫受其庇

正德三年（1508 年）的六月二十六日，午朝退朝时，不知是谁，在御道上留下一封匿名信，历数刘瑾的罪状，说他罪大恶极当诛。立刻，有人将这封信交给了刘瑾。此时，百官尚未散去，刘瑾矫诏，要上朝的数百名官员全部到奉天门外广场上跪下。斯时正值酷暑，热辣辣的太阳直射地面，暴晒下的官员如在火上烤。不一会儿，一些官员便昏厥倒地。趁刘瑾回屋歇息时，太监李荣搬来冰瓜给群臣消暑，并让他们暂时起身缓缓劲儿。看到刘瑾从屋里出来，李荣连忙吩咐:“他来了，你们快回原地跪下。”刘瑾已看到群臣吃瓜的场景，于是大发脾气，扬言加大惩处。太监黄伟看不惯刘瑾的劣迹，这时站出来大声对群臣说："匿名信上写的都是为国为民的事，谁写的，自己挺身出来承认，虽然死了也算一个好男儿，何必枉自连累他人！"刘瑾恼羞成怒，吼道："写匿名信罪该当死，何况又放在御道上，算什么男子汉。"到了傍晚，刘瑾下令将下跪的三百余名官员全部送到锦衣卫监狱关押，准备第二天太阳出来后，再押回到奉天门外下跪。

当晚，同情群臣的太监李荣被刘瑾勒令回籍闲住，黄伟遣送回南京，谪为净军。身为首辅的李东阳虽然没有下跪，但他内心的痛苦，可能比下跪的官员还要多。他厌恶甚至是仇恨刘瑾，但他不敢与之抗争。如今同类受到摧残，他不能不置一词。当晚，他给武宗皇帝写了一个简单的条陈：

> 匿名文字出于一人之阴谋，诸臣在朝，仓促拜起，岂能知之！况今天时炎热，狱气薰蒸，数日之间，人将不自保矣。

刘瑾看到这个条陈，加之风闻匿名信可能出自内廷某太监之手，于是决定不再追究群臣，将他们从锦衣卫监狱中放出。可是，此时已有刑部主事何钺、顺天府推官周臣、礼部进士陆伸三人中暑而死，至于因中暑而病倒的官员，更是多达数十名。

李东阳以他逶迤避祸的方式，换取刘瑾对他的容忍，然后小心翼翼地对受到迫害的官员进行保护。关于这一点，《明史·李东阳传》是这样评价的：

> 刘健、谢迁、刘大夏、杨一清及平江伯陈熊辈，几得危祸，皆赖东阳而解。其潜移默夺，保全善类，天下阴受其庇，而气节之士多非之。

锦衣卫木印

两年写了十二份退休报告

李东阳的为官之道，如果仅从道德观念出发，他的确有可指责之处。如果以气节为尚，他就不能留在首辅位上与恶人为伍。但是，正是因为他与狼共舞，许多道德至上的君子才得到了保护。换句话说，正因为他下了地狱，才让一些君子上到了天堂。官场非常复杂，仅有操守气节，在某种特定时期，是做不成事的。但是，一帮奉道德为圭臬的清流却借此攻击李东阳。有一天，李东阳的门前，也出现了一张白头帖，帖上是四句诗：

清高名位斗南齐，伴食中书日已西。
回首湘江春水绿，子规啼罢鹧鸪啼。

很明显，这匿名诗讥刺李东阳贪恋禄位，不能象刘健、谢迁那样拍案而起，挂冠而去。鹧鸪啼“行不得也，哥哥”，实际上的意思是“哥哥，你快走吧”。据说，李东阳看到这首诗后，脸色沮丧，却照旧吩咐起轿，前往内阁上班。而这首诗也不胫而走，数日里传遍两京。

不久，又发生了一件事，对李东阳刺激更大。

一个叫罗玘的侍郎，是李东阳的门生。所谓门生，即李东阳担任会试主考官时录取的进士。在明代，座主与门生的关系，是各种人际关系中最为重要的一环。门生视座主为再生父母，终身恭敬。可是，罗玘觉得李东阳骨头太软，要他辞官保持名节。李东阳不置可否。罗玘恼怒之下，竟写了一封公开信给李东阳，声明从此断绝师生关系，自请削籍。李东阳看到这封信后，俯首长叹不已。

试想一下，当上首辅的李东阳，处境何其艰难。一方面，他要与刘瑾、焦芳等一帮恶人为伍，既不能同流合污，又要操劳国事，弥缝艰难；另一方面，他还要忍受来自同类的误解和伤害，既不能辩解更不可报复。事实上，来自同类的伤害让他更为伤心。

正德五年（1510 年）八月，在三边总督杨一清与太监张永的联手下，刘瑾被武宗下令逮捕并最终诛除。据说刘瑾被凌迟处斩时，怨恨刘瑾的人家，都争先恐后地上前购买刘瑾的肉，不等肉煮熟，便都吃了下去，以此发泄压抑太久的愤怒。

刘瑾虽死，但朝政仍在宦官的掌握之中。八虎中的张永、马永成等，依然深受武宗信任。内阁仍是影子内阁，辅臣缩手缩脚，不敢有所作为。

李东阳倍尝心力交瘁的滋味，加之已 64 岁高龄，真正地萌生了退意。从正德五年十一月十八日向武宗呈上《奏为陈请乞恩，恳求休致事》这篇奏疏开始，到正德七年十二月二十四日呈上《奏为老病乞休事》为止，短短两年间，一共给武宗皇帝写了 12 篇退休报告。平均两个月写一篇，可见求去心切。武宗开头是一味地挽留，后来看到李东阳确实老病力不从心，遂于正德七年十二月二十六日下旨准予离职，并按照以往的惯例，赏赐敕书，给予廪食、仆隶，并恩准留居北京。这一年，李东阳 66 岁。

晚年的孤臣心境

乍一离开权力中枢，李东阳尝到了无官一身轻的快乐。过了一个轻松的春节,接着是桃红柳绿的春天。李东阳带着书童到香山春游，写了一首《树色》：

过烟披雨带斜晖，画入无声似转非。
几树经寒春淡薄，一帘空翠晚霏微。
行怜步远犹随杖，坐爱情多欲上衣。
吩咐儿童休报客，主人吟玩已玩归。

多么地闲适，多么地惬意。由此可以看出，李东阳更适合当一个优雅的文人。但是，他同杨士奇一样，都当过三代帝王师。《明史》中评价他：“自明兴以来，宰臣以文章领袖缙绅者，杨士奇后，东阳而已。立朝五十年，清节不渝。”将李东阳与杨士奇相提并论，有一定可比性。两人都以文学作为入仕的晋身之道，士奇的文，朴拙中显灵气;东阳的文，清纯中见飘逸。两人当首辅后，士奇既与人为善，又刚直不阿；东阳既秉持正义，又曲折圆融。这是不同处。相同之处在于，两人政治上均未见大的建树，士奇懂民情，办实事；东阳懂规矩，办正事。两人都是识时务的俊杰，但士奇把握分寸的能力超过东阳。

读李东阳的文集，可以看出，他对政治的见解略逊于文学，兹录几例：

论王政者必以食为首：《尧典》首授时；舜咨十二牧，首曰食；禹陈六府，必曰谷；文王治先九一；箕子衍八政，先食货；孔子答问政，先足食；孟子每论政，必先养民。田亩而下，至鸡豚、鱼鳖、布帛、丝枲之细，虽详不厌。谓有民斯有国，不如是，不足以为治。（《政首赠何子元参政》）

窃闻孔子曰："臣事君以忠"；程子曰："至诚事君，则成人臣；至诚事亲，则成人子。"忠诚也，臣子之本也。古者世禄而不世官，必才德可用，乃任以事。（《忠诚堂记》）

这两则论政的话，虽多为引言，但反映李东阳的观点。事君以忠，牧民以食，都不是新观点。但如何忠，如何食，则是制定朝政的理论基础。首辅的职责，就是围绕忠君与牧民两大问题，制订出易于操作的政策来。李东阳善于提出问题，但他解决问题的能力，比之杨士奇却是稍逊一筹。

再看李东阳谈文学：

夫所谓文者，必本诸经传，参诸子史。而以其心之所得，口之能言者发之，然后随其才质，有所成就。苟徒掇拾剽袭于片语只字间，虽有组织绘画之巧，卒无所用于世者。（《瓜泾集序》）

有纪载之文，有讲读之文，有敷奏之文，有著述赋咏之文。纪载尚严，讲读尚切，敷奏尚直，著述赋咏尚富。（《倪文毅公集序》）

前者谈文章之道，后者谈文体之别，皆言简意赅，明明白白。李东阳是儒家血统，观点不求新，但求浑厚一气贯之。

大凡文人出身的政治家，有大学问而无大气魄，有大视野而无大胸襟，有大思路而无大办法。这就是为学问所囿的缘故，设若能

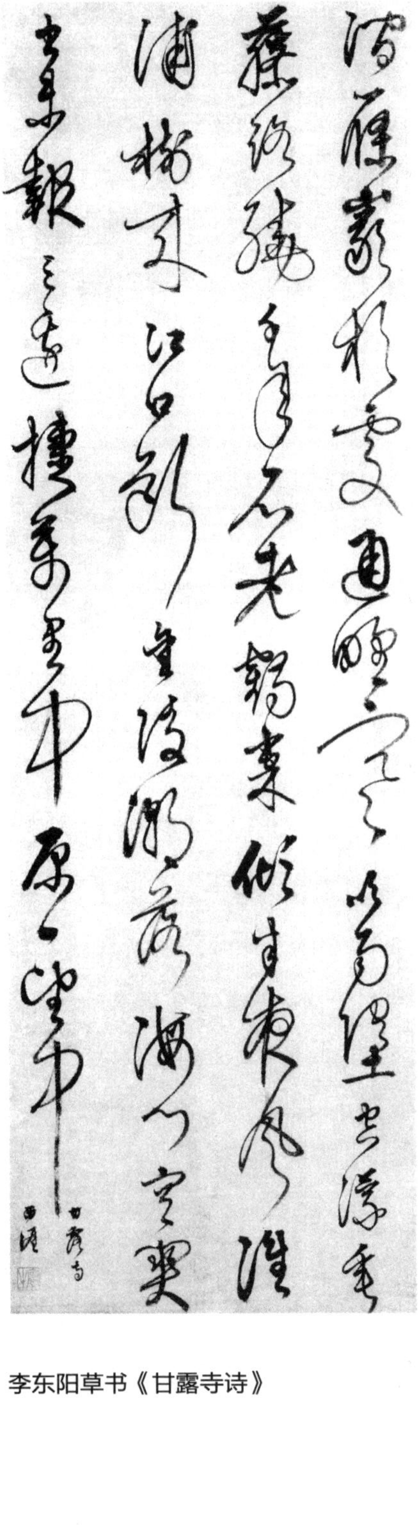

李东阳草书《甘露寺诗》

打破经籍藩篱，便能入无人之境了。

李东阳不打破藩篱，所以碰到刘瑾这样的奸凶，武宗这样的昏君，他便表现出束手无策。退休之后，他用心编了一本《燕对录》，记录他与孝宗在一起论政时的情景。孝宗每次召见他讨论何事，发表何种观点，他都记载详细。言语之间，对孝宗充满了崇敬之情。我想，这本书的编辑初衷，是因为他对武宗太失望了。依他的性格，断然不敢对武宗有所指斥。于是，就对前朝皇帝表示敬慕，这种曲折的做法，便是典型的文人。

正德十年（1515 年），在孝宗去世 10 周年忌日，69 岁的李东阳又写了一首《五月七日》：

解组归来已白头，几从天路想神游。
端阳过眼仍三日，旧事伤心更百忧。
寝庙衣裳云气冷，泰陵松柏雨声秋。
乾坤俯仰余生在，隐几无言只泪流。

对明君的怀念隐藏着对昏君的失望。第二年，70 岁的李东阳在北京寓所中去世。赠太师、谥文正。虽然倍极哀荣，但此时的朝政，在武宗的胡闹下，正一步步滑向深渊。

八

屡经忧患身心老

——记刚直不阿的杨廷和

杨廷和像

武宗是娱乐界的超级明星

正德十三年（1518 年）的九月初一，明武宗朱厚照从宣府出发，经过怀安、天城、阳和等地，抵达大同。

从正德十二年八月初一，朱厚照在佞臣江彬等的撺掇下，以巡边剿匪的名义离京前往边关宣府。短短一年时间内，他 4 次离京前往山西宣府寻欢作乐，在京城呆的时间不足 3 个月。他下令在宣府建造行宫，在那里乐不思蜀。

作为一国之君，长期不在京城，对于大明帝国来说，这是没有先例的。永乐皇帝朱棣曾数次深入西北对蒙古人作战。但他每次出征，都会委任太子朱高炽监国。不到 30 岁的武宗，膝下无子，他无可挑选监国的人选。他压根儿也没有想到要这么做，只是一味地游戏人生，国家大事他才不想去管呢。为此，他与内阁以及部院大臣的关系弄得十分紧张。内阁辅臣屡屡劝谏，要他留在京城处理军政，他一概不理会。为此，大臣们很是伤心，也很无奈。当他第四次离开北京时，内阁首辅杨廷和以及另外两位辅臣，都没有前往东安门送行。

八月中旬，当武宗刚刚到达宣府，就收到了给事中徐之鸾、监察御史李润两人的联合上疏：

大学士杨廷和、蒋冕、毛纪，并居师保重地，主忧应与忧，主乐应与乐。迩者敕谕中外，将有疆场之行，廷和等先后称疾家居，比至驾行，竟不一出。今六飞临边已愈旬矣，宗庙社稷，百官万姓，寄于空城之中，正大臣身系安危之日也。犹复杜门坚卧以求决去，其自为计得之矣。居守之事，将谁是托？中外之心，将谁是恃？三臣者，正宜纳约自牖，忧形于色，乃徒以疾求去，冀以感悟圣心，亦已迂矣。万一意外之虞起于仓促，大疑无所取决，而或至于偾事。三臣将以何言告白于天下哉！伏望陛下以天下为念，君臣同心，共图化理，则人心固，社稷安矣。

从这封奏疏中得知，以杨廷和为首的内阁三辅臣，因不满武宗的胡闹，已经宣布辞职。在当今社会，内阁的总辞一定是一场异常重大的政治风波。即便在明朝，也是充分引起朝野关注的政治事件。但是，武宗皇帝对这一类的事件早已司空见惯。见到这道奏疏，他只当什么事情都没有发生，既不回复，也不担心，照旧在西北边域玩他的“嘉年华”。

事实上，明眼人一看便知，徐之鸾与李润的奏疏，玩的是“政治障眼术”。表面上是弹劾内阁辅臣，实际上是规讽皇帝。但对于28岁的武宗来说，任何政治技巧都无济于事。他根本不研究政治，大臣们的匠心，他又如何能够理解呢？每天寻花问柳、呼鹰逐兔的生活，让他患上了娱乐亢奋症。如果在今天，他一定会成为娱乐界的超级明星，而不会去当那个令国家痛苦也让他本人难受的皇帝。

内阁总辞不能让皇帝回心转意

三位内阁大臣终究没有斗过武宗。当武宗决定由宣府前往大同时，首辅杨廷和打破沉默，给路上的武宗写了一封奏章：

圣驾出行，今已一月，内外人心，历历危惧。又有讹言传播威武大将军名号，及巡幸山陕、河南、山东、南北直隶之说。愚民无知，转相告语，甚至扶老携幼，逃避山谷。此风一传，关系

> 甚大。自古人君乘舆远幸，皆因不容已之势，乃有不得已之行。今陛下当无事之时，为有事之举，虽有内外左右忠良之臣，谏亦不闻，言亦不入。不知圣明之见，何以出此？方今邦畿远近，盗贼公行，各处灾异，奏报不绝，天变于上，人怨于下，窃恐朝廷之忧，不在边防而在腹里也。

这篇奏疏指斥武宗不理朝政、外出巡幸的种种不端，无异于掴了武宗几个耳光。但武宗依然不予答复。相反，他还在大同发出敕书，自封为镇国公，每年支取禄米五千石，命吏部按照敕书执行。

敕书到京，杨廷和在休假，他授意当值的阁臣梁储与毛纪以特快专递方式，向远在大同的武宗呈上抗疏：

> 陛下谬自贬损，即封国公，则将授以诰券，追封三代，祖宗在天之灵，亦肯如陛下贬损否？况铁券必有免死之文，陛下寿福无疆，何甘自菲薄，蒙此不祥之词？臣等决不敢阿意苟从，取他日戮身亡家之祸也。

当时，朝廷官员中附和梁储、毛纪的观点极力劝谏的不在少数。但武宗抱定不予理睬的主张，概不搭理。

就在大臣眼巴巴盼望武宗返回京城时，这位荒淫的皇帝已经到达大同口外的偏头关。他的那帮近侍到处抢夺良家女子供其淫乐，有时多达数十车，每天都有被抢来的女子死在运送的途中。

当这些消息传到京城，杨廷和等一帮大臣忧心如焚。杨廷和决定亲赴大同，向皇上面呈厉害，劝他回京。但是，当他走到居庸关前，却见关门紧闭。杨廷和命令守关将校打开城门让他过去，谁知把守关口的竟换成了武宗皇帝的亲信太监谷大用。武宗早已料到大臣会闯关前往大同找他，预先作了安排。任杨廷和如何怒骂，谷大用就是不开门，甚至还威胁道："我有皇上亲赐的尚方宝剑在手，谁想闯关，不管是谁，格杀勿论。"杨廷和见状，只好打马回京。

如果说明代有什么最难堪的差事，则莫过于在武宗手下当首辅。很不幸的杨廷和，却是无法逃脱。

从明升暗降到跻身内阁

客观地说，明朝的帝王师中，杨廷和还是比较有主见的一位。他出生于天顺三年（1459 年）。这一年，明王朝相对风平浪静。因土木堡之变当了蒙古王也先俘虏的英宗朱祁镇，已经复辟 3 年。他在这一年冬天，抓捕了奸臣石享。在他复辟重登帝位这件事上，石享功不可没。但此人结党营私，贪墨成性。在时任首辅李贤的赞画下，英宗终于下定决心除掉这只蠹虫。

杨廷和出生于四川省新都县一个书香世家，从小聪敏过人。他 12 岁就考中秀才，是名符其实的神童。19 岁时，他与父亲杨成一起赴京参加全国的会试，这一年是成化十四年。结果是父亲落榜，他却高中，并被选拔为庶吉士。翌年回乡结婚，度完蜜月，又回到京城，被授职为翰林院检讨。《明史》中评价他："为人美风姿，性沉静详审，为文简畅有法。好考究掌故、民瘼、边事及一切法家言。"这几点，恰恰是一个政治家应该具备的素质。

杨廷和在明宪宗一朝当了 9 年的官。成化二十三年，宪宗驾崩，皇太子朱佑樘继位，是为孝宗，改年号为弘治。杨廷和被宪宗安排为太子的讲师，太子登基后，依例重用身边的旧臣。所以，在弘治二年，因参予修撰《宪宗实录》而提拔为侍读，依旧是皇上的讲师，接着又升任为左春坊左中允。这是管理太子学习的机构，左中允是一把手。其时，太子朱厚照尚未出生，给这么一个官职，表示孝宗对杨廷和的信任。第二年，孝宗又拜杨廷和为左春坊大学士，充当日讲官。这一年，杨廷和 31 岁。风度翩翩的他，跟着刘健、徐溥、邱浚、李东阳等一帮老资格的帝师，成为孝宗的股肱。

在孝宗当政的 18 年中，杨廷和一直充任皇帝与太子的讲师，其时间之长，非一般帝师可比。我想，他在这个位置上久任，一来是因为朝中老臣较多，论资排辈还轮不到他入阁。二来也是因为他学问充实，口才又好，孝宗与太子都舍不得他。

弘治十八年（1505 年），15 岁的朱厚照继位成为武宗皇帝后，杨廷和开始了他崭新的政治生涯。

武宗登基后，内阁首辅是刘健，谢迁、李东阳为次辅。杨廷和仍旧是詹事府詹事兼翰林学士，充当武宗经筵的讲官。

每逢武宗出经筵听讲，杨廷和便利用这个机会，在讲孔孟之学的同时，夹杂着讲一些治乱兴亡的道理，规劝年少的武宗多亲近君子，疏远小人。应该说，讲这些话，是一个帝师的责任。但武宗觉得杨廷和的话不中听。一次听完讲后，他对刘瑾说："讲课就讲课，怎么夹枪夹棒讲那么多闲话？"刘瑾认为杨廷和不与他配合，于是趁机说："干脆把杨廷和调到南京去。"武宗听了没有作声。

不几天，刘瑾假传圣旨，调杨廷和为南京吏部左侍郎，比之四品的詹事府詹事，吏部左侍郎不但官阶升了一级，而且由讲官改任部院大臣，表面上是升迁，实际上是明升暗降。刘瑾的目的是将杨廷和逐出京城。

杨廷和离京的日期是正德二年（1507 年）的三月十六日。七月份，武宗又升任他为南京户部尚书。到了十月十六日，就在杨廷和离京整整 7 个月之际，他又收到了第三道圣旨，武宗调他回北京担任户部尚书兼文渊阁大学士，参予军机要务。

这突如其来的变化，不要说别人，就是杨廷和自己也被弄得一

明武宗朱厚照像

头雾水。原来，将他外调南京，武宗并不知道。刘瑾一手遮天，他之所以还给杨廷和升官，大概是看出武宗对杨廷和还有眷念之情。果然，有一次出经筵，武宗没有看到杨廷和，便问刘瑾："杨学士在哪儿？"刘瑾回答说："杨廷和现任南京户部尚书。"武宗说："谁将他调到南京的？当户部尚书，也应该在北京当啊。让他回来，除了当户部尚书，还让他入阁参予机务。”

就这样，杨廷和回到了北京，南京的 7 个月，是杨廷和从政生涯中，唯独的一次外任。

武宗下旨南巡的风波

杨廷和进入内阁时，首辅是李东阳。对于杨廷和的到来，李东阳深表欢迎。因为自刘健、谢迁等阁臣致仕后，他在内阁苦撑危局，备尝艰难。另一位新补的阁臣焦芳与刘瑾沆瀣一气，扰乱朝纲，无所不用其极。杨廷和入阁可以与他联手，对焦芳进行牵制。

关于杨廷和初入阁的情况，《明史 · 杨廷和传》如此表述 ：“瑾横益甚，而焦芳、张綵为中外媾，廷和与东阳委曲其间，小有济救而已。”说他们小有济救，乃是因为朝廷中邪恶势力过于强大，他们取得武宗皇帝的信任，故有恃无恐。李、杨二人，只能在夹缝中求生存。

杨廷和离京 3 年，武宗身边的小人越聚越多。正德十四年二月初八，一直在西北边关巡游嬉闹的武宗回到北京。5 天后，应杨廷和的请求，武宗按礼仪在南郊举行大规模的祭祀天地的典礼。礼毕，杨廷和将《居守敕》呈还给皇上。朝廷规矩，皇上出巡，内阁首辅留守处理政务，必须得到皇上颁赐的《居守敕》，方为名正言顺。皇上返京，《居守敕》必须交还。

当杨廷和将《居守敕》交还时，武宗并不接受。他说 ：“朕还会经常巡行，你不要把《居守敕》归还。”杨廷和一听这话不对劲，立即面奏 ：“请求皇上立即下达诏书，向天下的官吏百姓明确表述，从今以后，再不离京出游。”武宗报以暧昧的一笑，竟带着一百余骑弁卒，到南海子打猎去了。

7天以后，武宗将告谕送到礼部："威武大将军、太师、镇国公朱寿，今往两畿、山东祀神祈福。"

杨廷和得知消息，极力劝阻，武宗不听。于是，朝廷各大衙门官员纷纷进谏请求皇上不要南巡，终于酿成了一场很大的政治风波。

首先上疏劝止的是兵部郎中黄巩，署名的共有6人。接着是翰林院修撰舒芬、吏部员外郎夏良胜、礼部主事万潮、太医院医士徐鳌，共107人上书谏止。

这些官员的劝谏，应该都是在杨廷和的默许下进行的。明代官场的潜规则，大凡首辅想要采取什么行动，诸如劝谏、诛除皇上身边佞臣，一般先让级别较低的官员先行上书，以此试探皇上的态度。若皇上因此动怒，此事就告停止；若皇上犹豫，第二批级别更高的官员就跟着上书。

武宗像过去一样，对官员的劝谏一概不理，但看到谏章越来越多，不满的调门越来越高时，武宗这才沉不住气了。他又拿起黄巩的奏章，读到其中这一段：

> 言戒游幸曰："昔舜之戒禹曰：'罔游于佚，罔淫于乐。'周公告成王曰：'毋淫于观、于逸、于游、于猎。'陛下始游戏不出大廷，论者犹谓不可。既而幸宣府、幸大同、幸太原、幸陕西、榆林、延绥诸处，每到一处劳民伤财，州县骚然，至使民间一夫一妇不能相保。陛下为民父母，何忍使民至此！亏损圣德、贻讥万世，陛下自以为何如？近者复有南巡之旨，南方之民闻讯，争先挈妻子以避去者，流离奔命，敢怒而不敢言，无异于驱之于死亡，流而为盗贼也！一旦变生，陛下悔之晚矣。彼居位之大臣，用事之中官，昵昵之近侍，皆欲陛下远出以擅权自私，乘机谋利；否则亦袖手旁观，如秦人视越人休戚之不相涉也，夫岂有一毫爱

陛下之心哉！

这封奏章长达千言，可谓直捣黄龙、风雷满纸。特别是读到上面这一节，武宗以及他身边的那几位佞臣都勃然大怒。武宗下旨将上书言辞最激烈的黄巩、万潮、徐鳌、陆震、夏良胜、陈九川等6名官员抓起来，投入锦衣卫大狱，将舒芬等101人押到午门外罚跪五天。第二天，又逮捕大理寺正周叙等10人，第三天逮捕20人，第四天又逮捕3人。

常言道，政治清明的表现是武官不怕死，文官不爱钱。武宗时代，却成了武官没有钱，文官不怕死。考诸明朝历史，文官中虽不乏小人，但主体上仍是君子占上风，越是朝廷中小人当道，君子愈显气节。按一般的常识："君子道长，小人道消。"武宗当政时，这种情形一直成绵延之势。

被逮下狱和下跪的官员，并不因为受到严惩而畏惧，君臣的对立到了白热化的程度。武宗下令将不肯认错的官员处以杖刑，先后死于杖刑的多达17人。刑部劝谏的奏疏，由郎中刘校执笔，杖刑之前，他大声喊道："我死而无畏，只恨我死前不能见到老母。"他的儿子刘元娄，年仅11岁，站在一边痛哭。刘校对儿子说："你要懂得事君死于义的道理。你回去好好伺候祖母和母亲，不要愧对你的父亲。"说完后就被杖打至死。

武宗听到这个故事，竟然也受到了感动，终于取消了南巡的打算，但对劝谏的官员，仍然都给予了削职、降级或贬谪的处分。

内阁与司礼监的紧急联席会议

历史往往会出现一个有趣的现象，一个昏庸的皇帝身边总会有一位精明强干的宰相，为其匡时补过、弥缝国事。武宗朱厚照与首辅杨廷和，应该是这样一对关系。

武宗信任杨廷和，却又不肯听他的话。他放心地把内阁交给师相，却又不希望内阁干涉他的行动。武宗永远是一个玩不醒的孩子，他甚至有幻想症。因为他的权力不可制约，所以他的幻想常常付诸行动。为此，朝廷常常爆发政治地震。杨廷和每每为此痛苦，他多次请求告老还乡，武宗始终不答应。当那么多人被杖死，杨廷和请求皇上接见，欲当面劝说，武宗避而不见。此一时刻，杨廷和真是欲哭无泪。

这一情形，到了正德十三年（1521年），才有了改变。

这一年的三月十三日下午，一封紧急文书从司礼监送到内阁。杨廷和打开一看，是武宗的口谕：

> 朕疾不可为矣。其以朕意达皇太后，天下事重，与阁臣审处之。前事皆由朕误，非汝曹所能预也。

看到这寥寥数语的圣谕，杨廷和并不吃惊。已经62岁的他，可以说是看着武宗长大，又看着他走向生命的末路。这位胡闹了一生的皇帝，既是他的学生，又是他的主人。眼看主人要离开人世，除了惋惜，就是痛心。

第二天，武宗死在豹房，年仅31岁。

当天，太监张永、谷大用等，遵皇太后之命，将武宗的遗体搬回皇宫。武宗虽然在生时一天也离不开女人，但却没有任何一个女人为他生下儿女。膝下无后，皇祚无人承继，帝国陷入了混乱。

就在张永、谷大用搬运武宗遗体的时候，司礼监掌印太监魏彬来到内阁，他很隐晦地对杨廷和说："太医的能力已经枯竭，请捐万金到民间去购买。"局外人听这句话，肯定是丈二和尚摸不着头脑。但杨廷和明白魏彬的意思。却说武宗没有子嗣，无论是皇太后还是他本人都很着急。太医一直用药调治，终不见效。如今武宗大行，无人继位，魏彬便出馊主意，要出大价钱到民间秘密购买一个品相好的小男童，作为武宗的儿子承祧大位。

杨廷和觉得魏彬的主意很荒唐，认为这是违反伦理之举，于是也在大而化之地讲了一番历朝承祧与继位的例子。两人都不说明，但却明白是怎么一回事。

不一会儿，张永与谷大用也都来到内阁。内监三大珰全都到来，等于是司礼监与内阁两大权力机构召开联席会议，讨论由谁继承皇位的问题。早在武宗病重时，杨廷和就在思考这件事，他早就想好了方案。这时，他从袖中取出洪武皇帝的祖训："我朝早已立下规矩，皇帝若无子嗣承祧大位，就让长弟接任。兄终弟及，谁能更改？"

张永便问："按这规矩，皇位应由谁来继承？"

杨廷和回答："当今兴献王的长子，是宪宗的孙子，孝宗的侄子，大行皇帝的从弟。按皇族伦序，应该由他继承皇位。"

梁储、蒋冕、毛纪三位辅臣都同意杨廷和的观点，内监三大珰心中虽有小九九，但杨廷和搬出祖训，他们也无话可说，于是形成决议，上报皇太后，得到懿旨：宣谕廷臣，宜如内阁所请。

在杨廷和的建议下，明朝的第十一个皇帝诞生，他就是居住在湖广安陆县的兴献王的世子朱厚熜。

新皇帝以辞位要挟大臣

在武宗去世，朱厚熜来京之前的这 37 天里，国家的最高权力实际操控在杨廷和手中。也就是说，他当了 37 天的摄政王。这在明朝首辅中，是仅有的一例。

在这 37 天里，杨廷和主持做了几件令朝野欢呼的大事：一是设计逮捕了以江彬为首的佞臣集团，仅抄没江彬一家的财产，就得

明世宗朱厚熜像

到黄金 70 柜、白银 2200 柜，其他珍宝财物不计其数；二是将贬谪的官员大部分召回，有的还给予重任，含冤而死的官员全部都给予优恤；三是将武宗召到京师的边兵尽数发还；四是蠲免武宗额外征收的赋税。

一向隐忍的杨廷和，终于得以机会展现他运筹帷幄、雷厉风行的一面。此时，他的威望在朝廷达到一个高峰。但是，好景不长，随着朱厚熜的进京，一种全新的折磨又在等待着他。

杨廷和主持国事拨乱反正，不可能把好事都做尽。待朱厚熜登基成为世宗皇帝后，他又替新君拟就《登基诏书》，凡正德年间害民的政令和弊端，可谓厘剔殆尽。同时革除了锦衣卫内监、旗校工役十几万人，减轻由南方岁供京师的漕运粮食二百五十三万二千余石。对于权势灼人的大太监，其义子传升、乞升等一切凡非正常渠道得官，而仅凭武宗恩典获得的，罢斥了一大半。这几样匡时救弊的事情一做，天下官员百姓莫不称颂新皇帝英明，同样也夸赞杨廷和的功劳。但是，那些失去官职的人对杨廷和恨之入骨，他们收买刺客欲取杨廷和性命。世宗闻讯，调营卒 100 人充当杨廷和的护卫。

但是，君臣之间这样融洽的政治蜜月太短。

正德十六年四月二十七日，世宗登基才 6 天，就下达诏书，命朝廷大臣商量议定他的亲生父亲兴献王的尊称和主祀规格。

礼部主持这项工作。礼部尚书毛澄拿不定主意，便去请求杨廷和。杨廷和讲了汉朝的定陶王和宋朝的濮王两个事例：

汉成帝无后，便立定陶王为皇太子，立定孝王的孙子为定陶王，奉共王祀。共王是定陶王的本生父亲，因定陶王接任皇帝，改为成帝之后，便不能再为生父祀奉香火了，因此才从定孝王的儿子中挑选一个封为定陶王，作为共王的儿子主祀。当汉成帝宣布这个决定后，大司空师丹说："这种办法可以说是恩义备至。"

宋英宗决定以濮安懿王的儿子入继给仁宗。过继完成后，就主祀问题征询司马光等大臣的意见。司马光说："濮王应当尊奉以高官大爵，称皇伯而不名。"范镇说："陛下既以仁宗为皇考，再称濮王为父亲，道理上讲不过去。"程颐说："既然入继为人之子，就应该以入继的父母为父母，而以本生父母为伯叔父母，这是人生的大伦。至于本生父母的情义再深再大，也不能颠倒这种次序，可以给自己的本生父母设立别的称号。”

毛澄研究了上述两则先朝范例后，觉得杨廷和的话大有道理。于是他领衔率 60 名大臣，向世宗皇帝上了一篇关于兴献王主祀及尊号的奏章，文章前面引用了定陶王与濮王两则典故，最后一段说：

> 今兴献王于孝宗为弟，于陛下为本生父，与濮安懿王事正相等。陛下宣称孝宗为“皇考”，改称兴献王为“皇叔父”，兴献大王妃为“皇叔母兴献王妃”，凡祭告兴献王及上笺于妃，俱自称“侄皇帝某”，则正统私亲，恩义兼尽，可以为万世法。

奏疏呈进宫中，19 岁的世宗看过，气愤地扔到一边，恼怒地说：“父兄可以这样改来改去吗？”发还奏疏，令礼部再议。

这时，世宗皇帝派人去湖北安陆迎接他的生母、兴献王妃蒋氏。船已到达通州，世宗又让礼部议定迎接蒋氏的规格。毛澄坚持不能用皇太后的规格迎请，他说兴献王妃只能由崇文门进入东华门。世宗不同意，又改议为由正阳左门进入大明东门，这是皇太妃的规格了。世宗仍不同意，而内阁与礼部也不肯再作让步，双方就僵持在那儿了。

住在通州的蒋氏，听说关于她的尊称还未议定，就不打算进京而准备返回湖北。当然，她并不是真心要回，而是母子串通好了的，以此要挟大臣。蒋氏故意散布她要打道回府的消息，世宗听说后，当着众位大臣的面，伤心地哭了起来，他说：“如此委屈母亲，我这个皇帝还有什么当头。我现在就辞去皇帝，侍奉老母回到藩地安陆。”

尽管世宗声泪俱下，毛澄等仍坚持已见不肯更改迎接礼仪。于是，世宗自己决定以皇太后的规格迎接生母，让其从正阳中门入。

兴献王朱祐杬像

给世宗揣了一个窝心脚

关于世宗生父兴献王的尊号和主祀问题，成为世宗登基初年朝廷的最大事件，后世称这件事为“大礼案”。大礼案双方的主角，便是皇帝朱厚熜与首辅杨廷和。

以今天的观点看，给什么人上什么尊号只是一种文字游戏，于国计民生并无实际的影响。但在明朝就不一样，在忠孝立国的大政方针之下，一个尊号，一个祭祀的规格，一个封赠，往往让人从中看到僭越、甚至悖逆的迹象，轻者混淆视听，重者动摇国本。在明代，不要说祭祀皇帝，就是祭祀孔子，也有非常严格的规定。连从祀孔子的人，诸如孟子、朱熹、二程等人，都由皇帝亲自圈定。

明代的首辅，很少从封疆大吏中选拔，几乎所有的首辅，都有主政礼部、吏部的经历。这乃是因为，首辅之职既要知人、识人、用人，更要懂得典章制度、历朝礼仪。所以说，没有主政过吏、礼二部，便不具备担当首辅的知识结构。

杨廷和作为明朝制度的维护者，当然不能容忍世宗皇帝有悖于朝廷大礼的私情。所以，他坚决抵制给兴献王上“皇考”的尊号。而且，让朱厚熜入京继位之前，杨廷和与他谈话，让他入继给孝宗，他也是同意了的。但是登位之后，世宗迅速变卦。这一点，杨廷和不能接受，甚至非常气愤。经过 20 余年的积累与 37 天的摄政，杨廷和真正地成为天下文官之首，朝廷部院大臣，几乎清一色都是他的拥趸。这一点，世宗皇帝看得很清楚。但是，由于自己新来乍到，还没有培植起自己的力量，他只能就大礼的问题，耐下心来与杨廷和沟通。

毛澄的奏章，一次次被世宗发还重议，双方陷入僵局。就在世宗执意将生母蒋氏从正阳中门迎进皇宫之中，一直没有公开表态的杨廷和，终于按捺不住，率领内阁蒋冕、毛纪两位大臣，给世宗皇帝上奏疏：

> 三代以前，圣莫于舜，未闻追崇生父瞽瞍；三代之后，贤莫于汉光武，亦未闻追崇生父南顿君。惟陛下取法二君。

当过两朝帝师的杨廷和，博闻强记，学富五车。如今又检出舜与汉光武帝两个例子要世宗效法，奏疏虽短，但字字都是惊雷！

看到这道奏疏，世宗象被揣了一个窝心脚。但他也不是逆来顺受的善主。那一天，他端坐文华殿，召来杨廷和、梁储、毛纪三位阁臣，杀气腾腾地说："凡是对大义礼持不同意见的，就是奸邪之徒，其罪当斩！"三人无语。

过几天，世宗传谕内阁："兴献帝、兴献后都加'皇'字。"杨廷和拒不执行，他封还世宗的手敕，并上书恳请辞职。

世宗接见杨廷和并挽留，他不停地给杨廷和加秩晋爵以示羁縻，企图让杨廷和改变主意。杨廷和概不接受，而兴献王尊称为"皇考"之事，亦毫无进展。

嘉靖三年（1524 年）正月，世宗同意了杨廷和的退休请求。身心俱疲的杨廷和，回到了故乡新都。

他离开北京之时，也就是他的悲剧开始之日。

悲剧是政治恶化的结果

杨廷和去后，大礼案的争执还在继续。不过，现在领导群臣与世宗抗争的，不再是杨廷和，而是他的儿子杨慎。

杨廷和刚刚离开京城，世宗皇帝召来礼部官员说："请你们选择日期，为朕的本生父母加封尊号，举行祭祀，并告知上天，颁发诏书，布告天下。”见礼官惊愕，又特别补充一句：“在奉先殿旁另建一室，恭敬地祭祀朕的生父献皇帝。”

内阁与礼部仍然抵制，但文官集团的分裂已经出现。一些官员眼看世宗的坚决态度，便见风使舵附和。这样的官员并不多，以刚刚考中的进士桂萼与张璁为代表，他们连上数疏，陈说皇上应称孝宗为皇伯，而尊敬自己的生父为皇考。世宗颇为高兴，立即提拔二人为翰林学士，同时提拔的还有另外6位，摆在第一名的，是杨廷和的儿子杨慎。世宗这样做，既为了安抚百官，又为了桂萼、张璁能够顺利过关，可谓一箭双雕。

杨慎是杨廷和的大儿子，正德六年考中状元。为官做人，大有乃父之风。父亲离朝，尚在翰林院编修位上的他坚持父亲在大礼案中的观点，拒不妥协。这时，见世宗将他与桂萼、张璁同列升官，他并不感到荣耀，而是感到羞辱。他立即联络翰林院同列30人给世宗上书一封：

> 臣等与萼辈学术不同，议论亦异。臣等所执者，程颐、朱熹之说也；萼等所执者，冷褒、段犹之余也。今陛下既超擢萼辈，不以臣等言为是，臣等不能与同列，愿赐罢归。

看到这封奏疏，世宗的震怒可想而知。

关于杨慎的悲剧，我在《皇帝与状元》一文中已作了详细的阐述，这里不再赘言。

在杨廷和离开京城半年之后，他的爱子杨慎也被削职为民，被发配到云南保山蛮瘴之地永久地戍边。

因为杨廷和的力荐，世宗朱厚熜顺利当上皇帝；但因为大礼案，世宗又对杨廷和父子恨之入骨。有一位叫王邦奇的御史看到这一点，

杨慎石刻像

便上疏诬告杨廷和及其担任兵部主事的次子杨惇、任翰林院修撰的女婿金承勋、同乡侍读叶桂章等，曾经收受兵部尚书彭泽之弟彭冲的贿赂，使之为彭泽说话。世宗收到诬告信后，也不作任何调查，就下旨将杨惇、金承勋、叶桂章等逮捕下狱，三番五次严刑拷打，最终查无实据，将三人全都削职为民。到嘉靖七年（1528 年），世宗惦记着杨廷和利用濮王的典故，阻挠他为生父上皇帝尊号。于是，趁《明伦大典》修成时惩罚杨廷和用典的过实，下旨将其削职为民，撤销一切待遇。这一年的六月，71 岁的杨廷和在故乡含恨病死。

明朝的首辅不好当。碰到两个皇帝，一个淫奢至极，一个专横至极，杨廷和这位两朝首辅更加难当了。纵览杨廷和的一生，他的悲剧不是他个人的品质，或者是谋虑的失误而造成的。他的悲剧，是明朝中期政治迅速恶化的结果。写到这里，禁不住诌出 4 句：

曲亦悲来直亦悲，艰难从不上丹墀。

屡经忧患身心老，一触龙颜宰相危。

九 丹心原不负纲常

——记老倔头张璁

张璁像

来自星相师的鼓励

先看《二十七日揭晓呈同年知己》这首诗：

南宫晓日开春榜，北阙祥云复礼缪。
圣主示贤吾独愧，有司得士意如何？
愁时敢谓滔滔是，翊运真看济济多。
此日老成还太半，却教人讶早登科。

诗作者叫张璁。这是他考中进士发榜当天写的，其心情是且悲且喜。喜的是如愿以偿，悲的是他已 47 岁。在 500 多年前，这年龄绝对是“祖父级”的考生了。

诗作注明是庚辰年，即 1520 年。但明史上说张璁考中正德十六年进士，是年为辛巳年，即 1521 年，两者相差一年。考查史籍，武宗死于正德十六年的三月十四。自正月起就一直患病，不大可能举行会试。张璁本人记述的是正德十五年二月十五日入场考试，12 天后发榜，公布录取名单。两相比较，还是以张璁自己记载的为准。

张璁是浙江永嘉人，今属温州市管辖。浙东地区自古至今盛产商人，也盛产文人。刘伯温、宋濂都属浙东人，作为他们的后辈，张璁无论在学术还是在政绩上，都不能望其项背。但是，他同他们一样，不但都拥有一个帝王师的身份，而且其命运却比他们好得多。

明朝浙东的政治家，大都发迹较晚。刘伯温与宋濂都是五十多岁后才碰上朱元璋，张璁遇上嘉靖皇帝朱厚熜，也是 48 岁。

张璁23岁参加乡试考中举人，兹后7次参加全国会试均不中，第八次进京再入春帏，已是书生迟暮了。据说，七次不中后，他自己也就彻底灰心。按规定，举人就有了入仕的资格，他便到南京吏部申请补缺。在那里，他碰到了一个名叫肖鸣凤的御史。此人善星相学，他看了张璁的面相后，以不容置疑的口气说："从现在起，三年后你就一定能考中进士，再过三年，你必将大贵。"

张璁申请补缺，属无奈之举。举人出身的人进入官场，只能当中下层官吏，知府以上的高官根本没有可能。听肖鸣凤这么一说，张璁立刻就取消了补缺的打算，又回到永嘉苦读。没想到3年以后，张璁果然高中，搭上了步入仕途的末班车。

肖鸣凤的两项预言实现了一个。那么，他的"再过三年必大贵"的预言能否灵验呢？

与杨廷和大唱反调

张璁考中进士后，分配到刑部观政。这不是一个实际的职务，有点类似于今天的毕业生实习。张璁在刑部百无聊赖，有他的《闲赋》为证：

目断家何在，心孤地且偏。
岂惟吾是客，独觉日如年。
对镜伤华发，摊书忘旧筌。
大罗山下宅，荒尽种瓜田。

此时的武宗皇帝，尚在南京、扬州一带寻欢作乐，以各种理由，拒绝首辅杨廷和要他班师回朝的请求。而北京城内的各大衙门，虽然运转正常，但补官、晋升这样一些人事任免则被搁置。此情之下，尚未获得正式官职的张璁，自然也就感到度日如年了。他不知肖鸣凤所说的“大贵”从何而来，没有任何迹象表明天上可以掉馅饼。

但是，一年后，机会来到了。

武宗皇帝死后 36 天，即四月二十二日，世宗皇帝朱厚熜在奉天殿即皇帝位。

张璁虽然官位卑微，但还是有幸参加了世宗皇帝的登基仪式。他为此写下了《四月二十二日》这首诗：

少年天子今登极，文武衣冠拜圣明。
扫地妖氛朝雨净，当天丽日午风轻。
黄封供奉千官出，丹诏传宣万里声。
旋转如今真有赖，草茅何以答升平。

诗中，张璁朦朦胧胧看到了自己的希望，但并不确切。事实上，正是因为朱厚熜这位少年天子的登基，张璁的命运才发生了翻天覆地的剧变。

世宗皇帝登基后，坚持立自己的生父兴献王为皇考。由此遭到以杨廷和为首的部院大臣的强烈反对，因而引发了一场巨大的政治危机，这就是嘉靖初年有名的“大礼案”。我在前文中已对“大礼案”作了较为详细的阐述，在此需要补充的是：围绕“大礼案”的纷争所形成的两派，一派是以杨廷和为首，另一派的第一号干将则是张璁。

其时，杨廷和与张璁两人根本就不在一个数量级上。杨廷和是一呼百应的当朝首辅，特别是武宗晏驾、世宗尚未登基的 37 天里，他总摄朝局，做了许多善政，可谓天下归心。而张璁只是一个候补官员，不要说政绩，连身上那股穷秀才的酸气还未脱掉。但最终胜利的不是杨廷和，而是张璁。

却说“大礼案”初起时，局势牢牢地控制在杨廷和手中。世宗皇帝有心立生父兴献王为皇考，但孤掌难鸣。设若此时没有杂音，杨廷和最终能说服世宗，从而达到大明王朝承祧制度的沿袭。但想不到的是，张璁这时跳出来，给世宗上了一封《正典礼疏》：

臣窃谓孝子之至，莫大乎尊亲；尊亲之至，莫大乎以天下养。陛下嗣登大宝，即议追尊圣考以正其号，奉迎圣母以正其养，诚大孝也。廷议执汉定陶、宋濮王故事，谓为人后者为之子，不得顾私亲。夫天下岂有无父母之国哉！《记》曰：“礼非天降，非地出，人情而已”……

今武宗无嗣，大臣尊祖训，以陛下伦序当立而迎之。遗诏直曰“兴献王之子”，未尝着为人后之义。则陛下之兴，实所以承祖宗之统，与预立为嗣养之宫中者，较然不同。且迎养圣母，以母之亲也。称“皇叔母”，则当以君臣礼见，恐子无臣母之义。《礼》载：“长子不得为人后”，圣考只生陛下一人，利天下而为人后，恐子无自绝父母之义。故在陛下，谓入继祖后而得不废其亲则可，谓为人后以自绝其亲则不可……

这篇文章针对杨廷和的观点提出尖锐的反驳。世宗皇帝正苦于朝议一边倒，看到这篇奏疏如获至宝，高兴地说：“此论一出，我的父子亲情就可保全了。”他迅速下旨将《正典礼疏》交给大臣讨论。

杨廷和拿到奏疏后，第一个问题是：“张璁是谁？”

南京释放出的政治讯号

张璁是谁？

不但杨廷和不知道，所有的部院大臣都不知道这个无名之辈。

明世宗朱厚熜像

当他们打听到张璁只是一个尚未授职的刑部观政时，顿时都愤怒不已。但是，因为有了张璁这篇疏文，本来铁板一块的文官系统出现了裂痕，世宗在大礼争执中取得了小小的胜利。大臣们虽然仍坚持要世宗尊孝宗为皇考，但同时也作了让步，同意他尊父亲兴献王为本生兴献帝。由王变帝，一字之差，张璁功不可没。

但张璁由此得罪了士林，几乎所有的京官都排斥这个“狂悖之徒”。此时，吏部给他授官。按说有皇上的关注，他应留在北京谋到一个不错的职位。但谁也不肯让他留在北京搅局，于是给他安了一个南京刑部主事的职位，将他逐出京城。

嘉靖元年（1522 年）春节刚过，张璁离开北京前往南京赴任。临行前，写了一首《赴南都留别诸友》一诗：

今朝辞北阙，明日赴南官。
时论苦难定，圣心当自安。
独怜知己少，只见直躬难。
若问唐虞治，终期白首看。

张璁并没有胜利的喜悦，有的只是“独怜知己少”的悲哀。他开始相信肖鸣凤“大贵”的预测，所以又表露出“终期白首看”的信心。

抛开是非恩怨不讲，单从政治投机的角度来看，张璁绝非愚钝之辈。他之所以站出来表达对皇上大礼议案的支持，乃是经过了认真的思考。世宗登基时，他已是 48 岁，就算授官能获得一个七品的位置，从七品到五品，也就是知府以及六部员外郎这种位置，还有四个台阶，即从六品、六品、从五品、五品。明代官员晋升，三年一次考察，各项指标及格后方可晋升。如果按正常的途径，不出任何纰漏，12 年后，他才能获得一个中层官员的位置，而他的年纪却到了 60 岁。以这把年纪，再往上走就难上加难了。

适逢此时大礼案起，张璁看到满朝官员众口一词与世宗作对，便感到机会到了。刚刚登基不到三个月的世宗成了真正的孤君。张璁觉得此时若挺身而出支持皇上，得到的后果不外两种：一是让满朝大臣把他迫害；二是得到皇上青睐，打通晋升之途。思来想去，后者的可能性更大，于是下定决心冒死一搏。

对于张璁的外任，世宗皇帝心里头不乐意，但并未干涉。个中原因，一来是张璁级别太低，吏部可直接安排而无须得到他的同意，二来世宗刚登基不久，还未完全掌控局势。张璁也知道这一点，所以才会说“若问唐虞治，终期白首看”这样的话。他内心认为，世宗若开创唐虞之治，他应该是首屈一指的辅佐人选。

到了南京刑部就职以后，他认识了另一个投机分子桂萼，这为他日后的“骤贵”增加了筹码。

这个桂萼是正德六年进士，科名比张璁早了 10 年，初授丹徒知县，恃才自负，屡忤上官，改授青田知县，嫌远不肯赴任。在官场蹭蹬 11 年，也才混到南京刑部主事一职，与张璁同事。两人都是官场不得志之人，乍一见面即引为知己。桂萼没当过京官，不知道北京的局势，听张璁讲述大礼案前因后果，心情不觉怦然而动。斯时，大礼案纷争似乎已经结束，但兴献王为本生兴献帝显然不是世宗的本意。两人在办公室反复琢磨，决定各写一疏再论大礼。其中心意思仍是不应尊武宗之父孝宗为皇考，而应直接尊自己的父亲兴献王为皇考。

两封奏疏到京，可能是有关部门故意拖延，拖至嘉靖三年正月，世宗才看到奏疏，他对张璁、桂萼的观点非常感兴趣。此时，张璁不再是孤身一人支持皇上，除了桂萼，尚有方献夫、席书、黄倌等，这5个人可称为支持世宗的"五虎上将"。除方献夫外，四个在南京。鉴于两地相隔遥远，音讯不能及时传达，张璁与桂萼倡议，请皇上下旨让他们进京，与反对大礼案的官员在朝廷举行公开辩论。

眼看将要平息的纷争又起狼烟，北京的部院大臣们再一次紧张起来。

大礼案造就两个政治暴发户

此时杨廷和已卸职回到老家，但负责礼仪的礼部，仍清一色都是反对世宗崇本生父母的。这一点让世宗至为恼火。拿到桂萼疏后，他让礼部重新考虑大礼问题。礼部尚书汪俊说已有定论，坚持不改。张璁早已估计到这种情况的发生，于是在《论大礼第二疏》中特别指出：

> 陛下遵兄终弟及之训，伦序当立，礼官不思陛下实入继大统之君，而强比于为人后之例，绝献帝天性之恩，蔑武宗相传之统，至陛下父子、伯侄、兄弟之后名实俱紊。宁负天子不敢忤权臣，此何心也！

上述五虎上将所有讨论大礼的表疏中，只有张璁的这一段话最为阴险毒辣。他所指的权臣即杨廷和。他说所有反对世宗立自己生父为皇考的人，都是阿附权臣而蔑视皇帝。这实际上是提醒皇帝：表面上看是大礼之争，实际上是皇帝与权臣之争，皇权与相权之争。

明代的皇帝，勤勉也罢，懒散也罢，精明也罢，昏庸也罢，有一点是共同的，即害怕大权旁落。朱元璋废除中书省不设宰相，就是想从制度上铲除权臣。如今，张璁直截了当地将杨廷和比作权臣，这无异于让不满 20 岁的世宗皇帝看到了巨大的威胁。兹后，杨廷和与其子杨慎的悲剧，虽非张璁造成，但他的确起到了推波助澜、落井下石的作用。

对结成联盟的五虎上将，世宗皇帝青眼相看。这几个人官位都不高，但却是第一批效忠于他的官员，因此都得到破格提拔，日后相继成为朝廷重臣。

却说嘉靖三年春天，世宗不顾部院大臣的反对，召张璁、桂萼、席书等进京。一到北京，张璁与桂萼又联名向世宗上疏条陈七事，扬言要面折廷臣。北京各大衙门官员，特别是礼部与翰林院的文臣们，对这个人恨之入骨。有一些激愤的官员，甚至手持利刃，要将两人扑杀。桂萼闻讯好多天都不敢出门。张璁龟伏数日后，才敢在锦衣卫的保护下觐见世宗。

自两人到京后，言官们弹劾他们的奏章，每天都有好多份送到御前。世宗很不高兴，越发相信百官阿附权臣，因此不顾舆情，下旨特授张璁、桂萼二人为翰林学士。多位言官联名上奏抗旨，说“璁、萼曲学阿世，圣世所必诛，以传奉为学士，累圣德不少”。刑部尚书赵鉴更是上疏要求逮捕张璁、桂萼，并对人说：“待我请得诏旨，必将这两人捶杀。”

中国的读书人，历来把操守气节看得非常重要。张璁与桂萼曲意媚上，整个士林为之切齿，所以必欲诛之而后快。但是，在粗暴的君权面前，道德与人格的力量毕竟比鸡蛋壳还要脆弱。世宗皇帝好不容易找到两个鹰犬型的支持者，安能舍弃？他一意孤行要给二人升官，群臣一片激愤，最后导致两百余官员在会极门外伏阙痛哭，不惜以死谏方式希望世宗收回成命。世宗一不做二不休，将这些官员全部打入诏狱，并于翌日举行杖刑，当场被打死的有十几个人。这批官员全部受到严惩，流放充军、贬谪、罢官样样都有。

在大礼案中，胜利的是世宗皇帝，但最大的赢家是五虎上将。这五人中，又以张璁、桂萼为最。嘉靖四年（1525 年），张璁入阁成为辅臣，而桂萼亦当上了吏部尚书。这两个政治暴发户由此而进入人生的顶峰。张璁考中进士才 4 年就进入权力中枢，这正好印证了肖鸣凤“三年后必大贵”的预测。

值得怀疑的帝师身份

张璁入阁时，摆在他前面的还有两个人，一是首辅杨一清，二是次辅翟銮。但是，世宗对他的信任超过前面两位。入阁不久，世宗便在文华殿后的恭默室单独召见张璁，对他说：“朕会经常有密谕给你，你不要泄露。朕给你的帖子，都是朕亲手写的。”世宗这是暗示，他与张璁之间的联系，将绕过首辅和次辅，属于机密专线，即便是身边的心腹太监和秘书，也不得参予。这已经有点特务政治的味道了。张璁对皇上的专宠非常得意，于是得寸进尺地说：“当年仁宗信任杨士奇，特赐银印，许以单独奏事。臣既蒙皇上信任，也希望能单独奏事。”世宗答应，不几天果然给张璁赐了两颗银印，印文其一为“忠良贞一”，其二为“绳行弼违”。大概是顾及到廷臣的反应，世宗同时也捎带着给杨一清与翟銮一人赠了一颗。

张璁起于寒微，得势较晚，再加上高位并非来自正途，因此对周围人们的言行态度非常敏感。对凡是攻击过他的人，讥刺过他的人，不尊重他的人，甚至是不合作的人，一律都会施以报复。他最痛恨的人，莫过于翰林院里的那些词臣讲官。因为，当年世宗任命他为翰林学士时，遭到了翰林院同仁的集体抵制，让他非常难堪。他一直伺机报复。有一天，翰林院侍读汪佃御前进讲《洪范》一书时，其观点让世宗不满，下令将他调任外地。张璁一看机会来了，立即进言：“翰林院需要整顿，自讲读官以下，应全部量才调往外地。”

世宗采纳这一建议。于是，张璁与时任吏部尚书的桂萼联手，将他们看不惯的22个人调往外地。这些人都是翰林院中学有建树的才俊。自明朝成立翰林院以来，这是最大的一次清洗。这些庶吉士出身的专家学者，安排得最好的，也不过是偏远地区的县令。

明代的学士，必须是庶吉士出身，张璁与桂萼并非庶吉士而被世宗任命为学士，被庶吉士们认为是耻辱，这就是弹劾章中所说的"以传奉为学士"。张璁与桂萼，因此对这些所谓出身高贵的庶吉士们恨之入骨，将所有庶吉士出身的人逐出翰林院。这如同今天将所有博士出身的人逐出社会科学院，而只保留本科生一样，是一场名符其实的闹剧。

但是，世宗支持这场闹剧的上演，他听凭张璁、桂萼重拳出击"革文化的命"。当庶吉士们遭到清洗之后，世宗又任命张璁与桂萼同时充任日讲官。这样，二人又获得了帝师的身份。

明代的帝师与辅臣中，不乏著作等身的人物，亦不乏有真知灼见者。而且，在他们留下的文集中，十之八九都有为帝师讲授学问的讲稿。但是，翻阅张璁存世的文集，从中找不到一篇讲稿，只是看到一首参加经筵的诗，名曰《八月二日》：

文华爽气入秋天，圣主精勤赴讲筵。
志在国家非敢后，道闻尧舜得陈前。
治平准拟符三代，纲纪惟应祝万年。
御志于今同宴罢，忠良感激欲相先。

从诗中透露的信息，张璁似乎讲过唐虞三代的治平之策，但讲得如何不得而知。

由于世宗甫一登基，就碰到如何尊崇生父兴献王的问题，所以在他执政的头 15 年，他一直乐意制定各种礼节。《明史》说他以制定各种礼乐为己任，十几年间，他先后制定的有亲蚕礼、祭天礼、郊坛礼、祖庙礼、祭孔礼、祈谷礼、大禘礼、帝社帝稷礼。每一种礼的制订，张璁都积极参予，并迎合世宗的意思，千方百计从古书中找出有利的根据来。因此，他成了世宗的文化拐杖，世宗拄着他，才不至于在意识形态的坎坷中摔跤。

不过，嘉靖十年之后，张璁遇到了一个强劲的对手，即时任礼科给事中的夏言。这位年轻人学问博洽，关于各种大礼的制订，其观点更能符合世宗的心意。此前，张璁总是挑战别人，现在又出了一个夏言专门挑战他。最终，夏言取代张璁当上了首辅。当然，这是后话。

与桂萼一块卷铺盖滚蛋

嘉靖七年的正月，元宵节后第一次上朝，百官序班觐见皇上。世宗升座之后，突然发现他所倚重的张璁与桂萼，站的位置竟在兵部尚书李承勋之下，心里头很不高兴。

明代百官朝觐，站位很有讲究。六部尚书与左都御史、大理寺与通政司一把手，称为“大九卿”，都是正二品。这 9 人中，摆在第一的是吏部尚书。二品正职 9 年考满，可加荣衔以示尊崇，这荣衔即三公、三孤。三公为太师、少师、太子太师，三孤为太保、少保、太子太保。凡加此荣衔者，即可加官至一品。斯时，郭承勋与杨一清、翟銮等，都有一品荣衔在身，故都站在前列。张璁、桂萼虽然都是二品显官，但无荣衔，站位就只能靠后了。

退朝之后，世宗觉得张璁与桂萼受了委屈，遂提笔亲写了一道诏旨，加封二人为太子太保。任命书到达之后，桂萼连忙上表谢恩。张璁却拒不领情，他给世宗写了条陈说明理由：“太子尚未确立，就

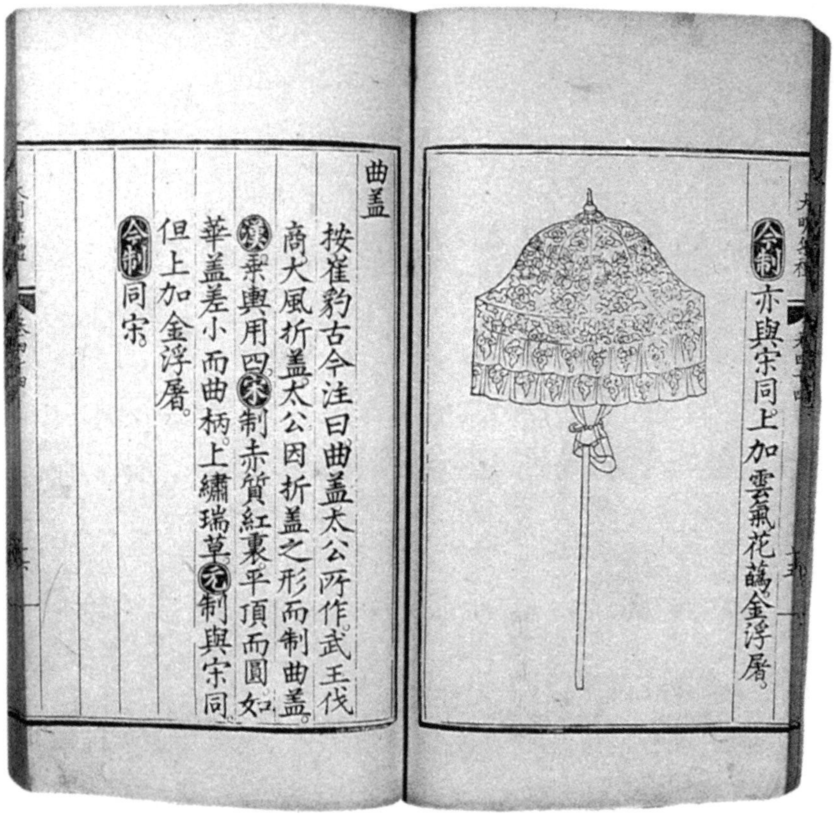

明嘉靖刻本《大明集礼》

不应设立太子太保这样的职位。”世宗一想有道理，就又给张璁加了一个少保的荣衔，但太子太保也没有免去。就这样，张璁比桂萼多赚了一个头衔。

张璁自入内阁，可谓“在骂声中成长”。尽管他利用权力培植了不少党羽，但弹劾他的人仍然很多。

嘉靖七年的七月，翟銮已去职，张璁成为次辅。尽管首辅还是杨一清，但实际的权力却在张璁手中。此时，桂萼亦以礼部尚书兼英武殿大学士的身份入阁。6 年前，两人还都是南京刑部主事，七品小官而已。如今双双进入权力中枢，成为世宗的股肱，天下士林无不为之侧目。这两人都是权力场中一流的角斗士。大敌当前，他们共同对外；警报解除，他们又开始窝里斗。文武百官乐意看他们的笑话，并一直捕捉机会，想将他们赶下权力的高位。

嘉靖八年的八月十三，突然一纸诏书传到内阁，罢免张璁、桂萼的官职，令其回籍。顿时，朝廷上下为之欢欣。

这道诏令缘于工科给事中陆粲的《劾张璁、桂萼疏》：

> 璁、萼凶险之资，乖僻之学，曩自小臣因赞大礼，拔置近侍，不三四年，位至宰弼，恩隆宠异，振古未闻。乃敢罔上逞私，专权招贿，擅作威福，报复恩仇。璁刚愎自用，执拗多私。萼外若宽迂，中实深刻。忮忍之毒，一发于心，如蝮蛇猛兽，犯者必死。臣姑举数例言之：
>
> 萼受尚书王琼贿赂钜万，连章力荐，璁从中主之，遂得起用……铨司重地，尽布私人，掌吏仅年余，引用乡故不可胜数，如：致仕尚书刘麟，是其表亲也；侍郎严嵩，是其儿子之师也……
>
> 璁等威权既盛，党羽众多，天下畏恶，莫敢直言。若不去之，凶人之性不移，将来必为社稷患。

陆粲写这封弹劾奏章的起因，是因为一个月前兵科给事中孙应奎弹劾阁臣：“私其亲故，政以贿成，天下敢怒而不敢言。”张璁、桂萼看到奏疏后，向世宗提出辞职，世宗不允。接着，礼科给事中王准再次上疏揭露张璁、桂萼“引用私人”，虽然列举了不少事实，世宗仍不为所动。于是，陆粲再次上奏。

言官们的连珠炮终于引起了世宗的警惕。这位“讲礼”的皇帝，忌讳大臣背着他培植私党，擅作威福。于是头脑一热，让两位内阁大臣一起卷铺盖滚蛋。

三起三落的首辅生涯

一直扯顺风旗弄得山呼海啸的张璁，终于尝到了罢官的滋味。当他来到通州张家湾，在此上运河船返回故乡时，写了《舟发张家湾》一诗：

离家十三载，入阁四五年。
冠裳叨一品，礼乐际三千。
遇主真明圣，为臣愧不贤。
明农何敢望，尚有旧耕田。

想到自己将要回家当田舍翁了，张璁心里有不甘，却又无可奈何。一路行来，不觉到了天津。忽然，有快马来到码头，一人跳下马来登上张璁的归船，传达世宗的旨意，要他即刻返棹回京。

九月一日，张璁回到京城。却说张、桂二人免职后，世宗又后悔起来。他内心中对桂萼的以权谋私已产生了厌恶，但对张璁仍有好感。两人离京后，他下旨将告状的三位给事中下法司审问，然后派人去把张璁追回来，而桂萼则听凭其去。这两人虽然是一条绳上的蚂蚱，但人品确有不同。桂萼性贪，张璁却保持清廉。桂萼阴谋多，张璁所作所为虽有小人行迹，但出的招数都是阳谋，这也是他最终获得世宗独宠的缘由。

张璁八月十四日离开内阁，九月一日回来，前后相差半个月。世宗不但亲切地接见了他，还给他送了一个特大的礼包：首辅的乌纱帽。

在张璁回来之前，杨一清因屡遭张、桂同党攻击而申请退休，世宗准了他，这也是招回张璁的原因之一。

研究世宗朱厚熜与阁臣张璁的性格，有很多相似之处：世宗执拗，撞到南墙不回头；张璁倔强，睚眦必报。世宗当皇帝，如同一场白日梦；张璁当首辅，如同天上掉馅饼。这两个人弄到一处，是另一类的风云际会，犹如大战风车的堂吉诃德，有了一个忠心耿耿的仆人桑丘。但是，两人除了惺惺相惜，有时也争得面红耳赤。世宗一急了，就以罢官来威胁；张璁不高兴了，就以辞职来要挟。从嘉靖八年到十四年这 6 年时间内，张璁三次被免职，最短的 1 个月，最长的达到 1 年。在三起三落中，张璁我行我素。满朝文武在看惯了张璁可恨的一面后，也看到了他可爱的一面。

嘉靖十二年（1533 年）发生的张延龄案件，让人们看到了另一个张璁。

张延龄是死去的孝宗皇帝的大舅子。他的妹妹是孝宗的皇后，她的儿子武宗死后，被封为昭圣皇太后。世宗登基后，通过大礼案让自己的生母成为兴献皇太后。但是，昭圣皇太后对这位王妃出身的皇太后并未表示尊重，世宗因此怀恨在心。后来，有人告发被封为建昌侯的张延龄敲诈钱财，并逼死人命。世宗想借此报复，决定以谋逆罪名将张延龄处死，并借此机会诛灭张氏家族。昭圣皇太后听说后，便去找世宗求情，世宗拒不见她。

张璁看过所有审判的案宗后，求见世宗说：“张延龄是个守财奴而已，怎么可能谋反呢？如果以谋逆治他的罪，岂不伤了昭圣皇太后的心？”明世宗回答说：“天下是太祖高皇帝的天下，孝宗皇帝也要遵守高皇帝制订的法规。爱卿担心伤伯母的心，就不怕伤高皇帝的心吗？”张璁回奏说：“陛下继承皇位后，采用臣的建议称昭圣皇太后为伯母皇太后，您今天这样做，岂不是让你的伯母皇太后得不到善终吗？如果张延龄叛逆罪成立，必须诛灭全族，那么，昭圣皇太后也在被杀之列，陛下将如何处理呢？”

由于张璁的坚持，张延龄终究没有被定成叛逆罪，一场皇室内的巨祸由于他的斡旋而消释。

前面已经讲过，张璁最大的一个优点就是清廉。用现在的话说，路线上的错误，他天天都犯，而品行上的错误，却终生不犯。他入阁之初，便针对吏治腐败问题给世宗上了一道疏，名为《禁革贪风》：

> 臣闻为治之道，莫先于爱民，愿治之君，必严于赃禁。昔唐陆贽之告德宗曰：“民者，邦之本也；财者，民之心也。其心伤则其本伤，其本伤则枝干颠瘁矣。”近来中外交结，贪墨成风。夫贪以藏奸，奸以兆祸……

在这篇奏疏中，张璁列举了许多官员贪墨的例子与手段，希望世宗痛下决心加以肃清。

由于痛恨贪官鱼肉百姓，张璁任首辅期间促成两件大事：一是清理皇室勋戚的庄田，二是将派往各地当镇守大臣的太监尽数召回。这两样都是善政。

得以善终的老倔头

嘉靖十年，在张璁的一再要求下，世宗皇帝亲自为其更名为张孚敬。张璁认为自己的名字与世宗朱厚熜的名字过于相近，大不敬，故请求改名。从此，朝廷的各种文件中，张璁的名字都改成了张孚敬。

嘉靖十四年（1535 年）春节一过，已经 62 岁的张璁便感身体不适，于是上疏世宗皇帝申请乞休。世宗立即派太医到张璁家中为其调治。过了一段时间不见好转，张璁又几次乞休。世宗舍不得张璁离开，于是派遣贴身太监给张璁送去自己常吃的食品与药物，并

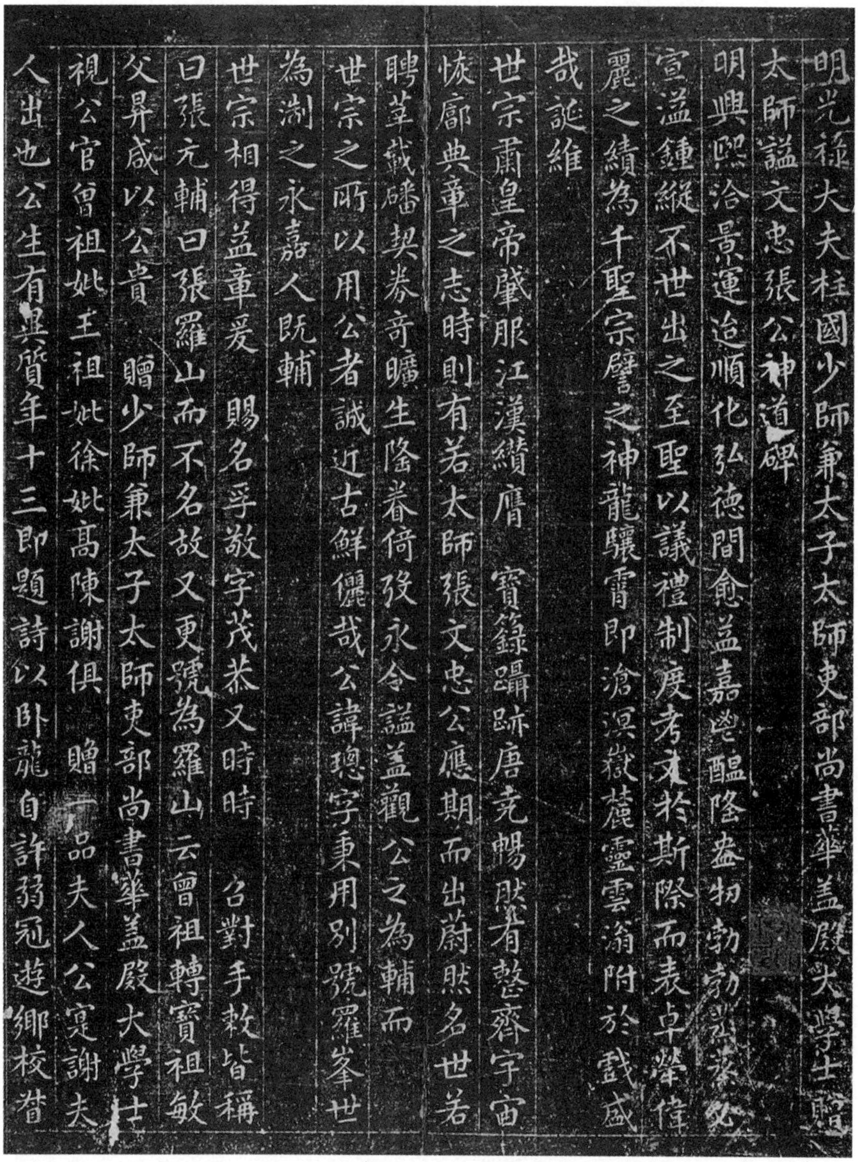

明光祿大夫柱國少師兼太子太師吏部尚書華蓋殿大學士贈
太師謚文忠張公神道碑
明興熙洽景運迨順化弘德間愈益嘉鬯醞隆盎物勃勃[illegible]
宣溢鍾縱不世出之至聖以議禮制度考文於斯際而表卓犖偉
麗之績為千聖宗譽之神龍驤霄即滄溟嶽麓靈雲滃附於戲盛
哉誕維
世宗肅皇帝徽服江漢纘膺　寶籙蹕跡唐堯暢然有整齊宇宙
恢廓典章之志時則有若太師張文忠公應期而出蔚然名世若
聘莘載磻契券奇曠生隆眷倚發永令謚蓋觀公之為輔而
世宗之所以用公者誠近古鮮儷哉公諱璁字秉用別號羅峯世
為淛之永嘉人既輔
世宗相得益章爰　賜名孚敬字茂恭又時時　召對手敕皆稱
曰張元輔曰張羅山而不名故又更號為羅山云曾祖轉賓祖敏
父昇咸以公貴　贈少師兼太子太師吏部尚書華蓋殿大學士
視公官曾祖妣王祖妣徐妣高陳謝俱　贈一品夫人公寔謝夫
人出也公生有異質年十三即題詩以卧龍自許弱冠遊鄉校督

明周天球书《张璁神道碑》(拓本)

附手敕，大意是："古时候，有剪胡须为大臣治病的君主，朕今天将自己最喜欢服用的食品与药物赐给爱卿，望善自珍摄。"

据太医秉报，张璁的病属肺热多痰之症。世宗于是自拣几味中药调制成药丸，嘱张璁每日三次用一大茶匙蜂蜜送服。

张璁得到药丸与蜂蜜后，非常感激，于是写了《谢手调药饵》的揭帖呈上。但病情仍不减轻，只好硬着头皮再次乞休。世宗无奈，遂于当年的四月初四准予张璁卸任，并命行人司官员与御医陪同送其还乡。第二天，张璁写了一首《四月五日赐归》的诗表达心情：

朝例初颁麦饼香，病夫今日赐还乡。
敢论天上风云会，得见山中日月长。
白首莫能胜委托，丹心原不负纲常。
出门正见东升日，万寿无疆祝圣皇。

张璁离京后，世宗少了一根“政治拐杖”，经常感到无所适从。多年来建立的君臣之谊，让他对张璁割舍不下。第二年春天，他派锦衣卫千户刘昂到永嘉探视，并让张璁于七月七日之前再次到北京赴任。

回家一年的张璁，已经头发全白并掉了几颗牙齿，真正地成了一个病叟。但他知道君命难违，便跟着刘昂踏上返京之路。刚刚走到金华，疾病再次发作，只得折返永嘉，刘昂只给世宗带回一份张璁的《乞恩调理疏》。听了刘昂的汇报后，世宗才彻底打消了召回张璁的念头。

嘉靖十八年二月，张璁病逝于永嘉老家。正在湖北钟祥祭扫生父兴献皇考的世宗听到噩耗后，非常悲痛，指示有关部门给予厚葬和优恤。50 岁才行大运的张璁得以善终。在这一点上，他远远胜过了乡贤刘伯温与宋濂。

十

赚得龙颜一笑之

——记大奸臣严嵩

严嵩像

早期还想当个诤臣

偌大一部《明史》，记载 269 年间明朝人物。有资格进入《奸臣传》的，只有 6 人。他们是胡惟庸、陈瑛、严嵩、周延儒、温体仁、马士英。这 6 人中，胡惟庸当过宰相，陈瑛当过御史，余下 4 人均是首辅。明代官场中，利用手中权力贪赃枉法、结党营私者不在少数，为何只有这 6 人有资格当奸臣呢？史官遴选时，定了一个标准：

> 宋史论君子、小人，取象于阴阳，其说当矣。然小人世所恒有，不容概被。以奸名，必其窃弄权柄，构结祸乱，动摇宗佑，屠害忠良，心迹俱恶，终身阴贼者，始加以恶名而不敢辞。

可见，被选为奸臣的条件也很苛严，甚至比选忠臣更难。很遗憾，本文的主人公严嵩，竟然在众多列选名单中高高地胜出。

严嵩是江西分宜人，长相有三大：大个子、大眼睛、大嗓门。弘治十八年（1505 年）春考中进士。斯时他只有 22 岁，可谓少年才俊。金榜题名后 40 天，孝宗皇帝驾崩，尔后武宗皇帝即位。严嵩是在老皇帝手上获取功名，新皇帝手上参加工作。由于他长相奇特，加之策论深得主考官赏识，于是得选庶吉士，二年后授翰林院编修。24 岁就当上了皇帝跟前的词臣，可谓少年得志。但是，一年后他就以养病为由向吏部告假还乡。在老家筑了一座钤山楼，又埋头读了 8 年书。这 8 年京城的政治，我已在《屡经忧患身心老》一文里作介绍。我想，严嵩不肯呆在京城，应该与太监刘瑾的专权有关。人变坏会有一个过程。年轻时的严嵩，对腐败的官场以及骄横的奸佞还是抱有警惕，不肯同流合污。这 8 年，他的学问大有长进，而且回避了官场的险恶。

严嵩于正德三年（1508 年）回乡，正德十一年返回京城。离开家乡之前，亲友送别，他写了一首七律《将赴京作》赠答：

七看梅发楚江滨，多难空余一病身。
关下简书催物役，镜中癯貌愧冠坤。
非才岂合仍求仕，薄禄深悲不事亲。
此日沧波理征棹，回瞻松柏泪沾巾。

这首诗透露了两个信息：一是吏部催他返京复职；二是他深感“薄禄深悲不事亲”，他渴望财富，对薄禄不感兴趣。可见他不肯赞同“安贫乐道”这一传统知识分子赞颂的美德。由于对财富的渴求，为他日后大肆受贿埋下思想的种子。

严嵩回京时，京城高层人事正发生变动，首辅李东阳退休 4 年后去世，接任的杨一清紧接致仕，而接替杨一清的是礼部尚书蒋冕。这位长期执掌礼部的蒋冕很有声望，对有才华的年轻人乐意提携。大概是他的荐拔，严嵩回到翰林院，担任侍讲的职务。

翰林院的官员分词臣与讲臣两类。严嵩先前担任的编修，是词臣，而侍讲则是讲臣。比之编修，侍讲更加清荣，给皇帝讲书，就是“帝师”了。跨进“帝师”的门槛，严嵩的仕途便步入了快车道。因此，严嵩第一次向武宗皇帝进讲孟子的《国君》与《进贤》两篇时，便觉得这是无上的殊荣。讲毕回家，又写了一首诗：

刍荛何语可闻天，敬展瑶篇洞案前。

从谏愿逢明后圣，审官期用国人贤。
壶添玉漏移晴旭，香近金炉引瑞烟。
幸逢太阳依末照，愧从沧海托微涓。

诗中表现出来的情绪，除了卑微，还是卑微；除了感激，还是感激。不过，从留下的讲稿来看，严嵩还是一位不错的讲师，兹录一段：

国君进贤如不得已，将使卑逾尊、疏逾戚，可不慎欤！左右皆曰贤，未可也；诸大夫皆曰贤，未可也；国人皆曰贤，然后察之见贤焉，然后用之。（以上是孟子《进贤》的原话，以下是严嵩的讲义）

这是孟子告齐宣王以用人不可不谨的言语。如不得已，是谨之至的意思。卑是卑小，逾是过，尊是尊大，疏是疏远，戚是亲近。孟子说，贤才是人君致治之具，而尊卑疏戚，尤为国家名份所关。但人之贤否不同，故于进用之际不可轻忽，须是再三详审。如不得已，一般须得谨而又谨，方可进用……

这是500年前的讲义，简直就是白话文，不但文字浅近，而且用词准确，具有小学文化程度的人就能听懂。听课的武宗皇帝，充其量也就是一个小学文化。严嵩的讲义，是为他量身定做，不但是用语浅白，而且内容具有很强的针对性。斯时刘瑾已倒台并且伏诛，武宗不思悔改，又宠爱与刘瑾同一个“数量级”的佞幸江彬和钱宁。严嵩对武宗皇帝讲《进贤》，就是要他敬君子，远小人。由此可见，此时的严嵩，还是心存正气的清臣。

很显然，武宗皇帝不喜欢严嵩玩这种“借古讽今”的把戏。他从来就厌烦出席经筵听讲，这与讲臣们的教育有直接关系。严嵩大概只当了一年多的“帝师”，就被安排到南京翰林院担任掌院。明升暗降调离京城，这在明代是对那种既有才干又不讨人喜欢的官员的安排。

武宗是明代最昏庸的皇帝，严嵩是明代屈指可数的奸臣。但是，这两人却没有缘分凑在一起。其原因是武宗那时已是荒唐剧的一号主演，严嵩却还想当一个诤臣。这样，两人就尿不到一个壶里。

为何选择当小人

严嵩的发迹，是在嘉靖皇帝手上。

正德十六年（1521 年），武宗皇帝去世。同是讲臣出身的内阁首辅杨廷和，将在南京坐了 3 年冷板凳的严嵩调回北京，安排到国子监当祭酒。国子监为明代朝廷最高、也是唯一的学府，祭酒相当于今天的大学校长。南北两京的翰林院掌院与祭酒都是五品，但是大有分别。如果将北京的翰林院掌院调去当祭酒，则是降格使用。拿到今天打比方，犹如将中央政策研究室主任调去当大学校长，怎么说也是一件不爽的事。但是，如果将南京翰林院掌院调到北京来当祭酒，则是一个重用的信号。

明代官员的重用路线有两条：一条是由翰林院或国子监进入礼部，先当右侍郎，尔后左侍郎、尚书，等待进入内阁，或者由礼部侍郎调任吏部侍郎，拜大学士进入内阁；另一条是进入六科当给事中，六科是对应六部设立的监察机构，任职者叫给事中，称为言官。在言官任上干出成绩来，转任地方知府、省巡抚或巡按，调回朝廷担任六部侍郎、尚书。所以说，新科进士若能分配到六科当言官，或者到翰林院当词臣、讲臣，就等于进入了官场的快车道。

严嵩回到北京履任新职，既高兴又不高兴。高兴的是终于看到了曙光，不高兴的是因为大礼案的事杨廷和与世宗皇帝顶上了牛。

他是杨廷和线上的人，而且当时京城各大衙门的官员，莫不唯杨廷和马首是瞻。世宗皇帝想将自己的父亲弄个皇帝尊号，杨廷和认为有违祖制，坚决不办，世宗皇帝一筹莫展。凭直觉，严嵩觉得这是一次取悦皇帝的机会，但是他不敢，因为一是官场的风向不对，二是他虽然已学会了见风使舵，但还没有勇气卖主求荣。不过，他在大礼案中，开头一直保持中立，两边都不得罪。当杨廷和愤而辞职还乡，隐忍了几年的严嵩才开始实施他渴望已久的政治投机。

转变的契机，始于嘉靖七年（1528年）。

杨廷和离职后，接替首辅职位的是坚决支持世宗皇帝的张璁。在张璁手上，严嵩当上了礼部右侍郎。六部的领导，尚书是一把手，左侍郎是二把手，右侍郎是三把手。严嵩在45岁时才当上“副部级”的领导，这进步不算太快。但一俟踏上这个台阶，接触的层面不一样，严嵩的能力很快引起了世宗皇帝的注意。

嘉靖七年，位于湖北钟祥的献陵营造完毕，世宗决定派一名礼部官员前往致祭。这差事落到严嵩头上。他到湖北致祭完毕回到京城，顾不得旅途劳顿，立即向世宗汇报并撰写一篇极短的述职报告：

臣恭上宝册及奉安神床，皆应时雨霁。又石产枣阳，群鸥集绕，碑入汉江，河流骤涨。请命辅臣撰文刻石，以纪天眷。

替人挠痒痒是件难事儿，挠不到实处，不但痒痒没止住，皮还疼。但严嵩第一次为世宗皇帝挠政治痒，却一挠一个准。看到这个简短的奏疏，世宗笑得合不拢嘴。他虽然犟着给自己只有亲王爵位的父亲上了一个皇帝尊号，并修了帝陵，但老担心不符天意。如今，严嵩所说的一切祥瑞，让他的担心解除。他特别看重“天眷”这两个字。如果这两个字是一颗蜜糖，世宗恨不能囫囵吞下去。因为这两个字

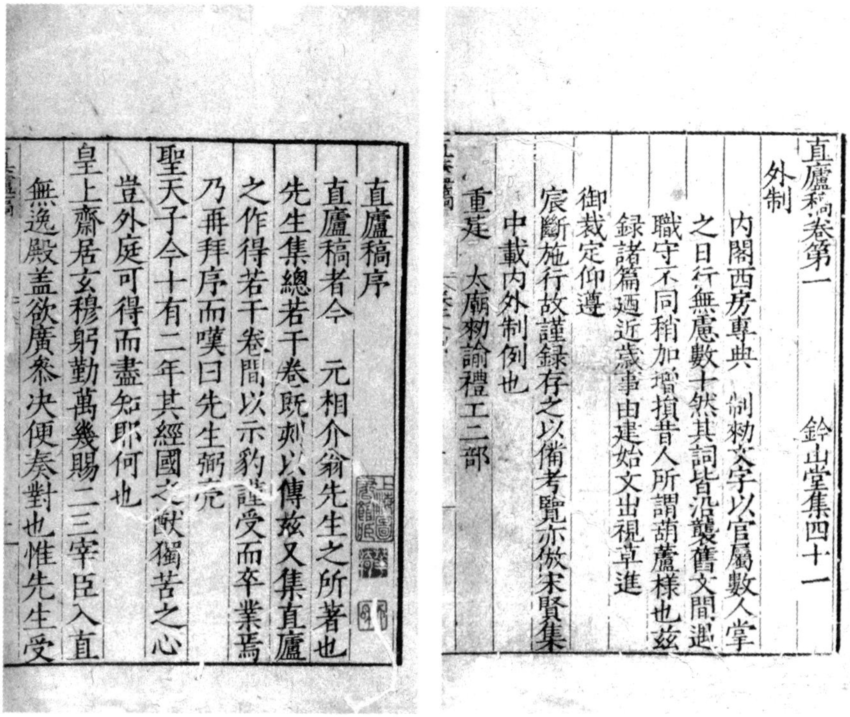

直廬稿序

直廬稿者今　元相介翁先生之所著也

先生集總若干卷既刻以傳兹又集直廬

之作得若干卷間以示豹謹受而卒業焉

乃再拜序而嘆曰先生弼亮

聖天子今十有二年共經國之猷獨苦之心

豈外庭可得而盡知耶何也

皇上齋居玄穆躬勤萬幾賜二三宰臣入直

無逸殿蓋欲廣叅決便奏對也惟先生受

直廬稿卷第一　鈐山堂集四十一

外制

内閣西房專典　制勑文字以官屬數人掌

之日行無慮數十然其詞皆沿襲舊文間遇

職守不同稍加增損昔人所謂葫蘆様也兹

録諸篇迺近歲事由建始文出視草進

御裁定仰遵

宸斷施行故謹録存之以備考覽亦倣宋賢集

中載内外制例也

重定　太廟勑諭禮工二部

严嵩《直庐稿》（明嘉靖三十一年刻本）

可以让那些反对大礼的官员闭嘴。

立刻，世宗签署诏旨，超升严嵩为吏部左侍郎，旋即又升任南京礼部尚书，接着又改南京吏部。

自古至今，随着科技的发达，人的寿命越来越长。但当官人的政治寿命似乎变化不大。从 20 多岁到 60 多岁，发迹早的，当得顺溜的，也不过 40 年左右。因此，依据官龄，45 岁是官员的心理调适期，或者称为转折点。大部分官员，在官场入仕 20 年左右，都会寻找一个新的方向。要么沉沦，得过且过；要么奋起，重新布局。在这年龄的关口上，有的由清正转向浑浊，有的由浑浊转向清正。此时的严嵩，总结他在官场多年的经验，认为清正是死路一条，而圆滑者往往大行其道。于是将身上的那点正气尽行扫除，转而理直气壮地当起谀臣。

严嵩的选择，反映了自武宗开始、到当时已有22年的政治混乱。在正气萎缩、邪气嚣张的局面下，在许多正人君子以悲剧收场的情势下，一些人为获取官场的利益，只能选择当小人。这就叫“君子道消，小人道涨”。

一篇马屁文的典范

嘉靖十三年（1534年），在南京又呆了5年的严嵩，因为回到北京祝贺世宗皇帝32岁的生日，得以再次见到世宗皇帝。恰好此时世宗提出要重修宋史，于是下旨让严嵩留在北京，在解除他南京吏部尚书的同时，重新任命他为北京礼部尚书兼东阁大学士。不过，这礼部尚书只是待遇并不到职。因为此时的礼部尚书是夏言。尽管如此，严嵩还是感激涕零。在世宗皇帝的栽培下，严嵩的履历表已非常好看，他反复在南北二京吏部、礼部的重要岗位上任职，这为日后的晋升打下了坚实的基础。

收到留京的诏令，严嵩写下《丙辰孟夏蒙恩以礼部尚书兼学士领史职初入东阁有作》这首诗：

碧霄何意得重攀，九转丹成列上班。
金简玉书题册府，雾窗云阁住蓬山。
拟修麟史才能称，自领冰衔梦亦闲。
讲幄旧臣江海别，濡毫犹得奉天颜。

严嵩津津乐道他是“讲幄旧臣”，他很看重“帝师”这个头衔。但一不小心，还是泄露心机。他自鸣得意“九转丹成列上班”，将做官比喻炼丹。九转丹成，是他夸耀自己找到了做官的诀窍。皇上指鹿为马,你还要用学问去证明这马是千年龙种。惟其如此,才能够“列上班”，进入国家权力中枢。严嵩觅得官“丹”而暗结珠胎，可惜这胎不是正胎、仁胎，而是祸胎、妖胎。

从此，严嵩所有的心思，都用在世宗身上。为了邀宠，他一味地讨好世宗，完全丧失了一个读书人基本的尊严。

世宗皇帝鉴于前面的 5 个皇帝都短命，因此想借助道术乞求长生不老。因此他喜祥瑞、好斋醮，一些道士因此得到重用。最典型的是邵元节与陶仲文，这两人都被列入《明史 · 佞幸传》中。但是，他们到死都是世宗皇帝的座上宾，数十年宠幸不衰。当时有正气的士大夫，都不肯与之来往，但严嵩却千方百计与之搞好关系，以换起他们在世宗面前为他说好话。

世宗每逢斋醮之日，都会身穿道袍，头戴香叶冠。他也希望参加斋醮的官员都卸下官袍换上道衣。他特制 5 顶沉水香冠分发 5 位大臣。当太监捧着香冠送到内阁,已当上首辅的夏言拒不接受。他说:“臣自有冠带,不必与道人为伍。”可是,严嵩却不一样,他不但奉诏,还写诗以谢皇恩。陪侍斋醮时，他戴上沉水香冠。回家后，他将沉水香冠用碧纱罩住，妥善保存。即便不赴斋醮，只要皇上召见，他也不戴官帽，而戴上罩了碧纱的沉水香冠，世宗见了大为感动。

嘉靖十五年（1536 年），夏言入阁，严嵩才开始掌握礼部权力。在礼部 5 年时间，他最值得提的政绩是写了一篇《庆云赋》。

嘉靖十七年的初夏，扬州知府丰坊给世宗上书，大致意思是说：最大的孝道是对父亲尊严的崇敬。建议皇上建一座明堂，让父亲的神位与上天一起享受祭祀。世宗将这封奏疏交给礼部研究。

严嵩看到丰坊的奏疏，觉得这小子一心取悦皇上而让礼部难堪，于是上书反对。世宗对严嵩的答复不高兴，再次批示交给职事官员讨论。严嵩一看就知道世宗想采纳丰坊的建议，于是态度来个一百八十度大转弯，连忙上书说："尊崇父亲配祭上天，合乎周朝的礼制。可择其秋日，举行明堂大享。"世宗看到这封奏疏很满意。到了祭祀前三天正午，天上起了云彩，严嵩告知皇上，这是庆云，可证皇上要举行的明堂大享是上符天意。世宗一听出了祥瑞，心下大喜，严嵩趁机又献了一篇《庆云赋》，现摘录一段：

帝开明堂而大亨，岁在戊戌，月惟季秋。百物告成，报礼斯举。先三日，己丑日正午，天宇澄霁，有五色云气抱日，光采绚烂，熠耀如绮。臣民瞻呼，久之不息。

考诸载籍，若烟非烟，若云非云，郁郁纷纷，萧索轮菌，是谓庆云，亦云景云，此嘉气也。太平之应，援神契曰：天子孝则景云出。信斯言也！允符今日之兆……

如果一个人将他平生所学全部用来拍马屁，则这马屁不仅玩之有味，而且生动儒雅。这篇《庆运赋》是马屁文的典范。放诸今日，如果马屁成立一个学科，严嵩的水平，恐怕是博导的博导了。

设计杀害顶头上司

大凡政治昏暗的时代，官场便变成角斗场。官员们或主动或被迫，享受"与人斗其乐无穷"的生活。当年托病告假回乡的严嵩是厌恶这种生活的。但是，他现在不仅适应了这种生活，而且沉湎其中十分惬意。

他与夏言的斗争，或可看出他的阴险与残忍。

夏言是贵溪人，与严嵩是同乡。他是正德十二年（1517 年）进士，比严嵩的资历晚了四届。严嵩从分宜养病 8 年回到京城担任讲臣时，

夏言像

新科进士夏言得选庶吉士，因此两人在翰林院有过短暂同事的经历。但那时严嵩官阶六品，夏言尚未授职。此后，夏言迅速发迹，每次擢升都在严嵩前面，他当上首辅的时候，严嵩才接替他的礼部尚书的职务。

夏言属于“火箭干部”，少年得志，没吃过什么苦头，因此处处张扬。尽管严嵩是他同乡，又比他大了十几岁，可是他丝毫不把严嵩放在眼里。嘉靖二十一年(1542年),严嵩入阁。夏言不把他当阁臣，而是当作一个抄抄写写的办事员。呼之即来，挥之即去。严嵩虽然对夏言恨得咬牙切齿，但表面上却恭恭敬敬。严嵩入阁几个月之后，夏言因事得罪世宗，下旨让他回籍闲居，于是严嵩顺顺当当地当上了首辅。

但是，令严嵩想不到的是，3 年后夏言又卷土重来。

3 年前夏言被罢官，其实只为了一件很小的事情。那一年的七月，世宗敕建的九庙发生火灾，夏言正在病假期间，但他仍然上书承担渎职的责任，自请罢官，世宗没有答应。不久，昭圣皇太后病逝，世宗下诏询问太子服丧的制度，夏言在回答的奏疏中写了一个错字，世宗看到后，认为夏言不认真，给予严厉指责。夏言惶恐谢罪，再次提出退休。世宗认为夏言在朝廷有事需要大臣分担忧患时却想离去，一怒之下，就勒令他退休离京。

夏言罢官回到老家后，每逢元旦、皇上诞辰等重大节日，总会上表祝贺，并自称"草土臣"。他这种卑微的态度，渐渐化解了世宗的怒气并对他产生怜悯。于是，在看到严嵩独操权柄无从掣肘时，便下旨召回夏言。

夏言是嘉靖二十四年（1545 年）腊月十九回到北京的。他一回来，世宗恢复了他所有的官职。为了安慰严嵩，世宗加封他为少师。从爵位上看，严嵩与夏言平级。但夏言重回内阁仍当首辅，让已经大权独揽 3 年的严嵩处境尴尬。夏言一如既往凌驾于严嵩之上，对各种公事处理概不征询他的意见。

严嵩有一个儿子叫严世蕃，凭借父亲的权力卖官鬻爵、作恶多端。夏言一心想巩固自己的权力，思虑着如何挤兑严嵩，于是放出口风，要拿严世蕃开刀。

严世蕃屁股底下坐的全是屎，哪经得起调查？听到这个消息，父子俩感到大限来临。思来想去，唯一的策略是去找夏言求情。于是，严嵩领着儿子来到夏言府上，当面谢罪请求饶恕。夏言冷眼以对，不置一词。严嵩见状，干脆双膝一弯，跪倒在夏言足下，严世蕃也挨着父亲灰头土脸地跪下。此时的严嵩，已是 60 多岁的老人。见他一把眼泪一把鼻涕的哀求，夏言动了恻隐之心，于是表示对严世蕃放过一马，暂不追究。

过了这道坎，严嵩表面上对夏言俯首帖耳，甘愿拎包，但内心恨不能生吞了他。他静等机会致夏言于死地。这期间，他对世宗更是忠顺，每次斋醮都参加，在值房听候召唤，一年倒有大半时间不回家。对宫里的小宦官，夏言从不搭理，严嵩却曲意巴结。每次小宦官到内阁传旨，夏言公事公办，从不起身。严嵩却亲到门口迎接，临走时，还会往小宦官的衣袖里塞赏钱。久而久之，宦官们逮着机会就在世宗面前讪谤夏言，替严嵩说好话。

大约过去了两年多，严嵩终于等来了机会。

却说甘肃、宁夏一带的河套地区，明朝初年被大将军徐达收复。但到明中期之后，又为鞑靼部落占领，他们在此安营扎寨，放牧牛羊，还经常越关抢掠。朝廷想收回，苦于没有办法。夏言复出后，一心想创造流传后世的功业，于是给世宗写密疏，推荐一个名叫曾铣的官员出任陕西三边总督，说此人有能力收复河套地区。夏言并不认识曾铣，而是他的继室的父亲、江都人曾钢竭力向他推荐，夏言听信岳丈大人的话而给世宗写上密疏。世宗恰好也想收复河套，于是同意重用曾铣。

曾铣到了陕西三边总督西北军务，集结兵力多次出击，屡有斩获。世宗收到捷报，对曾铣很欣赏。曾铣知恩图报，也想创造奇迹，但每次出塞进击，鞑靼部落便作鸟兽散。待兵力撤回，他们又纠集如故。长此以往，世宗便失去耐心。嘉靖二十七年（1548 年）正月初，曾铣又将新的用兵方略驰报世宗。这一次，世宗再不是像以往那样明示同意并支持，而是在廷议时对大臣们说：“在河套连年用兵，不知道是不是真的师出有名，也不知道是否一定会成功。一个曾铣有什么了不起，决不能让老百姓遭受荼毒。”

世宗是一个疑心极重的人，这是朱元璋的基因在作怪。跟着这样的皇帝，做事的大臣便没有安全感。但是，等候了两年多的严嵩，终于看到了扳倒夏言的机会。他立即在世宗面前大进谗言，他说：“河套必不能收复。夏言擢用曾铣，是出于私心。先前，夏言屡屡替皇上拟旨褒奖曾铣，臣从未参予，夏言也不让臣知道。”

世宗听罢怒不可遏，下令将曾铣逮捕押解来京，并立即罢免夏言的官职。夏言闻讯，上书为自己辩解，这更令世宗不满。而且，在他作出决定后，科道言官没有一个人附和他弹劾夏言，世宗感到很没有面子。于是将所有言官全都逮起来，押到殿廷当众处以杖刑，并每人扣发 4 个月的俸禄。严嵩看出世宗只是想处理这件事，并不想将夏言、曾铣致于死地。他思忖这次决不能给夏言翻盘的机会，于是秘密找到同样关在诏狱的大将军仇鸾，许诺只要他揭发曾铣，就帮他开脱罪责。仇鸾于是将严嵩代拟的奏疏送呈世宗，诬告曾铣掩盖失败不予上报，并派遣他的儿子曾淳嘱托亲信苏纲，携带巨额银两来京贿赂当权者。

这件事绝对没有旁证，但世宗却深信不疑。他立即下旨逮捕曾淳、苏纲，并让刑部迅速给曾铣定罪。可怜的曾铣，在押解来京不到一个月，就被腰斩，妻儿亲属全遭流放。

在腰斩曾铣的当天，世宗又签发了逮捕夏言的命令。夏言知道自己眼下的处境全由严嵩陷害所致，于是在狱中给世宗上书申辩：

> 臣之罪衅，起自仇家。恐一旦死于斧钺之下，不能自明。今幸见一天日，沥血上前，虽死不恨。
>
> 往者曾铣倡议收复河套，伊鸾未尝执以为非。既而上意欲罢兵，敕谕未行而鸾疏已至。此明系在京大臣为之代撰，借鸾口以陷臣。

> 肆意诋诬，茫无证据。天威在上，仇口在旁，臣不自言，谁敢为臣言者！
>
> 嵩静言庸违似共工，谦恭下士似王莽，父子弄权似司马懿。在内宦官受其笼络，在外诸臣受其箝制。内外皆知有嵩，不知有陛下。臣生死系嵩掌握，惟归命圣慈，曲次保全。

夏言的奏疏除自辩以外，也揭露了严嵩的劣迹。这绝非“多余的话”，而是句句有理。但此时世宗已听不进去了，当治法大臣想规劝世宗给夏言留一条活路时，世宗说：“你们知不知道，朕当年送一顶沉水香冠给他，夏言拒不奉诏。他眼中从来就没有朕！”话说到这份上，法臣们再也不敢吭声，只得顺着世宗的意思，给夏言判了个死刑，等待秋决问斩。

夏言在死牢羁押期间，世宗怒气稍解，明显表露出想赦免夏言的意思。严嵩见状，又使出阴招，他让西北边关的官员捏造警报驰报世宗，并在一旁煽风点火说，鞑靼屡屡进犯，是因为夏言、曾铣的错误而挑起的边衅，使得他们总想报复。世宗听罢，本已淡下去的愤怒重新燃烧。于是在当年的十月初二这一天，下旨将夏言绑赴西市斩首。

自朱元璋诛杀胡惟庸后，夏言是被处死的第一位首辅，而且兹后也没有。

夏言死得太冤。对这个大冤案世宗虽然难辞其咎，但严嵩更是罪责难逃。

顺我者昌，逆我者亡

常言道“卤水点豆腐，一物降一物”。在很长一段时间内，夏言成为严嵩的克星。有他在，严嵩想做坏事还有所收敛。夏言有夏言的毛病，比如说刚愎自用，因人划线意气用事，但本质上还是一位君子。他的死给严嵩腾出了空间，解除了威胁，严嵩更加肆无忌惮了。

但是，任何时候，都会有坚持正义的君子。严嵩自 60 岁入阁主持国政，到 81 岁被罢免，长达 20 余年的“一人之下，万人之上”的显赫地位，使他日渐骄横，最后发展到“顺我者昌，逆我者亡”的地步。

严嵩的阴险在于：他总是会找到机会激怒世宗，让其下旨诛杀反对他的人。

嘉靖二十二年（1543 年）诛杀山东巡按御史叶经，是严嵩残害忠良的开始。

严嵩还在礼部作侍郎时，因为负责秦王、晋王二藩承袭封号的工作而接受巨额贿赂。时任礼科给事中的叶经通过调查得知真相后，对严嵩提出弹劾。严嵩闻讯后十分恐惧，想方设法买通调查人员掩盖真相，得以逃脱惩罚。兹后，叶经调任山东巡按御史。嘉靖二十二年科举考试，山东上报乡试小录。明世宗读到第五策中边防一问时，发现试卷中有讥讽之意，便下令调查。主事者便请求逮捕主考官周矿等人。严嵩趁机对世宗秘密进谗说：“周矿只是表面上的主考，实际主持这件事的，是御史叶经。”世宗便下旨斥责叶经狂妄悖逆，杖打八十，削职为民。实施杖刑时，由于严嵩的指使，行刑者执行尤力。等到八十杖打完，叶经已经一命呜呼。

叶经死后，朝廷上下官员为之惊愕。严嵩索性一不做二不休，对先前反对过自己的官员如给事中王勰、沈良木、陈垲，御史喻时、陈绍和，山西巡抚童汉臣、福建巡按何维柏等人肆意报复，全部罢官治罪。

尽管严嵩一手遮天，但仍有不少正直的官员上书皇上，揭露严嵩的罪行秽迹。这些人中，最令人震撼的，当数兵部员外郎杨继盛。

杨继盛像

杨继盛是容城人，从小家贫，他只是个“辍学儿童”。但他生性爱读书，于是一边放牛，一边到私塾旁听。就这样，他仍于嘉靖二十六年（1547 年）考中进士，授职南京兵部主事，后改兵部员外郎。其时蒙古王俺答屡屡犯边，有一次竟越过长城打到北京城下。负责对俺答作战的是大将军仇鸾，此人亦是佞幸，曾与严嵩配合害死夏言。他害怕俺答，便提出在边关开设马市，与俺答媾和。杨继盛听说后，立刻上书世宗，列举开放马市的种种不可，并斥责仇鸾贪生怕死、认敌为友，应予以严惩。世宗看到奏章，交给大臣讨论。仇鸾大怒，向世宗进言说：“继盛乃竖子，懂什么朝廷大法。”世宗也觉得与俺答作战胜负难料，于是赞同仇鸾意见，将杨继盛下狱，后又贬为典史。嘉靖三十一年，仇鸾病死，他因与严嵩狗咬狗失势，加之边患一直未绥清，引起世宗不满，以致世宗对他下达了戮尸的旨令并抄没其家产。

仇鸾死后，严嵩便想拉拢杨继盛，向世宗建议重新起用他。世宗也觉得杨继盛是个难得的人才，于是下旨给杨继盛复官。先当县令，再调南京兵部主事。三天后，又升兵部员外郎，继而又调北京，任兵部武选司郎中。这职务类同于今天的中央军委政治部主任，是个选拔和任免军事干部的重要岗位。杨继盛一年四迁，明眼人一看便知，严嵩已经要破格提拔杨继盛，想让他成为自己的心腹。

但是，杨继盛到北京兵部报到不到一个月，就做出一件让天下人都为之一震的事情，这就是弹劾严嵩。

杨继盛疾恶如仇。他痛恨仇鸾，更痛恨严嵩。尽管严嵩向他伸出一支肥硕的橄榄枝，他仍认为严嵩是祸国巨奸，因此写下弹劾严嵩的檄文。奏疏写好后，杨继盛斋戒了 3 天，焚香祭天之后，才将奏疏呈上。

终明一朝，许多忠臣留下血性文字。杨继盛的文章，至今读起来，仍然让人血脉贲张：

臣孤直罪臣，蒙天地恩，超擢不次，夙夜祗惧，思图报称，盖未有急于请诛贼臣者也。请以严嵩十大罪为陛下陈之：

祖宗罢丞相，设阁臣，备顾问，视制草而已。嵩乃俨然以丞相自居，百官奔走请命，直房如市，无丞相名而有丞相权。是坏祖宗之成法，大罪一。

陛下用一人，嵩曰“我荐也”；斥一人，曰“此非我所亲”；陛下宥一人，嵩曰“我救也”；罚一人，曰“此得罪于我”。伺陛下喜怒以恣威福。是窃君上之大权，大罪二。

陛下有善政，嵩必令子世蕃告人曰："主上不及此，我议而成之。"欲天下以陛下之善尽归于嵩。是掩君上之治功，大罪三。

陛下令嵩票拟，盖其职也，嵩何取而令世蕃代之？题疏方上，天语已传，故京师有"大丞相、小丞相"之谣。是纵奸子之僭窃，大罪四。

严效忠、严鹄，乳臭子耳，未尝一涉行伍，皆以军功官锦衣。两广将帅欧阳必进、陈圭，俱以私党躐府部。是冒朝廷之军功，大罪五。

逆鸾下狱，贿世蕃三千金，嵩即荐为大将。已，知陛下疑鸾，乃互相排诋以泯前迹。是引悖逆之奸臣，大罪六。

谙达深入，击其惰归，大机也，嵩戒丁汝夔勿战。是误国家之军机，大罪七。

郎中徐学诗、给事中厉汝进，俱以劾嵩削籍。内外之臣，中伤者何可胜计！是专黜陟之大柄，大罪八。

文武迁擢，但论金之多寡。将弁惟贿嵩，不得不朘削士卒；有司惟贿嵩，不得不掊克百姓。毒流海内，患起域中，是失天下之人心，大罪九。

自嵩用事，风俗大变。贿赂者推荐及盗跖；疏拙者黜逮夷、齐；守法者为迂滞；巧弥缝者为才能。是敝天下之风俗，大罪十。

嵩有是十罪，而又济之以五奸：以左右侍从能察意旨也，厚贿结纳，得备闻宫中言动，是陛下之左右，皆贼嵩之间谍。以通政司之主出纳也，以赵文华为使，凡有疏至，必先送嵩阅竟，然后入御。是陛下之喉舌，乃贼嵩之鹰犬。畏厂卫之缉访也，即令子世蕃结为婚姻，是陛下之爪牙，皆贼嵩之瓜葛。畏科道之多言也，非其私属，不得与台谏，有所爱憎，即授之论刺，是陛下之耳目，皆贼嵩之奴隶。惧部寺之犹有人也，择有才望者罗致门下，联络盘结，深根固蒂。是陛下之臣工，皆贼嵩之心膂。陛下奈何爱一贼臣，而使百万苍生毙于涂炭哉！

愿陛下听臣之言，察嵩之奸，或召问二王，或询诸阁臣。重则置之宪典以正国法，轻则谕令致仕以全国体。

这篇奏疏送给世宗阅览之前，严嵩先看到。他对杨继盛列举的十大罪虽然无法洗清，但并不害怕。老奸巨猾的他，看出杨继盛的奏疏中有触到世宗痛处的地方。世宗虽然迷恋斋醮、笃信道术，但他对权力的控制丝毫没有懈怠。他认为自己是“宸纲独断”的英明君主，绝不可能被旁人左右。而杨继盛忽视了这一点，在文章中竟说出“陛下之耳目，皆贼嵩之奴隶”，“陛下之臣工，皆贼嵩之心膂”这样的话。特别是最后一段，还要世宗就严嵩的罪行去询问两位亲王，这就更犯忌了。世宗对同是天璜贵胄的藩王向来提防有加，一再强调亲王不能干政，如今杨继盛要他去询问亲王，无异于是表示对他这个皇帝的不信任。

严嵩断定世宗看完奏疏一定会动怒，于是不惊不慌地把它及时送到御前。一切如严嵩所料，世宗暴跳如雷。他不管严嵩有什么“十大罪”，而是痛恨杨继盛对他这位皇帝的藐视。于是即刻下令，将杨继盛捉入大牢，严刑拷问。

一连多场的审讯，杨继盛被打得皮开肉绽，但他始终不屈，奋声骂贼。最终，他被判处死刑，押往西市腰斩。

几百年后，审查杨继盛的悲剧，犹自让人扼腕叹息。杨继盛是位了不起的血性男儿，爱憎分明且敢于承担。遗憾的是勇气有余而策略不足。倘若他多揣摩一下世宗的心态，在奏疏中尽可能不触及世宗的忌讳，后果就不至于这么悲惨。

山青更悟汗青时

自武宗到世宗，政治一乱再乱，官场乌烟瘴气。此况之下，君子多烈士，小人多高官。看到那么多的正人君子惨遭贬谪与屠戮，那么多小人败类沐猴而冠端坐庙堂，千载之后仍不免叹息再三。

严嵩最后也是以家破人亡而收场。关于他的倒台，我将在下篇介绍徐阶的文章中描述。纵观严嵩一生的轨迹，他并非天生的奸臣，而是逐渐演变。政治黑暗的时代，为奸臣的产生提供了土壤。笔意至此，以诗证之：

小住幽窗理旧丝，山青更悟汗青时。

奸臣多少瞒天术，赚取龙颜一笑之。

十一

还威福于皇上

——记老狐狸徐阶

徐阶像

探花郎不买首辅的账

明代的帝王师中，若要选一位老狐狸式的人物，则非徐阶莫属了。

徐阶是上海市华亭县人。在明代，华亭属松江府，而上海只是华亭县的一个小镇。500年后，这里的地理归属发生了天翻地覆的变化，小镇上海变成了世界闻名的特大都市，而松江则变成了它的一个区。华亭仍然是县，但已经与松江平级了。

在明代，松江府与苏州府并称为苏松。这两个府都处在锦绣江南的腹心，经济发达，人才辈出。明代两百多年间松江所出的人才，多如过江之鲫，徐阶无疑是其中的佼佼者。

大凡异人必有异事，徐阶也不例外。他尚在幼童时，就有了两次大难不死的经历。第一次是他1岁多的时候，蹒跚学步一不小心掉进了窨井，家人救出，三天后才从昏迷中苏醒。第二次是他5岁时，父亲带着他游览括苍山，他失足从悬崖坠下，衣衫挂在树枝上，悬在半空中荡秋千，被人救下幸免于难。由于这两次大难不死的经历，乡里人便认为他是神童，家族中长辈对他期望甚深。

徐阶果然不负众望，嘉靖二年（1523年）全国会试，徐阶高中探花，为进士第三名。进士中的优秀者，可选为庶吉士，留在翰林院中继续深造。而一甲三进士，即状元、榜眼、探花3人，可直接在翰林院授职。徐阶入仕的第一个官职是翰林院检讨。期间，他请假回乡结婚，接着父亲去世，按规定又守制3年，服除后回到京城，他仍复旧官。所以说，他真正当官是在高中探花郎后的第五年，即嘉靖七年。

徐阶当官处理的第一件政事，就让他获得高分。其时，担任内阁首辅的是张璁，即张孚敬。这人在大礼案中与杨廷和唱对台戏，坚决支持世宗皇帝，因此得到超擢使用。张孚敬勇于任事，好作惊人语。他向世宗皇帝提出一个建议：撤去孔子的王号，并将各地文庙中雕塑的孔子像一并拆除，统统换成木主。所谓木主，即一个书有“大成至圣先师”的牌位。而且祭祀的标准也从“王”降格为“师”，俎豆礼乐减去甚多。世宗皇帝将张孚敬的议疏下发给群臣讨论。谁的官大谁就掌握了话语权，这几乎是官场历代通行的潜规则。因此，大部分臣子都上书赞同张孚敬的建议。也有一些儒臣不赞同，却不敢公开表示。唯独徐阶一个人站出来唱反调，上书世宗皇帝指斥张孚敬的观点不可取。张孚敬听说后，把徐阶找到值房来，盛气凌人地把他教训一通，大意是说你一个小小白面书生懂得什么。徐阶此时还没有修炼到狐狸的地步，他据理力争寸步不让。须知张孚敬是深受世宗信任的首辅、一品大学士，处在官场领袖的地位。而徐阶只不过是七品小官，他若顺竿爬或许是一次晋升的机会，但徐阶却反其道而行之。张孚敬被他噎得脸红脖子粗，不由得拉下脸来斥道：“你敢叛我？”徐阶迎着张孚敬咄咄逼人的目光，正色回道：“首辅大人此话差矣，叛生于附，我徐阶从来就没有依附过首辅大人，这叛字又从何说起呢？”言毕，打了一个长揖退出。

第二天，徐阶“调动工作”的通知就到了翰林院，他被贬为延平府推官。府相当于今天的地市级，一把手为知府，二把手是同知，三把手才是推官。推官的角色，类似于今天的政法委书记。徐阶一到任，就将长期羁押又无犯罪实据的囚犯 300 余名尽行释放，又将各类蛊惑人心的淫祠尽行拆毁，并捉拿了百余名危害地方的江洋大盗。这些作法，如同今天的平反冤假错案、扫黄打黑等，都是极得民心的善举。因此，徐阶很快就树立了威信。接着，他升任为黄州府同知，再升为浙江按察佥事、江西按察副使。先后在 4 个省任职，都是从事司法领导工作。

嘉靖十四年（1535 年），皇太子出阁，在全国官员中挑选学问好的人来担任讲师。徐阶被选中，他便回到京城，担任司经局洗马兼翰林院侍讲。从此，徐阶便从司法战线回到了老本行，充当皇太子的老师了。此时，讨厌他的那位首辅张孚敬已经退休了好几年，徐阶的命运开始产生了转机。

从储君老师到皇上宠臣

担任侍讲一年，因为丁母忧，徐阶又回到华亭守孝 3 年。复出后，升为国子监祭酒，不久又兼任礼部右侍郎。

国子监是朝廷唯一的一所大学，祭酒是一把手，即今天的校长。二把手叫司业，即今天的教务长。徐阶在这个岗位上呆的时间并不长，又被调到吏部担任右侍郎。

明代的六部的堂上官，由尚书、左侍郎、右侍郎三人组成。尚书是一把手，左侍郎是二把手，右侍郎是三把手。

明朝的吏部，有一条不成文的规矩。朝廷九大衙门的一把手，表面上同一级别，但实际上不一样，比如说刑部尚书来吏部拜会堂官议事，刑部尚书要站着作揖，而吏部尚书只需坐着还礼。吏部左右侍郎与其他大衙门的一把手见面，只需平等行礼。地方官来北京述职，哪怕是各省一把手，也见不到吏部尚书，更不能到堂上官值房拜会。左、右侍郎接见各省地方官，只能在会见厅，双方作作揖，交谈不得超过 5 分钟，左右侍郎就得起身送客。徐阶到吏部当了右侍郎后，一改这种高高在上的作风，地方官来，他必迎至值房亲切接谈，从各地方的吏治民瘼到边关虏情、赋税风物等，皆一一询问。

对他这种举止，一些老吏部官员看不惯，认为对地方庶官过于亲切有损组织工作的原则。长期以来，吏部官员形成了那种肌肉僵硬，见谁都高人一等的冷面孔。所以，在他们看来，徐阶还不适合担任组织部门的领导。但徐阶反对这种说法，他认为吏部承担着为朝廷选拔与考察官员的重任，如果不与各类官员接触，怎能了解官员的心中想法与行政能力？好在当时的吏部尚书熊浃支持他，使他在任上得以公允并有效地选拔了一批人才。这一点，再次为他在官场赢得赞誉。

但是，随着熊浃的离任，继位者不欣赏徐阶的做法。徐阶郁郁不乐，便请求调协工作，这种请求很容易得到批准。他离开吏部担任翰林院学士，不久又升为掌院学士，具体的工作是担任庶吉士的老师。前面已讲过，庶吉士从新科进士中选拔，备为皇帝近侧的文臣。担任庶吉士的老师，是一个延揽人才的好岗位。徐阶既是储君的老师，又是庶吉士的老师，这是他离开吏部以退为进的重要一步。在他所教过的庶吉士中，有一个人引起了他的注意并最终得到他的激赏，这个人便是张居正。关于两人的师生之谊，我将在撰写张居正的文章中详细介绍，此处暂略。

掌了两年翰林院，徐阶超升为礼部尚书。他的破格提拔，乃是因为被世宗皇帝看中。

徐阶长得白白净净、干干瘦瘦，身高不超过一米六。在朝廷股肱大臣中，是最矮小的一位。古往今来，历史中不乏那种扭转乾坤的小个子政治家。徐阶并不是其中最杰出的一位，但也属于难得的优秀者。他在吏部的举动，显然引起了世宗的注意。掌管翰林院后，作为词臣与讲臣之首，他参与了为世宗斋醮制作青词的工作。严嵩就因为文笔颇佳，所作青词无不合乎世宗之意，因而被人称为“青词宰相”。嘉靖一朝，大臣提拔，特别是礼部尚书与内阁辅臣这样的位子人选，除了必备的才能之外，一个特殊的附加条件就是要善于撰写青词。徐阶的青词“屡屡称旨”，有时还得到世宗皇帝的激赏，这便是他超升为礼部尚书的原因。

履任新职之后，徐阶很少到礼部上班，而是到世宗炼丹的无逸殿当值。斯时，内阁首辅是严嵩，次辅是张治、李本等二人。徐阶与他们一起陪着世宗炼丹，写青词，得到不少赏赐。这时，有的大臣看到徐阶受宠，便向世宗建议让他担任吏部尚书。世宗不置可否，不是认为徐阶不合适，而是担心徐阶一走，他的身边就少了一个青词高手。

徐阶的这种状态，在别人看来，是荣耀不过的事。但是，他自己却如履薄冰。因为，他早已注意到，首辅严嵩一直在用古怪的眼光打量他。

年近六十当上阁臣

嘉靖二十九年（1550 年）的八月二十一日，世宗皇帝在西苑紧急召见严嵩与徐阶。

这次召见的原因是因为蒙古俺答部率兵越过长城，进逼到北京城外。蒙古游骑屡屡在边关滋事，但攻到京师，这还是第一次。一时间，北京城内人心惶惶。却说八月十八日到二十日这 3 天，俺答率部队从通州渡过运河向西开进，前锋七百骑兵抵达安定门外教场，并在此安营扎寨。第二天，俺答骑兵攻到东直门，并在那里捉拿了皇帝马厩的 8 名宦官。士兵将宦官押到中军帐下，俺答傲慢地对 8 名宦官说：“我不杀你们，现在放你们回去，给你们的皇帝老儿送封信。”这封信的内容是要求通贡。嘉靖皇帝于是召见严嵩。老奸巨猾的严嵩看过俺达的信后，推诿说：“通贡是礼部管的事，这件事应该让礼部来处理。”

明朝皇帝出警图（局部）

在这火烧眉毛的节骨眼上，世宗皇帝对严嵩不肯承担责任感到恼火，于是又紧急召见徐阶征询对策。徐阶清楚在大敌当前的形势下，回答稍一有误，就有可能招致杀身之祸。于是他斟酌答道："敌寇已经深入内地，逼近京师了，如果不允许他们通贡，恐怕会激怒他们。如果允许他们通贡，他们就会提出更多的要求，臣建议皇上派出使者，用假话哄骗他们缓兵，让我们有时间加紧防备，待援兵到达。他们害怕被围歼，就会主动撤兵。"

应该说，只要具备三流智商的人，就会提出这样的建议，俺达只要稍稍动动脑筋，也会看穿这是缓兵之计。但在当时的情势下，世宗却认为徐阶出了一个好主意而一再称善。

九月一日，俺达率部离开京师，经张家口和古北口而出塞。他之撤退与各路勤王兵马的到来没有关系。这些勤王之师，没有一支部队敢主动出击。俺达是因为在京城郊区大肆抢劫，其收获大大超过预期，而主动宣布撤兵。

京师的解围，世宗认为是徐阶建议的缓兵之计起了作用，因此对他的信任增加。这样一来，严嵩对徐阶的猜忌更加厉害。严嵩与夏言是死对头，而徐阶最初的赏识与推荐者正好是夏言。因人划线，党同伐异，历来是官场难以解决的顽疾。严嵩从根本上对徐阶就不可能产生信任，加之徐阶在世宗面前抢了几次风头，更是让严嵩感到威胁。于是，他一直等待机会，要对徐阶下毒手。

果然，严嵩等到了机会。盖因徐阶当过裕王的老师。因此，在皇太子夭折之后，排行老二的裕王就成为实际的储君，但世宗似乎不太喜欢裕王。徐阶担任礼部尚书，三番五次要世宗早立太子。明眼人一看便知，他这时是在为裕王说话，这件事引起世宗的不愉快。世宗听信道士陶仲文的话，认为自己要想长寿，就不能立太子。立太子就是"二龙会面"，小龙会克老龙的阳寿。但徐阶却不顾及世宗的心态，坚持要及早定下皇太子，世宗于是开始疏远徐阶。有一次，他召见严嵩说起徐阶，言语之间表示了不满。严嵩见有机可乘，便中伤道："徐阶这个人并不缺乏才能，他的问题是有二心。"

"二心"之说，指的是徐阶坚持立太子。这句话戳到了世宗的痛处，越发对徐阶冷淡。

徐阶敏感地觉察到世宗态度的变化，而且也准确地判断是严嵩从中离间。审时度势，他感到自己眼下还远不是严嵩的对手。于是一改游离状态，千方百计讨好世宗，并在严嵩面前表现得服服帖帖。他为斋醮所写的青词比过去更为精心。经过一年多的调整，他终于重新获得世宗的信任，并部分解除了严嵩对他的戒心。

嘉靖三十一年（1552 年）三月初九，世宗终于任命徐阶为东阁大学士，并入阁参予机务。

徐阶入阁时已年近六十。此时，他的政治谋略，已到了炉火纯青的地步。

与严嵩暗中较劲

此时的内阁，是典型的老人政治。严嵩年届七十，徐阶比他小十来岁。如果把严嵩比作一匹老狼，徐阶则是一只老狐狸。这样的两个人斗法，可谓棋逢对手。但徐阶的巧劲儿，似乎比严嵩的狠劲更胜一筹。

说来也怪，徐阶入阁之后，严嵩的麻烦事骤然多了起来。

徐阶入阁 7 个月之后，一封弹劾严嵩的奏章从南京寄来北京。奏章出自南京御史王宗茂之手。这个王宗茂是湖北京山人，担任新职不到 3 个月。他早就看不惯严嵩的所作所为，如今当上言官，便立即在沉闷的官场放了一个响炮。他的奏疏开篇就火力极猛：

嵩本邪谄之徒，寡廉鲜耻；久持国柄，作福作威，薄海内外，罔不怨恨。如吏、兵二部每选，请属二十人，人索贿数百金，任自择善地。至文武将吏，尽出其门。此嵩负国罪之一也……

奏章开列严嵩八大罪状，皆揭发有据。但是，把持通政司的是严嵩的干儿子赵文华。他收到奏章后先给严嵩过目，等严嵩想好开脱的办法后，再交给世宗皇帝。

世宗看完奏章，又听了严嵩的“辩冤”，果然不分青红皂白地以“诬诋大臣罪”将王宗茂贬为平阳县丞。

这个处分，倒是令很多人诧异，包括王宗茂本人，已作了必死的打算。因此，诏旨下达，他倒心安理得地前往就任。当时官场对这件事颇多猜测，有人背地里议论，可能是徐阶暗中保护的结果。

严嵩也猜测徐阶是否为王宗茂的幕后指使者，但找不到证据。兹后，弹劾严嵩的奏章一年多似一年，最厉害的要数杨继盛，关于杨的悲剧，前文已经讲过。严嵩越是遭人弹劾，越是对身边的人不放心。他知道徐阶靠不住，于是总想把徐阶扳倒，但在两个重要的回合上，他却全都输给了徐阶。

一是世宗发现大将军仇鸾的斑斑劣迹，便下令彻查他的问题。这仇鸾本是严嵩的政治盟友。他一来为了洗清自己，二来为了陷害徐阶，便捏造事实说仇鸾与徐阶结党营私。谁知他准备向世宗揭发时，世宗却告诉他：清查仇鸾是徐阶的主意。为此事，徐阶曾三上密信。严嵩一听，差一点背了气。心中忖道：这个徐阶表面上温顺如羊，关键时候一点也不手软。由此，他对徐阶由猜忌变成了仇恨。

第二件事是世宗的居处问题。却说自从大内出了宫女杨莲英的谋弑案后，世宗就搬出紫禁城而入住西苑万寿宫。这座万寿宫本为永乐皇帝所建，属于游宴的“行宫”。世宗入住后，很喜欢这里，一住就是 20 年。不巧，那年冬天失火，万寿宫化为灰烬。世宗暂时搬到西苑内另一座玉熙宫居住。这玉熙宫属于便殿，格局狭小，世宗入住诸多不便。因此，就居住问题，世宗征询严嵩意见，严嵩劝世宗回大内居住。世宗一言不发，又征询徐阶意见，徐阶说："皇上仍可住在玉熙宫，宫殿狭小，可将拟修万寿宫的木料调来用于玉熙宫的扩建。"这一建议迎合了世宗。尽管大内是皇帝的正寝之地，但世宗压根儿就不想回去。加之他又迷信，遭灾的万寿宫也不能再住。于是，玉熙宫就成了他理想的居所。徐阶建议提出，世宗大为嘉奖，并任命徐阶的儿子徐璠担任玉熙宫扩建工程的督修。

经过这两个回合，徐阶在世宗心中有了更稳固的地位，而严嵩却显得有些力不从心了。

值得纪念的日子

如果说徐阶一生最大的功绩，莫过于他组织了对严嵩致命的一击。

嘉靖四十年（1561 年），严嵩的老伴去世，按规定，他的儿子严世蕃要为母亲守孝 3 年。经世宗的特许，严世蕃不必回到故乡而留在京城守制。但是，他虽然留在北京，却因为服丧而不能到西苑入值。往常，世宗有事询问严嵩，严嵩不能回答时，坐在隔壁的严世蕃就可立即出主意。现在严世蕃不能入值，严嵩年迈糊涂，草拟诏书常常不能称旨，手也打颤，写字歪歪扭扭不工整，因此渐渐失去世宗的欢心。徐阶敏锐地察觉到这一变化，认为扳倒严嵩的机会已经成熟。

不久，一件秘事在玉熙宫发生。

一个名叫蓝道行的道士，善于扶乩。所谓扶乩，即今天所说的大神附体。若询问某事，扶乩人就会装神弄鬼，任一支笔在沙盘上写下乩诗。该诗似是而非，但总还能沾上边儿，因此博得事主信任。蓝道行是扶乩高手，经人推荐给世宗，便深得信任。世宗每逢有大事决断不下，便让蓝道行前来扶乩。

这一日，世宗忧虑边关问题，又叫来蓝道行，问他："天下何以不治？"蓝道行于是施展法术，让竹笔在沙盘上写下乩诗，大意是皇帝身边有奸人。世宗问是谁，蓝道行说是朝中年纪最大、官职也最大的人。有心人一听就知，这指的是严嵩。世宗愣了一下，又问："上仙为何不诛除他呢？"蓝道行答："上仙要留待皇上自己诛除他。"世宗沉默不语。

第三天，世宗就收到了都察院御史邹应龙弹劾严世蕃的奏章。揭发严世蕃卖官鬻爵、鲸吞公财、结党营私的种种劣迹。

关于这件事，《明通鉴》记载说是邹应龙在世宗与蓝道行谈话的当天，在相识的值殿太监家门口躲雨，值殿太监秘密透露给他的。于是，他回家就写了这份奏章。但在《明史·徐阶传》中，却明确记载："阶乃令御史邹应龙劾之。"

在这一点上，我认为《明史》的记载是准确的。在同时代人的笔记中，有两条佐证：一是说徐阶派人花重金秘密收买了蓝道行；二是建议邹应龙的奏章不要将矛头直指严嵩，而是先敲山震虎，弹劾其子严世蕃。

这份奏章，相信是经过徐阶的审阅而后发出的。尽管弹劾的是严世蕃，但结尾一段还是把严嵩捎上了：

> 今天下水旱频仍，南北多警，民穷财尽，莫可措手者，正由世蕃父子贪婪无度，掊克日棘。政以贿成，官以赂授。凡四方小吏，莫不竭民脂膏，偿已买官之费。如此则民安得不贫，国安得不竭，天人灾警安得不迭至？臣请斩世蕃首，以示为人臣不忠不孝者戒。

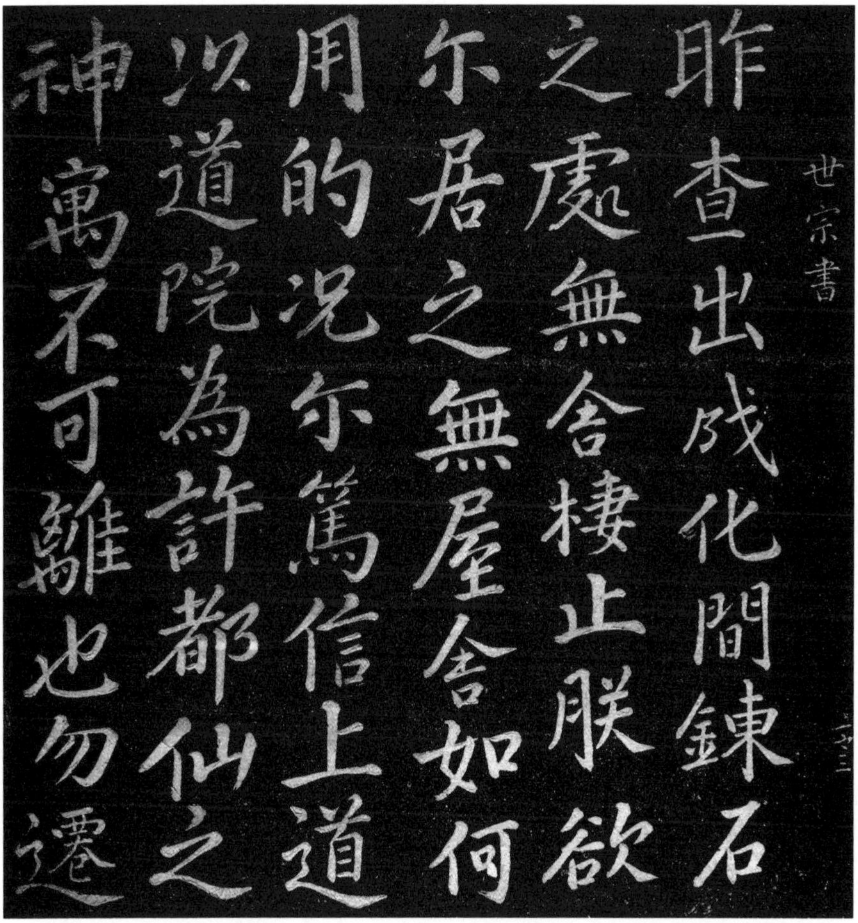

明世宗御笔《道院》

其父嵩，受国厚恩不思报，而溺爱恶子，弄权黩货，亦宜亟令休退以清政本。

如臣言不实，乞斩臣首以谢嵩、世蕃。

这封奏章可谓摸透了世宗的心思。世宗对严嵩的感情虽然有所疏淡，但毕竟内心还有所眷顾，若将严嵩当作打击对象，势必引起世宗的反感。世宗收到这封奏章后，果然下旨慰问严嵩，但又认为严嵩溺爱严世蕃，有负宠信，于是令他退休，驰驿回籍，指示有关部门每年给他一百石米作为退休费，同时将严世蕃抓捕下狱。

这一天是嘉靖四十一年（1562年）四月十九日，严嵩20年的统治宣告结束。对于世宗一朝的政治来说，这不能不说是一个值得纪念的日子。

“三还”宣言

严嵩勒令致仕，徐阶顺利接上首辅的位子，官场莫不称快。但是，世宗却忽忽不乐。因为几十年来，无论是斋醮还是国事，他都形成了对严嵩的依赖。严嵩一走，他感到空虚，于是对徐阶表露了想退下来让裕王接位的打算。尽管徐阶是裕王的老师，早期曾多次坚持要世宗在法律上明确储君的地位。但此时他却不敢奉诏，他认为世宗说出这等话来，一是因为严嵩走后他的心情恶劣，二来也可能是试探他的忠心。于是徐阶表态：“只要皇上同意，臣就每日到玉熙宫当值，臣会陪着皇上炼丹。”

世宗听到这句话，自然很高兴。严嵩当了20年的首辅，并没有在内阁值房里呆很多时间，而是每日到西苑入值陪侍世宗。徐阶愿意仿效严嵩，令世宗大为快意，他便让徐阶搬进严嵩在西苑的值庐。徐阶搬进去的当天，就在值庐入口的屏风上大书三句话：“以威福还主上，以政务还诸司，以用舍刑赏还公论。”

这三句话主要写给世宗看的，当然也是写给官场看的。如果用今天人的调侃口气，人们会叫他“徐三还”。他通过这“三还”与严嵩彻底地割裂，表示尊奉主上、诸司、公论。而自己这个首辅，只不过是一个“奉公惟谨”的大办事员而已。

果然，“三还”让徐阶获得巨大的声誉。皇上与百官，两方面都对他满意。

其实，徐阶的这三条标语的产生，还是源于当时恶劣的政治形势。

严嵩离开京城后，一些对严嵩不满的官员跃跃欲试，想揭发严嵩的种种劣迹。世宗听到一些传闻，把徐阶找去，很严厉地说："现在，如果有谁再说严嵩半个字的不是，朕一定将他斩首不饶！"

而严嵩也没有闲着，他听说了蓝道行的事，于是收买宫里得宠的太监在世宗面前挑拨。世宗正为处罚了严嵩而懊悔，听说蓝道行竟以功臣自居，便下达逮捕令。在严嵩被革职后的第 6 天，蓝道行就被打入诏狱。最终，蓝道行被处死。徐阶从头到尾都没有为蓝道行说一句话。一来是不敢违背世宗，二来他也乐得借此灭口。毕竟，通过旁门左道来消除异己，摆到桌面上怎么说都不是一件光彩的事。

但是，徐阶知道，只要严世蕃不死，就始终存在着翻盘的机会。严嵩年过八十不足虑，但严世蕃正值盛年，且一直有"小宰相"之称，严嵩就是依靠他才弄得风生水响。但是，如何让世宗下决心杀掉严世蕃，徐阶为此又进行了一番设计。

计杀严世蕃

严世蕃被刑部判为"发极远地区充军"，获得世宗同意。严嵩回到江西袁州后，上书世宗请求将严世蕃改成近地，世宗没有批准。但严世蕃未经同意，却擅自返回家中，大举修筑园林，势焰丝毫不减。

江西方面的官员将严氏父子的情况密报徐阶。为了掌握更多动向，徐阶派遣自己的心腹、南京御史林润以巡视长江防务的名义到达江西，与袁州推官郭谏臣密议之后，迅速发出密疏驰送京城。第四天，世宗就读到林润的疏文：

> 臣巡视上江，备防江洋，群盗悉窜入逃军罗龙文、严世蕃家。

> 龙文卜筑深山，乘轩衣蟒，怀有谋反之心。而世蕃日夜与龙文诽谤时政，蛊惑人心。近来以修筑宅弟为名，招集勇士至四千余人。道路汹汹，咸谓变且不测，乞早正典刑以绝祸本。

对严氏父子，世宗什么都能容忍，唯独不能容忍的就是谋反。所以，看到林润的密疏，世宗立即下达了逮捕严世蕃、罗龙文的命令。奏疏中提到的罗龙文，是严世蕃交往多年的心腹。

当严、罗二人押解来京后，刑部拟罪，悉数罗列严氏父子的罪恶，包括冤杀杨继盛与沈炼之事。奏疏送给世宗之前，先给徐阶过目。他看过后，把奏疏搁在一边，将刑部尚书黄光升与御史沈润请入内室，屏退左右，轻声说道："二位君子，你们认为严公子应当死，还是应当活？"黄光升答："当然是应当死，严世蕃死有余辜。"徐阶接着问："那么，你们二人审理此案，是要杀他呢，还是要救他？"黄光升答："严世蕃的诸多罪恶，最令人发指者莫过于冤死杨继盛与沈炼。我们特别加上这一条，就是要将此案办成不可更改的铁案。"

徐阶笑道："二位想法不差，但却忽略了另一面，杨继盛、沈炼之死，天下人皆知其冤，但杨继盛是中了严嵩之计触犯皇上忌讳，皇上颁下特旨处死。两人虽然均为严氏父子所害，但却都是皇上下旨杀掉的。皇上从来不认为自己做错了什么事。这份狱词若到了皇上手里，他必然怀疑你们是揭发严氏父子的罪行来彰显皇上的过失，这会引起他的盛怒。到时候，严世蕃可以从容出狱，而你们二位恐怕就会被定为死罪了。"

二人一听，脸色大变，表示重新商议，徐阶说："事不宜迟，若泄露出去，恐生意外。"说着从袖中取出一稿，说："我拟了一稿，你们速让写本吏员到这里来，连夜誊正，盖上刑部印，明天一早送进宫中。严嵩人虽走，但京城耳目甚多。今夜，凡参与者一个也不准离开！”

第二天上午，世宗读到严世蕃的罪行，杨继盛、沈炼只字未提，其中却有这样一段：

罗龙文与汪直交通，重贿世蕃求官，世蕃密听占星者言，认为南昌有王气，于是在彼地占地修建宅地，规制比拟天子宫殿，且又勾结宗室朱典楧，暗中等待时机，招聚亡命之徒，南与倭寇相通，北与虏酋交结，共相响应。

世宗读到这里，可谓七窍生烟，五官挪位，也不容细想，立即同意了刑部的判决，将严世蕃及其党羽罗文龙绑赴西市斩首。

严世蕃于嘉靖四十四年（1565 年）四月被执行死刑。两年后，严嵩贫病交加，寄食于墓舍而死。从徐阶入阁起意要将严嵩致于死地到如今，已整整过去了 15 年。由此可见，一个政治家要想做成一件大事，必须有着常人不可企及的耐心。

通过“遗诏”拨乱反正

嘉靖四十五年十二月十四日，世宗病危，他被搬回大内乾清宫。当天,他就死在那里。享年 64 岁。第二天,通政司就发布了他的《遗诏》：

朕奉宗庙四十五年，享国最久，累朝未有。一念惓惓，惟敬天勤民为务。怎奈身体多病，过于追求长生，遂致奸人诳惑，补过无由。自即位到今建言获罪之诸臣，凡存者悉数召用，殁世者尽行恤录。所有方士全都收逮，交法司治罪。一切斋醮工作及政令不便者，悉罢之。

沈炼像

其实，世宗搬回乾清宫时，已深度昏迷，死时并没有留下只言片语。这道不到 200 字的遗诏，是徐阶一手炮制。文章虽短，却将世宗一朝的所有弊政全都推翻。遗诏颁布之日，朝野各界人士听了，无不痛哭感激。短短几天，曾在世宗身边汇聚的数十名方士妖道，全部捉拿归案。被世宗以各种罪名罢黜的数百名官员，第一批 32 人重新任命官职，而像杨继盛、沈炼这样的冤死者，都追赠谥号并给家属优恤。

徐阶以极快的速度拨乱反正，平反冤假错案，使他的威信在朝野间达到极盛。有史家认为，徐阶起草的《遗诏》，与45年前杨廷和为嘉靖皇帝登基所起草的《登极诏书》一样，都是深得民心的匡扶社稷、补偏救弊的好文章。嘉靖一朝的开始与结束，在杨廷和与徐阶二人的主持下，都向历史交出了优秀的答案。

但是，也有人对《遗诏》不满意，那便是内阁中另外两名辅臣郭朴与高拱。他们对徐阶独自起草诏书，不与他们商量深为不满。因此专挑《遗诏》的毛病。郭朴气愤地对高拱说："徐阶讪谤先帝，罪可当斩！"两人由此与徐阶结下了仇隙。

对这件事,《三编发明》书中作了如下评论:大臣肩负军国重任,应当谦虚谨慎,和衷共济。只求大事处置得当,所谓"功不必自己出,名不必自己成"才合道理。此言于平时无急事之时，若于先帝驾崩、呼号哀痛之中起草遗诏，当是非常时期，怎么相互之间产生嫌隙?观徐阶起草之遗诏,可谓切中弊政,深得民心。高拱、郭朴应当支持,怎能因为未能参与而心生嫉妒，造谣诽谤……

这段评论有见地，讲的是大局观念，以及在大是大非面前的个人操守。可惜，高拱不能理解。不到一年，内阁衙门又狼烟四起。高拱公开向徐阶宣战。

十二

政坛一把霹雳火

——记老斗士高拱

明人绘
《日直讲读图》(局部)

看涨的政治行情

在世宗皇帝去世前几个月，徐阶推荐高拱与郭朴二人入阁。自严嵩之后，内阁大臣的办公室都搬到了世宗居住的西苑，本为内阁值房的文渊阁成为聋子的耳朵——摆设。所以，高拱与郭朴增补为阁臣之后，每日都在西苑上班。

高拱是河南新郑人，嘉靖二十年（1541 年）的进士。选为庶吉士后两年，授职为翰林院编修。其时，年满 11 岁的裕王朱载垕出阁读书，由严嵩的推荐，高拱与陈以勤出任裕王的讲臣。

世宗皇帝共有 3 个儿子，太子早夭，裕王朱载垕排行第二。他还有一个弟弟，被封为景王。按理说，太子死后，裕王应循例成为太子，但世宗皇帝听信道士陶仲文“二龙不能见面”的言论，不肯明确储君。因为太子一立，就等于有了两条龙。世宗害怕小龙克老龙短自己的阳寿，故不肯议决。但是，对于一个成熟的政权来说，从法律上肯定接班人永远是头等大事。如果世宗只有一个儿子，接班人便不会有悬念。但他有两个儿子，太子久虚，就会有变故。故朝中大臣经常上疏，希望世宗立裕王为太子。开头世宗不置可否，后来说的人多了，世宗便觉得大臣们有意跟他过不去。故说出狠话：“有谁敢再言立太子事，严惩不贷！”于是立储之事，被长时间搁置。

高拱就是在这样一种情形下当上了裕王的老师。这一当就是 9 年，在明代的众多帝王师中，高拱供差的年数恐怕是最长的。从少年到青年，裕王的心情一直不好，因为他始终不能成为合法的储君，

明穆宗朱载垕像

总是在担惊受怕之中。这期间，高拱一直陪伴着他，给他讲孔孟之道等经邦济世的学问。裕王写了“怀贤忠贞”4 个大字送给他，表示了对他的信任与感激。

后来，一直没有就藩的景王也患病而死，皇位的继承因此再也没有悬念。尽管世宗还是坚持不肯立储，但他的 3 个儿子只剩下一个裕王，自然淘汰的法则使裕王成为实际的太子。

裕王身份的变化，使高拱的政治行情看涨。严嵩与徐阶两位首辅，都对高拱青眼相看，不停地给他升官。在严嵩的举荐下，高拱被世宗任命为太常寺卿，掌管国子监。嘉靖四十一年（1562 年），又升任为礼部左侍郎，不久改任吏部左侍郎，掌管詹事府。两年后，徐阶再次向世宗推荐，拔擢高拱为礼部尚书。到了这个位子，就有资格进入西苑，陪着世宗皇帝炼丹药、写青词。严嵩、徐阶都是在礼部尚书的位子上，得到世宗的赏识最终成为首辅的。

当了两年礼部尚书后，徐阶再次荐拔高拱为文渊阁大学士而入阁担任辅臣。

没有任何证据表明世宗对高拱特别赏识。重用他的原因大约只有一条，他是裕王身边最久的老师。

言官成了政治斗争工具

高拱被任命为辅臣时，世宗已重病。在西苑当值，日夜都不能回家，高拱颇不习惯。这位 50 多岁的河南汉子很是恋家，皆因他结婚 30 余年，老婆只给他生了两个女儿。在“不孝有三，无后为大”的明朝，这是一件很难堪的事情。高拱在朋友们的撮合下娶回小妾，巴心巴肺想生下一个儿子，如今置身西苑，有家归不得，高拱是何等的挠心。为了方便与小妾的相处，他决定把家从市内搬到西苑旁边，这样他就可以偶尔抽空回家。

这种事怎瞒得过老狐狸徐阶，他看在眼里，嘴上不说什么，心里头却有想法。有一天，世宗突然病重，高拱听了太监的话，认为世宗过不了今夜，于是立即跑进值房，将属于自己的私人物件悉数搬回家去。这一点，更令徐阶心中生厌，他认为高拱私心太重，缺乏和衷共济的大臣风范。所以，在世宗驾崩后，他起草遗诏不与高拱商量，而找来得意门生张居正密议。

但是，就因为这件事情，高拱全然不顾徐阶对他的提携之恩，而与之反目成仇。世宗驾崩，裕王登基成为穆宗皇帝后，高拱自恃是裕邸旧臣，更不把徐阶放在眼里，处处与之作对。徐阶毕竟经营多年，高拱的势力无法与他抗衡，在一帮忠于徐阶的言官的交相弹劾下，高拱无法抵挡，只好下野。

穆宗宣布高拱致仕的时间是隆庆元年（1567 年）的五月二十三日。一年以后，即隆庆二年的五月十九日，首辅徐阶宣布退休。

还在裕邸的时候，穆宗就养成了好酒好色的习惯，登基之后，一如往昔不加节制。徐阶直言规劝，穆宗虽然采纳，但也慢慢对徐阶采取疏远的态度。恰逢此时，徐阶遭到给事中张齐的弹劾，于是坚决要求退休返乡，穆宗同意。

人们谈论明朝的政治，常常津津乐道“小官管大官”这一条，这实际上指的是明朝的言官制度。言官即今天的纪检、监察干部，由都察院与六科两个衙门管辖。都察院系统的言官叫御史，六科系统的言官叫给事中。御史的总领导叫都御史，六科的总领导叫都给事中。都察院给全国各省配备纪检监察干部，级别与六部相同，属正二品衙门。六科专门针对六部而设置，如吏科监督吏部，户科监督户部等等。六科有 6 个都给事中，官阶只有六品，给事中官阶只有七品，但享受四品的待遇。在明代，内阁辅臣与部院大臣的下台，多与御史和给事中有关系。这些言官级别虽低，但握有弹劾大权。因此，大臣们很忌惮这些级别低微的小官。

明朝初期，言官们都在真正行使监察之责。中期之后，言官逐步演变为权力斗争的工具。某位政要为了排除异己，嗾使自己控制的言官对他人弹劾，最终让对手倒台。

言官们的这种政治作用，在嘉靖一朝之前并不明显，甚至在严嵩时期，言官们还是朝廷合格的纪检监察干部。他们的演变并最终成为党同伐异的工具，可以说是从徐阶与高拱手上开始。在这一点上，两人负有不可推卸的责任，特别是高拱，在他执政期间，一直没有放松对言官的操纵。

徐阶致仕之后，李春芳接任首辅，但他是一个好好先生。几位辅臣如陈以勤、张居正、赵贞吉、殷士瞻等，都是各捏各的笛，各打各的鼓，谁也不服谁。面对这种"群龙无首"的局面，穆宗决定召回高拱。

高拱下野一年半之后，于隆庆三年（1569年）腊月二十二日重回内阁，而且一来就越过李春芳直接担任首辅。

片言可以折狱

穆宗对高拱的信任，可以说是超过了所有阁臣。在穆宗看来，高拱有胆有识，学问渊博。从某种意义上说，他视高拱为"精神教父"，心理上产生了依赖。

当年，高拱为穆宗讲授《论语》，讲到"片言折狱"一段，让穆宗记忆深刻。在《高文襄公全集》中，还保留了这段讲义：

> 子曰：片言可以折狱，其由也欤。子路无宿诺。
>
> 片言是一言之间，折是剖断明白而人皆信服，狱是争讼，由是子路的名。宿是隔夜，诺是有所许于人。子路无宿诺是门人说的。孔子说人之争讼者，各要求胜，情伪千状。听讼者虽极力以鞫之，尚有不得其情者矣。若能于一言之间，剖断曲直，使各当其情而人无不信服者，其惟仲由也欤！
>
> 盖由之为人也，忠信而明决。忠信则人不忍欺，明决则人不

宗祀於億萬斯年。下勤乎民務盡
君人師長之道。期於禮樂之興。
刑罰是中。斯實朕素志焉。是為
序

嘉靖七年六月初一日

明倫大典卷之五
十月己卯。臣璁齋疏至
左順門楊廷和知之令修撰楊維聰偕庶吉
士十餘人沮之曰。是必欲與內閣爭邪。臣
璁曰。內閣誰為爭者焉有為禮使
君上
毋子不得相接者乎。遂上疏曰。臣叨逢
聖明議

嘉靖刻本《明伦大典》

能欺。故能片言而折狱也。

在穆宗看来，高拱就是“片言可以折狱”的子路，是可担任治理国家的重任。当徐阶与高拱发生争执时，以他懦弱的性格，不会因为偏袒高拱而得罪徐阶。但徐阶去职后，穆宗还是及时地把高拱请了回来。

高拱回到内阁急于做成的两件事情，却为官场所侧目。

第一件事，就是将徐阶通过遗诏形式而进行的平反昭雪工作全部推翻。他一到内阁，就给穆宗上了一道疏：

《明伦大典》颁示已久，今褒显议礼储臣，将使献皇在庙之灵何以为享？先帝在天之灵何以为心？而陛下岁时入庙何以对越二圣？

《明伦大典》是世宗皇帝处理大礼案后，留下的一部用法律形式肯定大礼的典籍。因大礼案被杖死、谪戍、罢黜的官员，在徐阶的主持下尽数平反并获得优恤，这是深得民心的大事。但高拱因为反对徐阶，将这一深得民心的政治举措予以革除。许多平反昭雪的官员又“一夜回到解放前”，这对刚刚开始的清明政治具有强大的杀伤力，以致两年前弹劾高拱的言官胡应嘉和欧阳敬一两人，都先后惊悸而死。更有甚者，当年王金、陶宏景等几位蛊惑世宗迷恋斋醮的妖道，已经在徐阶的主持下被问成死罪，羁押在死牢等待处决，这次也被高拱统统改判。高拱给穆宗上疏说：

> 人君殒于非命，不得正终，其名至不美。先帝临御四十五载，得岁六十有余，末年抱病。经岁上宾，寿考令终，曾无暴遽。今乃为王金等所害，诬以不得正终，天下后世视先帝为何如？乞下法司处议。

高拱强调“人君死于非命，名声极为不好”这句话说动了穆宗，于是同意改判。就这样，遭人痛恨的妖道王金等保住了性命，并且逍逍遥遥地离开京城。

第二件事情，受高拱的指使，徐阶的 3 个儿子全部被逮捕下狱。这些公子在乡里的确存有劣迹，但尚不至于象严世蕃那样横行霸道。下狱之后，一些人施救，高拱一意孤行，将徐公子们充军戍边。

在明代的首辅中，象高拱这样有仇必报，性格偏狭的人并不多见。俗话说宰相肚里能撑船，指的是度量与气量，高拱就是气度太小。他的确有片言折狱的能力，遗憾的是，这能力用的不是地方。

一位优秀的吏部尚书

抛开偏狭的性格不讲，高拱在处理国事上，还是有他的过人之处。

他重回内阁担任首辅时，还兼任吏部尚书一职。这在明代没有先例可循。因为内阁首辅柄政，吏部尚书管人，是朝廷最重要的两个官职，由一人担任，则是真正的权倾天下了。

高拱兼任吏部尚书，做了几件很有创见的事情。第一是如何选用边疆地区的官员，他说：

> 边方有司，实兼牧民御虏之责，宜选择年力精壮、才具超群者担任。不宜将此职委任杂流及迁谪者，对其考绩以三年为率。比之内地官员，其加级升迁或擢用，不循常例。若不职者应降三级别用或罢斥治罪。

他认为边疆官员，无论是提拔还是惩罚，都要加重，以之保证疆土安全。另外，对于军事干部，他也有自己的用人标准：

> 兵者专门之学，非素习不可猝应。储养本兵，当从兵部司属开始。宜慎选司属，多得智谋才力通晓军旅者，久而任之，勿迁他曹。国家边防兵备督抚之选，皆于是取之。

在高拱之前，各地的军队长官，督抚大于总兵。而督抚都是流官，即现在所说的“万金油干部”，今日当省上巡抚，明日又安排去当督抚，对军事并无专门研究。高拱觉得如此用人，弊病太大，建议专才专用。他的这些建议，穆宗一一批准。

明朝的官员使用，制度也极为严格。譬如说不能在本地做官，自朱元璋定下规矩后，二百余年没有人提出异议，执行起来也极为严格。但高拱也将这一规定作了调整，他上疏说：

> 国家用人，不得在本乡做官，此惟有民社之责者可执行之。如果学校、仓廪、驿递等官，非有牧民之责，其官甚卑，其家甚贫，若授职远方，或弃官而不能赴，或离任而不得归，零丁万状，其情可悯。近例，教官得授本省地方，乞推广之，凡官衔杂职，均循此例就近安排。

从以上三则来看，高拱是一位优秀的吏部尚书。他不断研究问题，对于陈腐的用人制度敢于改革，敢于创新。

但高拱柄政期间最大的功绩，并不是人事制度的改革，而是正确处理了与蒙古的关系。

化干戈为玉帛

隆庆四年（1570 年）的十月初九，山西大同边关，已是一片肃杀。薄暮时分，忽然有二十余骑来到城门外，摇着白旗呼唤开门。此事惊动了大同巡抚方逢时，他登城询问才知，来者巴噶奈济，是蒙古王俺达的孙子。他的父亲铁台背吉是俺达的第三个儿子，死得较早，巴噶奈济由俺达夫妇抚养长大。俺达替巴噶奈济做主娶了一位酋长的女儿为妻，巴噶奈济不喜欢，自己迎娶了鄂尔多斯都司的女儿，人称三娘子。这三娘子美貌非常，老俺达一见动心，竟然从孙子怀中抢了过来成为自己的娇妻。眼见心爱的人一夜之间从老婆变成了祖母，巴噶奈济十分气愤，于是带领亲信前来归顺朝廷。

方逢时于是打开城门将巴噶奈济迎进来，并迅速告知宣大总督王崇古。这位赫赫有名的边帅，立刻派五百骑兵将巴噶奈济接到宣府妥善安顿，并连夜给穆宗上疏，言道：

明人绘《九边图》之“大同”

巴噶奈济前来归附，非拥众内降者可以比拟。宜封给官爵，供赠馆饩，厚饰车马，以此向俺达示意。俺达若急欲见孙，则令其缚送历年叛贼。若俺达不听，则以诛杀巴噶奈济为胁。若不然，亦可借机招抚，仿汉朝置属国安置乌桓故事，使其迁徙旧部近塞安居。俺达老且将死，其子鸿台吉成为首领，可令巴噶奈济还，率众与鸿台吉对抗。我按兵助之，此安边之良策也。

这封密疏送到京城后，在相关衙门传看，一时舆论纷纷。因为明王朝成立之后，北方边患问题一直没有解决，其中最重要的骚扰就是蒙古游骑。远的不说，单说嘉靖一朝，俺达就两次越过长城要塞而进逼京师，第二次还攻入北京城内。因为与俺达的作战，朝廷每年都耗费了大量财力，仅因作战不力而被处死的大臣就有十余位。在世宗一朝，凡是向朝廷献言与俺达媾和或开放边市者，一律严惩。如今，王崇古却想借巴噶奈济与俺达款通，岂不遭到许多大臣的反对？但是，首辅高拱与分管军事的次辅张居正却全力支持王崇古的建议，认为这是解决北方边患的最佳途径。两人一起说服穆宗，很快巴噶奈济就得到了都指挥使的职务。

一个月以后，俺达请求封贡。

却说巴噶奈济归顺的消息传开时，俺达正率领部属在西部抢掠吐蕃部，他闻讯立即引兵回师，调集人马进犯大同。王崇古早已布置停当，加强防守，俺达没有得逞。

俺达的夫人伊克哈屯思念孙子，日夜哭泣，俺达为此一筹莫展。这时，方逢时派人与他联络，告之巴噶奈济近况。俺达派使者入关探望巴噶奈济，见他孙子高宅良马生活十分舒适，并穿着三品红袍官服，腰系金带会见使者。俺达喜出望外，在孙子与使者劝说下，俺达决定与中原皇帝缔结友好条约，并主动乞求封号。

到了十二月初四，俺达将明朝叛将赵全等 9 人全都捉拿献给朝廷。穆宗接受高拱建议，封俺达为顺义王，并将巴噶奈济送回。从此，与蒙古数百年的仇杀宣告停止。两族边境从红山墩到清水营开设多个贸易点，真正地化干戈为玉帛了，边民无不雀跃。

这是中国古代处理民族问题最成功的范例之一。在这次事件中，高拱、张居正、王崇古、方逢时 4 人功不可没。而高拱在首辅位上，因此功劳犹大。

整人，从来是霹雳手段

明代的首辅，很少有北方人担任，高拱似乎是第一个。北方人豪爽耿直的性格，既成全了他，也害了他。他遇事总是在第一时间表态，这种工作作风用于突发事件的处理，不会丧失机会。但若用于整人，也是立竿见影。

高拱领导的内阁，可谓四分五裂。一来是他独断专行，遇事不愿与人商量，真正是“一把手说了算”。所以，4 位阁臣大都对他不满，只有一位张居正与他合作，但最后两人也产生了隔阂，其因是对徐阶的儿子处理上产生分歧。高拱必欲对徐公子加重处罚，恨不能问成死罪，而张居正却暗中施加影响加以保护。有一天，高拱听信门客的谗言，跑到张居正值房质问：“听说你收了徐阶送来的三万两银子，才这么下力气帮他说话。”张居正一听脸色大变，立即起身对天发誓。尽管后来高拱知道是有人诬告，又想和张居正弥缝裂痕，但张居正内心已对高拱产生警惕。

内阁中还有一位殷士儋，此人与高拱、张居正一样，都是穆宗的裕邸旧臣。本来他早就应该入阁，但高拱忌恨殷士儋在他面前倨傲，决不肯推荐。后来，殷士儋通过宦官疏通关节，穆宗直接任命他为阁臣。高拱因此愈加恼怒，于是唆使御史赵应龙弹劾：“殷士儋通过宦官进入内阁并非正道，不能参予机密。”殷士儋颇为难堪，于是上疏请求致仕，穆宗不同意。高拱的门生、吏科都给事中韩揖扬言还要弹劾。有一天，韩揖进入内阁找高拱商量，恰巧被殷士儋碰到，于是当面痛骂，捎带着把高拱也痛斥一通。韩揖欲与之理论，被殷士儋掴了几个耳光，张居正上来解劝，也遭到殷士儋的斥骂。此前，阁臣赵贞吉因不满高拱的独断专行，已经上演了一场“武松打虎”，殷士儋这次再当斗士，一时间疯传京城。

内阁相当于今天的国务院，是国家最高的行政机构。阁臣相当于总理和副总理。这么高级别的领导人，居然在权力中枢打起架来，这在明朝历史中是绝无仅有的事。这两位辅臣，最终都遭到高拱门生的围攻，各种弹劾奏章涌向穆宗，两人不得不辞职回家。

高拱的门生故旧，大多安排在各种重要岗位上，其中在言官的岗位上有十几人。这些人经常到他府上走动，唯老座主马首是瞻。其中有一位汪文辉，也深得高拱信任，但汪文辉内心中并不赞同高拱的一些作法。看到党同伐异的局面愈演愈烈，汪文辉于是给皇上写了一份《陈四事疏》，其略如下：

> 先帝末年所任大臣，本协恭济务，少有嫌隙。始于一二言官见庙堂议论稍殊，遂潜察低昂，窥其动向，攻其所忌，以致颠倒是非，蛊惑圣听，伤害国家大体。苟踵承前弊，交煽并构，使正人君子不安其位，恐宋朝元祐之祸复见于今，是为倾陷……
>
> 言官能规劝人主，纠弹大臣，但言官之讹，谁为指之者？今言事论人或不当，部臣不敢奏复，即愤然不平，虽同僚明知其非，亦不与辩，以为体貌当如此。夫臣子不肯一言受过，何以责难君父哉！
>
> ……愿陛下明饬中外，消朋比之私，还淳厚之俗，天下幸甚。

穆宗收到奏疏后，指示给有关部门议论。高拱看后，知道汪文辉明里指斥言官，暗中的矛头是对准他的，不禁万分恼恨。当即就动用吏部尚书的权力，将五品的御史汪文辉降为七品的宁夏佥事，限三日内离京赴任。

高拱整人，从来都是霹雳手段。但是，谁又能料到，一年后高拱的下场，却是比汪文辉更惨。

决心扳倒大太监冯保

隆庆六年（1572 年）五月二十六日，穆宗在乾清宫驾崩，享年 36 岁。穆宗死于酒色过度。临死前一天，穆宗将高拱、张居正和刚入阁不到一个月的高仪 3 人叫到乾清宫内，在病榻前托付后事。

高拱等 3 人跪在病榻前，听太监宣读遗诏：

> 朕嗣祖宗大统六年，偶得此疾，遽不能起，有负先皇付托。东宫幼小，朕今付之卿等。宜协心辅佐，遵守祖训，保固皇图。卿等功在社稷，万世不泯。

按明朝通常的说法，凡是皇帝临终前接受托付的大臣，称之为顾命大臣。内阁三大臣同受顾命，这是很正常的事情。但是，关于这份遗诏，还有另一个版本，即在“朕今付之卿等”一句后改成“望与司礼监协心辅佐”。高拱认为，这是矫诏。

当时，在穆宗面前宣读遗诏的是冯保，他当时的职务是司礼监秉笔太监兼东厂提督。司礼监是内廷二十四监局中的最高权力机构。司礼监的第一把手称为掌印太监，余下的尚有三至六名不等的秉笔太监。掌印太监与秉笔太监的关系，犹如内阁中首辅与次辅的关系。所以，掌印太监俗有“内相”之称。冯保是三朝元老，在众太监中不但是老资格，且书法、琴艺都有很深造诣，是太监中的饱学之士。论资格与能力，他早就应该当上掌印太监，但不知为何得罪了高拱。当世宗皇帝时的掌印太监李芳下台后，内廷一连换了两个掌印太监，

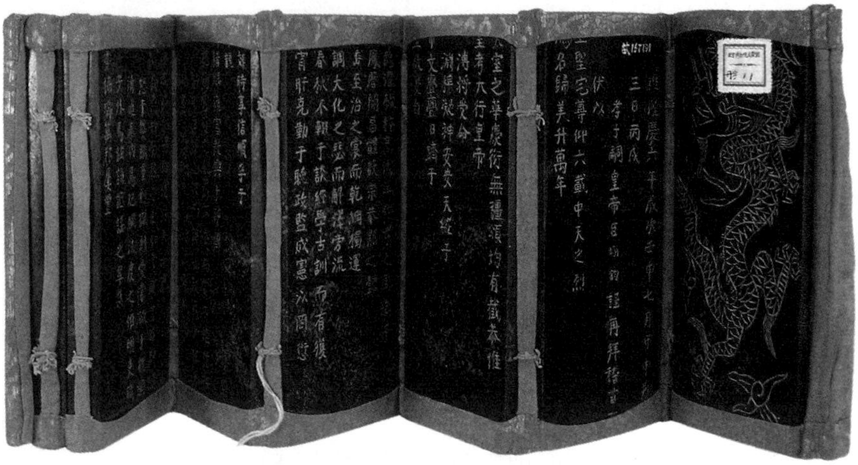

隆庆六年上“穆宗庄皇帝”谥册

高拱极力推荐陈洪与孟冲相继担任，为此得罪了冯保。

但冯保是即将登皇帝位的神宗朱翊钧的贴身太监。朱翊钧从来不喊他的名字，而是亲切喊“大伴”。朱翊钧的生母李贵妃对冯保也极为欣赏。因此，穆宗的驾崩，高拱的政治生命实际上也走到了尽头。

穆宗病逝的当天，相距不到两个时辰，一份中旨传到内阁，罢免了司礼监掌印太监孟冲，冯保取而代之。所谓中旨，即是不通过内阁票拟而由皇帝直接下达的圣意。明代的规矩，皇帝的圣旨一定要经过内阁票拟。对某事如何处理，阁臣将拟就的意见另纸抄上送呈，如果皇帝同意，就让秉笔太监用朱砂抄录，俗称“批朱”。有了“票拟”与“批朱”，才是圣旨颁发的正途。这种严格的公文程序，可让内阁与司礼监内外两大权力机构互相制约。一般情况，皇帝很少采用中旨形式。当任命冯保的中旨到达内阁后，高拱气得将旨本接过来狠狠朝桌上一掼，厉声斥责传旨太监：“不经凤台鸾阁，何名为诏？”

意思是不经过内阁，这叫什么圣旨。

斯时老皇帝去世，新皇帝尚未登基，按理说没有圣旨。但是，在新老皇帝交接的那段空隙，国事处理一般由内阁首辅出主意，皇后拍板定夺。皇帝发布诏令称圣旨、皇后称懿旨、贵妃称令旨，这三种旨都属于圣旨，都具有绝对权威。任命冯保的中旨，实际由穆宗皇帝的夫人即陈皇后与李贵妃两人联名发出。

高拱于是下决心要驱逐冯保，但谈何容易。在穆宗患病期间，冯保与张居正已订立了政治联盟。

却说张居正与高拱本是志同道合的好朋友。嘉靖后期，两人同在国子监共事，高拱是祭酒，张居正是司业。两人在一些国家大政方针上观点一致，议论起来意气风发，都以相业相许。后来，两人都得到徐阶的提携，先后进入内阁。当内阁辅臣权力倾轧之时，张居正也是支持高拱的，但在徐阶问题上，两人友谊出现裂痕。这一点，前面已作介绍。

张居正同高拱一样，也是不甘久屈人下。当内阁争斗到最后只剩下他们两个时，本已产生闲隙的两位斗士再也不可能和气一团了。张居正于是选择与冯保订立同盟，而共同对付高拱。应该说，冯张的联手也是高拱的失误造成的。如果他出以公心推荐冯保，不为严惩徐阶而公开指责张居正，这两个人是不大可能成为盟友的。

据说穆宗患病时，冯保就后事处理秘密征求张居正的意见，张居正提了十多条建议，密封起来派自己的秘书姚旷送给冯保。高拱得知讯息，连忙跑出内阁值房追赶姚旷。但 60 岁的老头子哪跑得过三十来岁的年轻人，累出一身臭汗却不见人影儿。只得回来哐当一声推开张居正值房的大门，乌头黑脸质问 :“我当国，你为何要瞒着我，去跟冯保出主意？”张居正一声不吭。

高拱又使出老招数，通知十几位担任言官的门生到他的家中开会。他布置机宜，让他们写疏给已登基的小皇帝朱翊钧弹劾冯保。他认为自己一呼百应，除掉一个冯保不成问题。谁知事情的结果恰恰相反。

在权力巅峰上遽然跌落

隆庆六年六月初十，在穆宗驾崩后半个月，他的儿子 10 岁的朱翊钧登皇帝位，是为神宗。他登基第三天，在高拱的安排下，言官韩揖、程文、雒遵等人弹劾冯保的奏折都送到神宗手上。同时，高拱也以自己名义给神宗上了一道《陈五事疏》，中心意思是强调限制司礼监的权力，把国事处置权交给内阁。高拱的设计是：神宗收到这几份奏疏后，就会按常例发还内阁拟票，他就用拟票的权力，对冯保实行驱逐。

由此可见，高拱还是“书生政治家”，至少在这一点上，他是个教条主义者。他的设想若放在平常的人事处置上，倒也行得通。但在重大的人事上，特别是君权与相权发生冲突的时候，所谓的票拟之权等于零。

高拱在实施了对冯保的“斩首行动”之后，还派人专门向张居正通气，希望他再不要“与阉竖协谋”，而保持清名。张居正表面应承，但即时将这消息向冯保作了通报。

其实，张居正的这种通报唯一的作用是向冯保证明盟友关系。这乃是因为，所有衙门及官员的奏疏都是通过通政司送达内廷，而代表皇帝接受奏疏的则是司礼监。所以说，不用张居正通报，冯保也会在神宗之前见到弹劾他的奏疏。老辣的冯保将这些奏疏拿给神宗及他的嫡母陈皇后、生母李贵妃看，并抱屈地说：“高拱弹劾我，是欺皇上年幼，想独揽大权。”这句话戳到了李贵妃的痛处。此时，她最敏感的问题就是怕人说她儿子年幼无知。据说听了冯保的话后，她抱着10岁的小皇帝痛哭失声。

又3天过去，即神宗登基后的6天，一大清早，百官都汇聚到会极门下等待皇上的接见。高拱早早儿来到这里，显得异常兴奋。他认为冯保的命运会在今天早朝中决定。但是，早朝的时间过去，小皇上却没有露面。又等了一会儿，只见宣旨太监王蓁慢悠悠走来，大声说道："皇上取消早朝，但有旨意在此。"说罢，抖开黄绫卷轴，一字一顿念了起来：

皇后懿旨、皇贵妃令旨、皇上圣旨：

说与内阁、五府、六部等衙门官员。大行皇帝宾天先一日，召内阁三臣在御榻前，同我母子三人亲受遗嘱。说"东宫年幼，要你们辅佐。"今有大学士高拱专权擅政，把朝廷威福都强夺自专，通不许皇帝主专。不知他要何为？我母子三人惊惧不宁。高拱着回籍闲住，不许停留。你每位大臣受国家厚恩，当思竭忠报主，如何只阿附权臣，蔑视幼主，姑且不究。今后都要洗心涤虑，用心办事。如再有这等的，处以典刑，钦此！

听这圣旨的口气与用词，同今天的白话文没有多大区别。由此可以断定，它的起草者是冯保无疑。若论职业风险，明代的官场应属于"高危人群"，至高无上的君权，任何时候都不容挑战。

关于宣旨这一段，在拙著《张居正》这部历史小说中，我是这样描述的：

王蓁读完圣旨，便走下丹墀把那卷黄绫卷轴递到张居正手中。只这一个动作，在场的所有官员都明白，高拱顷刻之间已从一人之下万人之上的权力巅峰上遽然跌落……

悲剧并非咎由自取

回到故乡在痛苦中度过晚年的高拱，始终不原谅张居正。他写了一本《病榻遗言》，将自己的放逐归罪于张居正。客观地讲，张居正对他的下野起到了推波助澜的作用，但不是决定性的。他的悲剧在于过分地自信、过分地强势，将一些本来可以团结的人推到对立面上，对掌握着君权的孤儿寡母也没有表现足够的谦恭。政治的谋略首先在于克制与隐藏，这两点恰恰是高拱做不到的。

乱世用人，第一要讲才干；顺世用人，第一要讲人品。高拱对这一点不是不懂，而是不屑于遵守。在对穆宗讲历史课的时候，论及三国人才，他有一段很精辟的话：

> 问：三国人才辈出，是一时风气生此等人才否？
>
> 答：非也，乃时之使然也。彼三国鼎峙，互相吞噬，存亡之机，间不容发。机一错即为人所鱼肉，故其君臣相亲相结，不自疑阻。机合即为弗狗。形迹有不必告于君者，有不必语于人者。盖谋有所不可泄，时有所不可失也。期与济事而已，故可与权。且其人便习既久，智愈出而愈不穷，不惟自家机熟，而人之肯为谋者日益众，故只见其多才耳。迨夫承平既久，法之把持，日以深忠谋者，君不为主，而旁人之苛求又甚烈，故人皆注意行迹。没有命令不敢行，没有政策不敢行，非标表清楚人所能见者不敢行。胡然而掣肘，胡然而获罪。于是谋臣远避，庸人则推诿支吾。苟利于目前，由是习以成风。所用之人不过如此。虽有可行权之才，亦湮灭而已。由此造成无事而庸人盘踞，富贵而智士不得。朝廷一旦有事则束手无策，徒叹国家之无人也。

相信所有志在经邦济世的政治家和慷慨以天下为己任的智士，读到这段话都会有同感。高拱勇于任事，这是他性格中最灿烂的一面。但他的悲剧除前面说到的一点外，还有一点在于，他生在承平日久的顺世，却想学乱世的政治家那样做事，不顾忌众多庸人所能接受的程度，制度与法令所能允许的程度。不过，这个悲剧并非咎由自取，而是时代使然。

高拱回乡 7 年之后去世，消息传到京城，张居正上疏请朝廷给予优恤和祭葬，但神宗不同意，只给予半葬的待遇。自始至终，神宗都不肯原谅他。

十三

恩怨尽时方论定

——记改革家张居正

张居正像

多事之秋的一封私人信件

嘉靖四十年（1561 年）的确是个多事之秋。这一年的正月，鞑靼吉能部自河西走廊越过黄河南下骚扰。八月，蒙古王俺达率兵进攻宣府。九月，俺答部又攻破居庸关。而自春天开始，南方的广东、福建、江西等地，相继爆发农民起义，而倭寇又屡屡侵犯浙江沿海。官军南北驰驱，疲于奔命；百姓流离失所，苦不堪言。可是，已经当了 40 年皇帝的世宗朱厚熜，犹自沉迷道术，终日以斋醮炼丹为乐。奸相严嵩一手遮天，贿风与秽迹，污浊公门。在这一年的初冬，时任国子监司业的 37 岁的张居正，正就着一盏寒夜的油灯，给远在宁夏指挥部队作战的老友耿定向写信：

> 长安棋局屡变，江南羽檄傍午。京师十里之外，大盗十百为群。贪风不止，民怨日深。倘有奸人乘一旦之衅，则不可胜讳矣。非得磊落奇伟之士大破常格，扫除廓清，不足以弭天下之患。
>
> ……顾世虽有此人，未必知；即知之，未必用，此可谓慨叹也。

从这封信中，我们看到嘉靖四十年的中国是何等的风雨飘摇，无论是军事、经济，还是吏治、治安，大明王朝都危在旦夕。当时的张居正，只是文官系统中的一个中级官员，且不在显赫部门，担任的是一个学校的行政长官。但“位卑未敢忘忧国”，他呼唤“磊落奇伟之士”的出现。其实，从信中不难看出，他认为自己就是那个可以大破常格，挽狂澜于既倒的磊落奇伟之士。

在当时，谁也不会想到，这个满怀忧患且意气风发的年轻人，10 年后竟然会在中国的政坛上，掀起一场前所未有的十级地震。

志在匡时救国

张居正是湖北江陵人。他的七世远祖张凤保，是朱元璋率领的农民起义军中的一名普通士兵，后来随着大将军徐达的部队进驻湖北。论军功，安排在湖北秭归当了一个可以世袭的百户长。在当时授职的军人中，这应该是最低的赏赐。张居正近祖的这一支，显然不是长子，所以屡屡迁徙出外谋生。到了他的祖父张诚这一代，才定居江陵。张诚在辽王府中谋得一个守门的职位，这相当于今天的保安。因此，尽管张居正的远祖曾是创建大明王朝的一个小小的功臣，但他仍属于平民出身。

传说张居正出生时也产生过灵异。他的祖父梦见一只大白龟从厨房的大水缸中浮出来，暗夜的家中光明如昼。第二天张居正诞生，祖父于是给他取名“白龟”。他的父亲张文明是一个秀才，嫌白龟过于俗白，于是将龟字改为圭，音相似，但寓意更美好。13 岁，张居正考中秀才，荆州知府觉得白圭这个名字仍然不雅，于是改为居正。从此，这个名字便成为中国历史中不可替代的符号。

张居正两岁就能识字，在故乡有神童之称。他 19 岁参加全省乡试考中举人，23 岁参加全国会试考中进士，并被选为庶吉士，在翰林院中读“博士后”。两年后毕业，被授予翰林院编修。在这两年内，世宗宠信严嵩，先后杀三边总督曾铣、首辅夏言，接着东南倭寇猖獗，抗倭功臣朱纨被罢官。至此，终世宗一朝国无宁日。刚刚当“公务员”的张居正，觉得自己获得了国事的建议权，于是立即给世宗皇帝写了一份洋洋数千言的《论时政疏》，开头就讲大道理：

臣闻明主不恶危切之言以立名，志士不避犯颜之诛以直谏，是以事无遗策，功流万世。故嫠妇不恤其纬，而抱宗国之忧。臣虽卑陋，亦厕下廷之列。窃感当时之事，目击心怀。夙夜念之熟矣，敢披肝胆为陛下陈之。伏惟圣明少留意焉。

臣闻天下之势，譬于一身。人之所恃以生者，血气而已。血气流通而不息，则薰蒸浇灌乎百肢，耳目聪明，手足便利而无害。一或壅淤，则血气不能升降，而臃肿痿痹之患生矣。臣窃惟今之事势，血气壅淤之病一，而臃肿痿痹之病五，失今不治，后虽疗之，恐不易为力矣。臣敢昧死以闻。

写完这一段务虚的引言大道理后，张居正开始从约束宗室、爱惜人才、慎选守令、巩固边防、节省开支等 5 个方面提出改革的意见。在疏文的最后，他写道：

五者之敝，非一日也。然臣以为此特臃肿痿痹之病耳，非大患也。如使一身之中，血气升降而流通，则此数也，可以一治而愈……

臣闻扁鹊见桓公曰："君有疾，不治将深。"桓公不悦也。再见又言之，三见望而走矣。人病未深，固宜早治，不然臣恐扁鹊望之而走也。狂瞽愚臣，辄触忌讳，惶竦无已。虽然，狂夫之言，而圣人择焉。伏望圣明少留意于此，天下幸甚。

写这封《论时政疏》时，张居正才 25 岁。在今天，这个年龄的人被世人称为"80 后"，还在争论他们是否甘于当"啃老族"，有没有社会责任感，会不会走正路。须知 460 年前张居正这个"80 后"，却已经以新锐政治家的面目出现在中国的政治舞台上。他不但承担社会责任，还以极大的勇气指斥时弊，为国家的发展提供建设性的意见。从这一点上看得出来，张居正是一个天生的政治家。

细细研读这封信,感觉得到张居正的政治敏感度很高。如此年轻，就有宏阔的政治视野和严谨的治国理念，这实属难得。但是，这封奏疏并没有引起世宗的注意，我们看不到皇帝对此有任何意见或批复。不过，这位初出茅庐的年轻人倒是引起了一个人的注意，那就是时任翰林院掌院学士的徐阶。这位精明的小个子政治家，立刻将张居正收至麾下并加以培养和保护。

张居正在翰林院编修的位子上度过了平淡的 5 年。眼看严嵩当权积弊日深，张居正深感失望。其时，虽然他的政治导师徐阶已经入阁成为严嵩的副手,但他也无从展布,除了暗中积蓄力量别无他法。于是，30 岁的张居正决定离开官场，他向吏部请假回老家养病获得批准。回到江陵老家，一住就是 3 年。人虽然回到江湖，但心还留在庙堂。他不是真正的归隐，而是怀才不遇的表白方式。回家第三年的春节，他写了一首《元日望阙》的诗：

北阙朝元忆往年，趋承长在日华边。
青阳御跸乘春转，黄道诸星傍斗旋。
镐宴并沾歌湛露，虞庭率舞听钧天。
江湖此日空愁病，独望宸居思渺然。

由此可见，张居正的志向并非要当闲云野鹤，而是要匡时救国。终于，在闲居了 3 年之后，他重新回到了京城。

十年间成为两代帝师

张居正少年老成不苟言笑，这一点既赢得尊重也让人忌惮。他回到京城仍在翰林院供职。36 岁时，由于徐阶的推荐，张居正由翰林院升右春坊右中允，并兼管国子监司业事。

应该说，张居正的仕宦生涯，到此才有一个明显的转折。右春坊是专门负责太子学习的教育机构，当了这里的右中允，名义上就是太子的老师了。而国子监则是国家唯一的大学，又称太学，司业是主管教育的二把手。张居正同时兼任这两个职务，便为日后的晋升打下了坚实的基础。

世宗皇帝生过 3 个儿子，但到张居正担任右中允的嘉靖三十九年，他只剩下了一个儿子，余下两个皆病死。这个儿子即是后来成为隆庆皇帝的朱载垕。因为世宗不肯立太子，朱载垕当时的身份是裕王。张居正这个右中允，就是充当裕王的老师。

裕王是个宽厚的人，但一生嗜好酒色而不喜念书，他比张居正小 6 岁。张居正给他当老师时，已经 30 岁了。这个年纪早已不是潜心读书、一心治学的最佳时候，何况裕王因为没有太子的身份，名义上还不是储君，因此老是担惊受怕郁郁不乐。不过，徐阶心中明白，大明江山迟早要交到裕王的手上，早早安排张居正当他的老师，怎么讲对张居正来说都绝无半点坏处。果然，6 年以后世宗驾崩，裕王继位，是为穆宗。作为裕邸旧臣的张居正，一下子就进入到权力的中心。虽然，他此时的官阶只有五品，但已担任首辅的徐阶对他信任有加，特别援引他参加世宗遗诏的起草工作。穆宗一登基，张居正即被提拔为翰林院侍读学士、掌院事。

5 个月后，张居正又升任礼部右侍郎；1 个月后，又升为吏部左侍郎兼东阁大学士，进入内阁参予机务；再过两个月，又升任礼部尚书兼武英殿大学士。至此，刚满 42 岁的他，成为朝廷里最为年轻

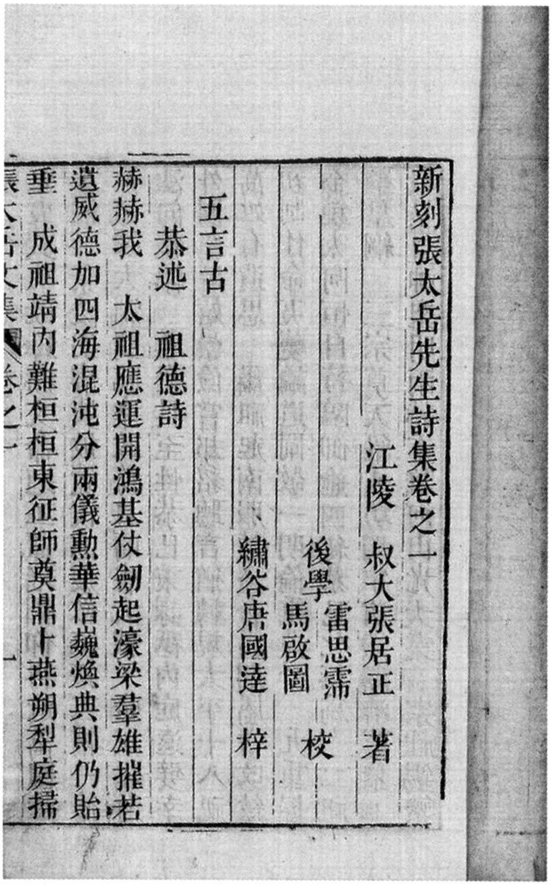

新刻張太岳先生詩集卷之一

江陵 叔大張居正 著

後學 雷思霈 校

馬啟圖

繡谷唐國達 梓

五言古

恭述 祖德詩

赫赫我 太祖應運開鴻基仗劍起濠梁羣雄摧若

遺威德加四海混沌分兩儀勳華信巍煥典則仍貽

垂 成祖靖内難桓桓東征師奠鼎于燕朔犁庭掃

張太岳文集 卷之一

张居正《张太岳先生文集》

（清刊本）

的内阁辅臣。他从六品官升任五品官用去了整整 12 年，从五品官升任四品用去了 5 年，从四品官到二品却只用了 9 个月。

在隆庆一朝，张居正虽然已经是柄政大臣，但他仍是一名合格的帝师。除了继续充当穆宗经筵的讲官，同时他还担任了时为太子、后来登基为万历皇帝的朱翊钧的老师。如果说穆宗的首席讲臣是高拱的话，那么，朱翊钧的首席讲臣则无疑是张居正了。

张居正与朱翊钧的关系，既是君臣，又是师生，在十几年的时间中，这两人之间演绎的爱恨情仇，可谓超乎异常，完全具备美国好莱坞大片的几大要素。但是，有一个基本点是，张居正自始至终，对朱翊钧一直充满尊重与爱怜。

隆庆二年（1568 年），张居正给穆宗皇帝上了一道《请册立东宫疏》，率先提出要穆宗尽早确立朱翊钧太子的身份，疏中言道：

> 去岁皇上登极之初，礼官即疏请册立。伏奉圣谕：以皇子年尚幼，先赐名而后册立。臣有以见皇子慎重大礼之意。但人心属望已久，大计亦宜早定。
>
> 查得我祖宗故事，宣宗以宣德三年立英宗为皇太子，时年二岁；宪宗以成化十一年立孝宗为皇太子，时年六岁；孝宗以弘治五年立武宗为皇太子，时尚未周岁也。今皇子年已六岁，比之孝庙年适相符，较之英、武两朝，则已过其期矣。伏望皇上率由祖宗之旧章，深惟社稷之长计，以今首春吉旦，敕下礼官，早正储宫之位。以定国本，以慰群情。

穆宗一共生有 4 个儿子，长子、次子先后夭折，存下的三子翊钧、四子翊镠，均为李贵妃所生。朱翊钧生于嘉靖四十二年（1563 年）八月十七日酉时，到张居正上疏请立太子时，他正好 6 岁。

张居正的建议被穆宗采纳，三月九日正式下诏册立朱翊钧为太子。

两年后，张居正又给穆宗上了一道《请皇太子出阁讲学疏》：

> 昨，该礼部、礼科题请东宫出阁讲学，臣等拟票，择日具仪。奉御批："年十龄来奏。"此我皇上保爱东宫，不欲以讲学劳之也。远稽古礼，近考祖制，皆以八岁就学。盖人生八岁，则知识渐长，情窦渐开，养之以正，则日就规距；养之不正，则日就放逸，所

关至重也。故周成王在襁褓之中，即周、召、太公为之师保，为之置三少，为之选天下之端士，以衡翼之。自孩提有识，即见正事，闻正言，而成王为周之令主，良有以也。

张居正不愧是教育家出身，对太子为何要出阁读书讲了充分的道理。但穆宗仍坚持要等到朱翊钧 10 岁才出阁读书，他本人不爱读书，也怕读坏了太子。由于他的固执已见，以至朱翊钧两年后仓促登基时，不但是个 10 岁的孩子，还几乎是个文盲。那时，他刚刚出阁读书才两个月，一本《三字经》才读了几页。

辅臣与帝师的双重角色

隆庆六年六月十六日早朝时，小皇帝朱翊钧并未出现，而是让太监王蓁当众宣读圣旨，让首辅高拱回籍闲居，而张居正则顺利地接替首辅之位。

关于这次权力斗争，本由高拱与大太监冯保之间的仇怨引起，但张居正无疑是最大赢家。史家通常的说法是张居正“附保逐拱”，这被当作张居正人生的污点而让人诟病。

张居正与高拱，都是徐阶看中并着意栽培的人物。两人同在国子监共事，又同为裕邸旧臣，关系一直很好。但随着高拱与徐阶反目，并欲置徐阶于死地时，两人便产生了分歧。张居正尊重导师，在高拱对徐阶的 3 个儿子施以毒手时，张居正则尽力保护。为此，两位心心相印的政友产生了矛盾。穆宗皇帝死后，两人的矛盾公开化。说实话，如果不是张居正与冯保结为政治同盟扳倒了高拱，以高拱的性格，在他收拾了冯保之后，也一定会将张居正逐出内阁。为自身的安全计，张居正此举虽有可指责之处，却并没有太多的过错。政治斗争你死我活，与其成为失败者让人同情，倒不如当一个胜利者，哪怕受到非议。更重要的是，张居正与冯保结为盟友，并非沆瀣一气做尽坏事，而是将朝廷中最大的一股政治力量团结起来，使其推行的“万历新政”得以顺利展开，从这点上看，张居正团结冯保，实际上是做了一件利国利民的好事。

张居正当上首辅的第3天，即隆庆六年的六月十九日，小皇帝在乾清宫前面的平台单独接见张居正。其时，张居正因去万寿山视察穆宗陵寝工程而中暑，在家养病。小皇帝见到张居正，便安慰道：“先生为父皇陵寝，辛苦受热。”接着又追述先皇之言：“先生忠臣。”尔后又道：“凡事要先生尽心辅佐。”

10岁的小皇帝说出这番话，令张居正大为感动，于是伏地奏道：“臣叨受先帝厚恩，亲承顾命，敢不竭力尽忠，以图报称。方今国家要务，惟在遵守祖制，不必纷纷更改。至于讲学亲贤，爱民节用，又君道所当先者，伏望圣明留意。”

这是张居正当首辅后，第一次向小皇帝表述自己的施政纲领。关于这一次谈话，历史学家樊树志先生在其所著的《万历传》中有如下评价：

> 这个极力主张对弊政扫除廓清的人，此时只字不提改革，而强调遵守祖制，不必纷纷更改，用心颇为良苦，非不为过，实不能也。地位尚未稳固，时机还不成熟。他是个深沉有城府，人莫能测的政治家。

樊先生的剖析很有见地。张居正倡导的改革，可以说是从“遵守祖制”开始。所谓祖制，指的是洪武与永乐两位皇帝，在明朝创立之初而制订的一系列施政纲领。明朝初年的政治，对官员是苛严的，不要说贪墨，就是政务稍有懈怠，也严惩不赦。但是对老百姓，采取的却是休养生息的政策。面对武宗以来吏治腐败的状况以及民不聊生的局面，张居正十分向往洪武、永乐两朝国家清明的局势，因此提出“惟在遵守祖制”。这不是随口说出的客套话，而是含有正本清源，廓清政治的大谋略。

其时，张居正在小皇帝面前的角色，既是相，又是师。他上面的那段话，前半段是以首辅的身份说话，而后面的“至于讲学亲贤，爱民节用，又君道所当先者”这席话，又是以老师的身份来教育学生。实际上，在张居正独秉朝纲的10年，他一直将辅臣与老师两种身份集于一身。

为朝廷扛起改革大旗

前面讲过，张居正在25岁的时候，就有施行改革扫除弊政的雄心。为了实现这一理想，他一直在等待机会。

隆庆二年（1568年）的七月，首辅徐阶致仕，李春芳继任。李春芳是张居正的同科进士。所不同的是，李春芳是该科的状元。这位首辅是个好好先生，且缺乏政治家的纵横捭阖的才能。在他上任不几天，张居正就给穆宗皇帝上了一道《陈六事疏》，在这篇疏文中，张居正全面提出了自己改革政治的主张。疏文的开头，就有高屋建瓴之势：

臣闻帝王之治天下，有大本、有急务。正心修身，建极以为臣民之表率者，图治之大本也。审时度势，更化宜民者，救时之急务也。大本虽立，而不能更化以善治，譬之琴瑟不调，不解而更张之，不可鼓也。

恭惟我皇上践祚以来，正身修德，讲学勤政，惓惓以敬天法祖为心，以节财爱民为务，图治之大本，既已立矣。但近来风俗人情，积习生弊，有颓靡不振之渐，有积重难返忧，若不稍加改易，恐无以新天下之耳目，一天下之心态。臣不惴愚陋，日夜思惟，谨就今之所宜者，条为六事，开款上请，用备圣明采择。

臣又自惟，幸得以经术遭逢圣主，备位辅弼，朝夕与同事诸臣，寅恭谐协，凡有所见，自可随事纳忠，似不必更有建白。但臣之愚昧，窃见皇上有必为之志，而渊衷静默，臣下莫能仰窥。天下有愿治之心，而旧习因仍，趋向未知所适。故敢不避形迹，披沥上陈，期于先诏主德，而齐一众志，非为他也。伏乞圣慈垂鉴，俯赐施行。天下幸甚，臣愚幸甚！

接着，张居正从省议论、振纪纲、重诏令、核名实、固邦本、饬武备6个方面，系统地提出自己的改革主张。此时，距张居正给世宗皇帝呈《论时政疏》已过了19年。在这19年，国运没有任何一点起色。而吏治腐败、法令不行、国库枯竭、武备废弛、豪强权贵大肆兼并土地、农民破产等等问题，已经越来越严重。国家再不改革，必将危在旦夕。

此时的张居正，比之19年前，由于历练甚多，政治上更为成熟，看问题更加透彻。如果在19年前实施改革，张居正充其量只能当一个“革命军中马前卒”。而现在，张居正有能力也有勇气为朝廷扛起改革的大旗了。

而且，张居正呈上《陈六事疏》的时间，也是经过深思熟虑的。斯时高拱下野，徐阶致仕，两个最有主见的辅臣都不在中枢之地，而担任首辅的李春芳并无掌控大局的能力。如果穆宗看了奏章同意进行改革，那么，实施改革的操作必然就会落到他张居正的手上。遗憾的是，穆宗压根儿就没有振衰起隳的雄心。他看过疏文后，只批了7个字：“知道了，具见忠忱。”然后就泥牛入海，消息全无。

明代自宣宗皇帝之后，再也没有出现过雄奇豪迈的皇帝。要么是少年登基，不谙世故；要么是久居深宫，难辨是非。操持国事的，是由内阁、五府六部等部院大臣组成的文官集团。这个集团的执政能力，决定了帝国的命运。

张居正的一腔热血，再一次化为尘土。随后几年，随着高拱的二度出山，内阁斗得驴嘶马喘。张居正只得继续隐忍与收敛。

等到当上首辅之后，张居正意识到改革的时机已经成熟。这是因为小皇帝才 10 岁，他的生母李贵妃希望张居正挑起治理国家的重担，而让小皇帝有足够的时间学习政体与知识，而文官集团中的强人又相继离去。这一切，都给张居正的“独断专行”提供了极大的便利。此情之下，处理好与李太后（李贵妃在小皇帝登基后晋升为慈圣皇太后）以及冯保这两个人的关系，便显得极为重要。因为，这两个人一个是小皇帝的生母，一个是掌印太监、小皇帝的“大伴”，推行改革若不能取得这两个人的支持，则绝无可能得到小皇帝的信任。

长袖善舞和“与狼共舞”

近年来，有史家认为，万历初年的中国政坛，李太后、张居正与冯保 3 人构成了牢不可破的权力铁三角，这说法有一定道理。李太后虽然贵为皇母，但出身寒微，懂得民间疾苦，她对儿子管教非常严格。小皇帝贪玩，尽管贵为九五之尊，她还是给其罚跪。冯保精通古琴与书法，是太监中难得的儒雅之士。他是小皇帝的大伴，小皇帝对他非常依赖，同时李贵妃对他也非常信任。此人最大的毛病就是贪墨成性，但也能够识大体。张居正在三人中，是真正的灵魂人物。推行改革，没有三个人的合力是不可能成功的。但李太后与冯保二人，不可能有什么创见。相反，他们还各有私欲。张居正总是能做到既满足他们的私欲，又不至于让其私欲过份膨胀，并以此换来他们对万历新政的支持。

对于一个伟大的政治家来讲，既要讲操守、气节，也要讲变通、交易，有时候，要有舍弃操守而进行龌龊交易的勇气。张居正与冯保之间就是这样，冯保有时收受大批贿银而希望张居正给某人升官时，张居正不但没有抵制反而尽量满足。这一点，日后成了人们攻击张居正的口实。但放在当时那种特定的情况下，张居正实在没有别的办法可以替代。

中国古代士人，历来重操守而轻事功。如果操守与事功不产生矛盾，则都能做到慷慨任事。如要为完成事功而有损于操守，则多半会回避或干脆挂冠而去。注重操守原也无可厚非，但若每个人都洁身自好而不肯为国家建立事功，则国计民生的大事就无人承担了。这乃是因为，自古至今的官员队伍中，从来就是善恶忠奸搅和在一起。恶者为求一已之欲，从来不择手段，不顾道德；若善者一味死守道德底线，则如何与恶者抗争，如何建立事功？

儒家将立德放在人生的最高层次，其次是立功、立言。因此，中国的读书人便以立德为最高追求。但无庸讳言，报效国家的人首先应当有立功的思想，事实相反，很多人过不了这一关，不肯“与狼共舞”。

张居正一旦登上首辅之位，不但长袖善舞，而且还打破道德观“与狼共舞”。窃认为，万历新政之所以成功，作为改革领导人的素质来说，这是关键中的关键。当然，与狼共舞不是同流合污，而是曲尽其巧的权宜之计。

作为改革家来说，与狼共舞固然痛苦，与清流共事亦觉艰难。张居正上任之初，为了稳定政局，启用了一批元老级的人物充任六部堂官。如将兵部尚书杨博改任吏部尚书，南京兵部尚书王之诰改任北京刑部尚书，主持黄河水利工程的朱衡改任工部尚书，长期赋闲在家的陆树声出任礼部尚书。这几位大老，都有明显的清流倾向。依靠他们推行改革，显然不切实际，但张居正初登首辅之位，根基未稳，还得依靠这些清流领袖帮助他稳定局势。到了张居正改革拉开序幕，这些人果然想不通、看不惯，于万历三年前都相继离去。

任何一场改革，首先必须从人事开始，万历新政也不例外。张居正的用人经验，概括起来是 8 个字：重用循吏，慎用清流。

循吏是指那种不计个人得失，毁誉不计，只希望把事情做成做好的官员。这有点像小平同志所讲的“不管白猫黑猫，逮住老鼠就是好猫”。但是，由于当时的官场以清流居多，张居正的用人标准，与整个文官系统的道德标准与利益诉求大相径庭，因此受到的压力也最大。

自主政之后，张居正告诫吏部：“良吏不在甲科，甲科未必皆良吏。”这句话用今天的语义解释，即会考试的不一定会当官，高学历不等于高水平。

张居正注重从没有功名，但办事干练的下层吏员中选拔干部。有一个名叫黄清的人，长得矮小丑陋，还瞎了一只眼，仅仅只是个秀才。他长期在县衙门里当一名刑名师爷，即负责狱讼断案。由于才干超群，20 多年的吏场生涯，终于晋升到浙江嘉兴府同知的位置。在官员考察中，张居正发现了这个人，决定破格重用。这时张居正正好碰到一个棘手的问题：漕运出现了障碍。

大明王朝的粮赋重地在江南。每年，要通过杭州到北京的大运河运送 400 万石粮食。负责漕粮运输的是漕运总督衙门，而管理运河的又是河道总督衙门。两个衙门一归户部，一归工部，经常为权限问题发生争执，一旦出事又互相推诿。百年来，这个问题始终得不到解决。张居正一直关注此事，执政之后，他征询意见作出判断，认为淮、扬二郡是运河阻塞的关键。皆因高邮、宝应一带地势低洼，一遇雨季便洪水泛滥，使运河溃堤、漕运受阻，于是决定在高邮、宝应增筑内堤。但是，由于地方、漕运与河道三方面扯皮，导致工程开开停停难以为继。张居正毅然决定，破格提拔黄清为淮安知府直接担任筑堤工程指挥长。当时，不论是吏部还是户部、工部都反对这一任命。但张居正执意促成。黄清到任不到一年，便运用超常的变通能力和管理才能，就使内堤工程推进过半，不到两年就全线竣工。不但解决了运河的水患，也将其漕运能力提高到 600 万石。捷报到京，张居正大喜，再次超升黄清为两淮运司同知。

让一个既无进士出身，又是残疾人的人骤登高位，官场很难接受。不久，黄清即遭人暗算。一日，上司乘船前来视察，黄清上船拜谒，过跳板时，因板滑坠入运河中淹死。虽是暗害，看起来却像是一起事故。

张居正听到噩耗，十分悲愤，他指示淮、扬二府为黄清举办隆重的丧事，并再次破额“赠特祭、赠太仆卿、荫一子入胄监”。这件事，为后来的当政者颇为称道，认为这种大破常格的用人方法，既要有慧眼，更要有魄力。惟其这样不拘一格用人才，改革的大业才有人事上的保障。

在讲堂上完成的改革

浏览张居正的经历，我们会发现一个有趣的问题，他从未当过地方官，也没有在中央任何一个衙门当过一把手。入仕 20 余年，只当过词臣与讲臣，按通常的说法，他并不具备领导一个国家的资格，因为他的经历太过简单。不过，换一种角度看，他属于职业政治家，自少年时代开始，他无日不在研究经邦济世的学问。经历丰富的人，从政凭借自身的经验；而阅历丰富的人，政治眼光会更加宏阔。再大的危机，处置起来也能做到举重若轻。

张居正在对待小皇帝的问题上，便彰显出他的政治智慧。他通常把辅臣与老师的身份紧密结合，在教授知识的同时又处置了国事。

隆庆六年（1572 年）的八月初五，上任才一个半月的张居正，在轰轰烈烈地考察京官整饬吏治的同时，给小皇帝上了一道《请酌定朝讲日期疏》：

窃惟讲学勤政，固明主致治之规；保护圣躬，尤臣子爱君之悃。今开讲期近，臣等伏念皇上日每视朝，朝后又讲，似于圣体太劳，恐非节宣之道。若论有益于身心，有裨于治道，则视朝又不如勤学之为实务也。臣等愚见，欲乞皇上每月定以三、六、九日视朝，其余日俱御文华殿讲读。非大寒大暑，不辍讲习之功，凡视朝之日即免讲，讲读之日即免朝，庶圣体不致太劳，而圣德亦为有益。臣等未敢擅便，谨拟传帖上进，伏乞圣明裁览，发下礼部遵行。

神宗小皇帝听从张居正的建议，下诏“自三、六、九日御门外，余日皆免朝参”。

历来皇帝每日都得早朝处理国事，张居正觉得神宗眼下读书比视朝更为重要。因为对于一个 10 岁的孩子来说，尚没有能力处理国事，读书进学才是第一要务。神宗下诏采纳。不过，下诏名义是神宗，实际是李太后。自神宗登极入住乾清宫后，李太后也一并搬了进来，对儿子实行监护。

诏书实行后，神宗每月只有 9 天早朝与百官见面，21 天的时间在文华殿读书。在他读书期间，国事的处理则全由张居正负责。虽然，所有的改革举措皆由神宗的圣旨发出，但旨意都是张居正拟就，然后通过冯保呈进，李太后帮助神宗裁定发出。

由于君臣彼此不疑，沟通的渠道畅通，所以，全国的政治局面

《帝鉴图说》（明万历元年刻本）

才能做到日新月异。

鉴于神宗年幼，不宜讲太多高深的道理，在神宗讲学之初，张居正就指示讲官马自强查考古代尧、舜以来治理天下的君主，精选好的可以效法的 81 件事例，坏的应引以为戒的 36 件事例，每件事例绘一幅图，配以浅显的解释，总名为《帝鉴图说》。这有点像今天的连环画，可以引起孩子们的学习兴趣。张居正如此布置，可谓用心良苦。到了年底，这本连环画编纂完成，张居正呈进，并上《进帝鉴图说疏》，其中有这样一段：

谨自尧、舜以来，有天下之君，撮其善可为法者八十一事，恶可为戒者三十六事。善为阳、为吉，故用九九，从阳数也。恶为阴、为凶，故用六六，从阴数也。每一事前，各绘为一图，后录传记本文……仍取唐太宗以古为鉴之意，僭名《历代帝鉴图说》，上呈睿览……

伏望皇上俯鉴愚忠，特垂省览。视其善者，取之以师，从之如不及；视其恶者，用以为戒，畏之如探汤。每兴一念，行一事，即稽古以验今，因人而自考。

神宗得到这上下两册的《帝鉴图说》后，很是喜欢，放在手边随时览阅。有一天，张居正为神宗讲《帝鉴图说》，讲到汉文帝到细柳营慰劳官军的事，就趁机奏言说："古人认为天下虽然太平，但忘记战争必定是危险的。方今之世，国家承平太久，武备废弛，文官压制武官，像对待奴隶一般。如果平日不能培养将士的精锐之气，一旦战争来临，又怎么可能强求将士们去冲锋陷阵呢？以后，凡是发现将帅中忠勇可靠可以委以重任的，就应该给予实际的权力，使其才能得到充分的发挥。这样才能做到大敌当前号令严整、兵士听从调令。"

神宗听罢，非常赞同张居正的意见，当即就委托张居正起草诏书，命令内廷外廷官员推荐将才，以备国家使用。

巩固国防，提升军事防御及打击能力，是张居正推行万历新政的重要改革内容之一。进入明朝中期之后，武官的地位日渐降低，一些地方督抚在当地总兵面前总是颐指气使，加之皇上也派遣太监往各地督军，使武官处处受气，处处掣肘。张居正觉得北方边患与南方叛民，以及东南沿海倭寇屡屡闹事滋扰而不能克期剿灭，同武

海瑞像

官的这种低人一等的处境有关。于是利用讲课的机会向神宗进言，从而得到解决。一批著名的军事将领如戚继光、李成梁、刘显等都得到了重用，并在短时间内平息了困扰朝廷多年的云南、四川、广东、广西、贵州等地匪患。

在张居正柄政期间，他经常利用给神宗讲课的机会阐述自己改革的主张，许多改革的重大举措，便是在讲堂上完成。

工于谋国，拙于谋身

如果全面阐述张居正10年改革取得的成就，绝非在一篇文章里能够完成。但必须要提的，则是他矢志推行的“一条鞭”法。

明朝制定的赋税征收政策极其复杂，有丁差、有粮赋、有杂税。每户农家按田亩计算，一年要出多少力差，该交纳多少粮赋，一经核定多年不变，交纳粮赋远近不一，百姓不堪其苦。一条鞭法的内容是将田赋、徭役及各项杂税总为一条，合并征收银两，按亩折算交纳。这种方法由嘉靖初年的福建巡抚庞尚鹏提出，后来相继有王宗沐、刘光济、海瑞等先后在浙江、江西、南直隶等处推行，但始终没有在全国统一推行。其因是推行一条鞭法的前提是要核定各州府的田亩。武宗之后，一些势豪大户大肆兼并田地并隐瞒亩数，导致税源流失，这些田地的拥有者千方百计阻挠重新丈量田亩；二是沿袭多年的差、赋、税的分类征收方法，使一些黑心的地方官员可趁机勒索以农民为主体的纳税人。所以说，施行一条鞭法的真正阻力，来自于官方与势豪大户。这两种都是社会上的强势利益集团。张居正知道，若要真正推行一条鞭法，必然要在全国重新丈量土地，而此举就意味着要得罪所有的权贵。张居正一再强调“朝廷盛衰，重在吏治；国家兴亡，功在财政”。改革的目的，就是要抓住吏治与财政两个牛鼻子。所以，他抱着“虽机阱满前，犹不足畏”的宏大决心，和“知我罪我，在所不计”的坚决态度，毅然决定在全国清丈田亩。此一工程，耗时两年才完成，全国应征赋税的田亩，一下子增加了近 400 万公顷之多。仅此一项，就为朝廷增加了 100 余万两税银，几乎占了全国赋税征收的三分之一。

一条鞭法的实现，既减轻了农户的负担，又增加了白银的流通。据史家研究，当时世界上三分之一的白银在中国流通，山西的票号就是在这一时期产生。而且，大量失去土地的农民，可在官府的组织下投入运输、兴修水利、商贸等经济活动，这导致了中国在万历时期开始了第一次城市化过程。

可以说，一条鞭法的实施，功在当代，利泽后世。隆庆六年，当张居正接任首辅的时候，国库亏空400多万两银子，经济几近崩溃；十年之后，国库存银达1000多万两，府仓的积粮可支9年。这么短的时间取得如此大的经济成就，张居正居功至伟。

但是，诚如海瑞对张居正“工于谋国，拙于谋身”的评价，张居正这种义无反顾的改革精神，最终导致了他个人的巨大悲剧。

发生在万历五年的“夺情”事件，已经露出了事情的端倪。

“夺情”事件的是与非

万历五年（1577年）的九月二十五日，张居正的父亲张文明逝世的丧报传到京城，这一下，给张居正出了很大的难题。

按明朝规定，凡父母双亲去世，官员必须在丧报到达之日当天，即向吏部具文回家守孝3年，期满后再回朝廷复职，此举称为守制。在以忠孝立国的明朝，守制是天经地义的大事，一般士人都不能违反也不敢违反。设若某位官员碰到此类情况，恰逢朝廷中有紧要公事无法脱身，皇帝会额外下旨令其留任，这种情况被称为“夺情”。在整个明代，夺情的官员少之又少，而且，凡夺情者不管是什么原因，都会被士林耻骂。

张居正遭遇父丧，按道理必须回家守制。但是，万历新政的推行刚刚有了一点眉目，而清丈田亩的攻坚战还未打响，如果在这节骨眼上离开首辅之位，那么，改革事业可能半途而废。从古至今，人亡政息的例子不在少数。

张居正是个孝子，听到父亲去世的噩耗之后，他五内俱焚。作为人子，他恨不能立刻启程回荆州奔丧；但是作为一个政治家，他知道此时离开京城，就意味着改革的成果顷刻丧失。因为改革而丧失特权的外戚与势豪大户组成的强势利益集团，正巴不得早一天赶他下台。经过权衡，张居正觉得应继续留在首辅位子上推行改革。但是，鉴于朝廷的规定，他的去留须由皇上决定，他自己必须立即申请守制。于是，在收到报丧书的翌日，他即向皇上写了一封《乞恩守制书》：

> 臣于本月二十五日，闻父讣音，即移咨吏部，题请放臣回籍守制。该吏部题奉圣旨："朕元辅受皇考付托，辅朕幼冲，安定社稷，朕深切倚赖，岂可一日离朕？父制当守，君父尤重。准过七七，不随朝。你部里即往谕，著不必具辞。钦此。"
>
> 臣在忧苦之中，一闻命下，惊慌无措。臣闻受非常之恩者，宜有非常之报。夫非常者，非常理之所能拘也。
>
> ……且人之大伦，各有所重。使幸而不相值，则固可各伸其重，而尽其所当为；不幸而相值，难以并尽，则宜权其尤重者而行之。今臣处君臣父子，两伦相值而不容并尽之时，正宜称量而审处之者也，况奉圣谕，谓："父制当守，君父尤重。"臣又岂敢不思以仰体而酌其轻重乎……

从这篇奏疏中可以看出，张居正要求守制的决心并不强烈，犹豫之态度随处可见。这也是京城各大衙门的官员攻击他的原因之一。

据说，丧报到京后，李太后、冯保都不肯张居正回家奔丧，两人的态度对神宗产生了直接的影响，加之神宗此时对张居正的确倚赖甚深，所以很快做出了让张居正夺情的旨令。

按规定，直接处理这件事的是吏部。斯时，担任吏部尚书的是张瀚。论资历，此公决不可能到此"天官"的位置，是张居正看他办事认真且非强势人物，才把他从南京调来北京担此重任。一些官员讥笑他是张居正"夹袋中人物"，凡事唯首辅马首是瞻，决不敢自己做主。张居正认为皇上要他夺情，圣旨到部，张瀚就会立即执行并咨文照会各大衙门。谁知张瀚这次却壮起胆子拒不执行，而是向皇帝送上辞呈。张居正没想到张瀚关键时候背叛了他，心中怒不可遏，神宗也非常恼火，当即勒令致仕。

尽管神宗已经下达夺情圣旨，但是，京城各大衙门的官员却一片沉默。这多少有点让张居正难堪。于是，既是张居正同年又是同乡的户部侍郎李幼滋，第一个站出来给神宗上疏，支持夺情之议。兹后，御史曾士楚、吏科给事中陈三谟等都上疏挽留张居正。一时间，附合三人上疏的官员很多。此情之下，本来连连上疏请求守制的张居正终于改变主意，请求在官位上守孝。不久，神宗皇帝派太监到张居正家宣读诏书：张居正仍担任首辅，在职守孝，每日仍穿官服处理政务。

诏书一下，舆论哗然。一些清流官员认为，张居正是贪恋禄位而不肯尽人子之义。于是，翰林院编修吴中行、检讨赵用贤首先上疏反对夺情。接着，刑部员外郎艾穆、主事沈思孝再次上疏。4 篇疏文矛头所指的都是张居正。因此，在京城广为传颂，一时舆情汹汹。

却说神宗看了这 4 篇疏文后，亦非常震怒，当即下旨将四人抓进锦衣卫大狱，并作出决定将吴中行、赵用贤各廷杖六十，艾穆、沈思孝各廷杖八十。

圣旨一出，各方营救。一些官员来到张府，请求张居正出面让神宗更改旨意，张居正拒不肯疏通。廷杖之日，神宗命京城所有官员都到午门广场观刑。廷杖之后，吴中行气息已经断绝。他的朋友中书舍人秦柱带着医生赶到，给他喂了一小勺药，才苏醒过来。赵用贤是个胖子，杖刑后手掌大的烂肉纷纷溃落，一条左腿只剩下骨头。他的妻子把溃肉一块一块收捡装了一面盆，然后用盐腌制成腊肉贮藏起来。吴中行、赵用贤当日就被逐出京城。而艾穆、沈思孝在杖刑之后，半死不活地又被戴上木枷手铐，3日后发配戍边。这四人怆然离京时，竟没有人敢去问候和送行。

经历这一次夺情风波，张居正与清流官员形成了尖锐对立。此前，一些外戚与权贵对他恨之入骨。现在，大量的清流又加入到反对他的行列。在当时，清流是士林即读书人的主体。权贵掌握了社会资源，清流掌握了话语权，两相夹击，张居正的悲剧已是无法回避了。

干涉皇帝私生活，犯了大忌

在张居正留下的263道奏疏中，我们既看到了一个“励精图治、披肝沥胆”的宰相风范，又看到了一个“鞠躬尽瘁、死而后已”的帝师形象。这些奏疏，或裁抑外戚、或乞宥言官、或鉴别忠邪、或限制宗藩、或请罢织造、或处治邪佞、或处置戎政、或敦促讲学，字里行间，无不渗透了政治智慧与经邦济世的责任。可以说，张居正的奏疏是留给后世的一笔丰厚的政治文化遗产。

在这些奏疏中，有一篇《请戒游宴以重起居疏》，虽不是最重要的，却是张居正权势由盛转衰的一个分水岭。疏文如下：

> 自圣上临御以来，讲学勤政，圣德日新。乃数月之间，仰窥圣意所向，稍不如前。微闻宫中起居，颇失常度；但臣等身隔处廷，未敢轻信，而朝廷庶政未见有缺，故不敢妄有所言。然前者恭侍日讲，亦曾举“益者三乐损者三乐”，“益者三友损者三友”两章。书语云：“对德务滋，除恶务尽。”其各监等官，俱令自陈，老成廉慎者存之，谄佞放肆者汰之。且近日皇宫垂象，彗芒扫宦者四星，宜大行扫除以应天变。
>
> 臣又闻汉臣诸葛亮云：“宫中府中，俱为一体，陟罚臧否，

不宜异同。”臣等待罪辅弼，宫中之事，皆宜与闻。此后不敢以外臣自限，凡皇上起居与宫壸内事，但有所闻，即竭忠敷奏；及左右近习有奸佞不忠者，亦不避嫌怨，必举祖宗之法，奏请处治。

皇上亦宜戒游宴以重起居，专精神以广圣嗣，节赏赉以省浮费，却珍玩以端好尚，亲万几以明庶政，勤讲学以资治理。

这篇疏文的出笼，原是有一段故事。

却说万历八年(1580年)的十一月十二日夜里，已经18岁的神宗，召来两名宫女饮酒作乐，神宗喝得半醉，要宫女唱酸曲儿。宫女不依，神宗发怒要将宫女斩首。内侍孙海、客用二人怕事情闹大，于是请神宗以割发代替斩首。于是，两位宫女被剃了阴阳头。冯保得知此事后，迅速禀报给李太后。李太后对神宗一向管束很严，哪里容得神宗如此狎邪？第二天一大早，就跑去祭告祖宗，要将神宗废掉，让他的兄弟潞王继位。神宗知道闯了大祸，于是跪在母亲面前哀求，李太后对他说了一句：“你的去留，还得看看张先生的态度。”

张居正闻讯赶来，一是帮着神宗说话，平息李太后的愤怒；二是趁机帮助冯保，把宫里一帮挑唆使坏的太监逐出紫禁城。事情平息之后，又写了上面这道疏对神宗予以规劝。

神宗表面上对张居正的建议尽数采纳，但内心中对他已产生了仇恨。特别是他母亲那句“看张先生态度”的话，让他产生了巨大的恐惧。当了8年的皇帝，他发觉自己的命运竟掌握在张居正的手中。

应该说，张居正对神宗的爱，既有君臣之义，也有师生之情。他太注意“顾命大臣”与老师的双重角色，呕心沥血想把这个角色扮演得更好，甚至想打破君臣界限，去干涉九五至尊的私生活，这犯了大忌。

恩怨尽时方论定

万历十年(1582年)的六月二十日，张居正积劳成疾病死在任上，终年58岁。

张居正自当首辅以来，无论寒暑均无休息，每天工作十几个钟头。这种工作狂，纵是钢筋铁骨也撑持不住。在张居正病危期间，神宗曾探望他，说了一句动情的话："先生操劳国事用心尽力，朕无以回报，只是照顾你的子孙。"这句话，神宗说过多次。万历八年前说这句话时，他是真心的。张居正临终时他再说这句话，便是违心的了。

万历十年的春节刚过，张居正就发觉身体不适，郎中诊断为"痔疾"，其实就是今天的直肠癌，而且是晚期。张居正强忍巨大的疼痛，坚持处理政务，实在坚持不住，便向神宗写疏乞求致仕，以便骸骨回乡。但神宗不同意，其因是他的母亲李太后态度坚决。李太后恳切挽留张居正，她对张居正说："先生有师保之责，与诸臣异，其为我朝夕纳诲，以辅元德，用终先帝凭几之谊。"神宗不能违背母亲，也非常坚决地挽留张居正。

张居正数度乞休不得，甚至他向神宗陈述自己"血气大损，数日以来，脾胃虚弱，不思饮食、四肢无力、寸步难移"时，神宗除了命太医调治，仍婉言慰留。此情之下，张居正知道生还故乡已不可能了，于是神情凄怆，病重时他写过一首《病怀》：

白云黄鹤总悠然，底事风尘老岁年？
自信任公沧海客，敢希方朔汉庭仙？
离居可奈淹三月，尺疏何因达九天？
独坐书室不成寐，荒芜虚负北山田。

此时的张居正，盼望归田不再只是姿态，而是真正的悲情流露。

但是，故乡的白云黄鹤，江陵的亲友故旧他是再也看不到了。在病危期间，张居正已无法坐立或仰卧，每日趴在病床上，靠参汤维持一点力气，用干枯颤抖的手握着笔，仍在艰难地批复各类公文。他是真正的“鞠躬尽瘁，死而后已”。

张居正死后，备极哀荣。神宗“怆悼辍朝”，赐给张家搭建丧棚用的白布500疋、大米二百石；两宫皇太后也赐给孝布200疋、大米200石。神宗还与亲弟弟潞王合赠银子2300两、香油1000斤、香烛1000对、薪柴1万斤……朝廷特许在京城设祭坛9座，供官、民吊唁，因致祭的人太多无法容纳，后又增设7座祭坛。这在明朝，可以说是空前绝后唯有的一例。当张居正的灵柩离开京城运回故乡时，京城百姓都涌上街头送行，沿途都摆满香案。这种盛况，与1976年周恩来逝世时“十里长街送总理”的盛况，庶几近之。

张居正在世时，与冯保二人在李太后支持下，对神宗管束甚严。神宗长大之后，对两人的挟制非常不满。张居正死后，他立即采取行动，解除了冯保的职务并抄家。剪除“大伴”之后，神宗下诏：“冯保欺君蠹国，罪恶深重，本当显戳。念系皇考付托，效劳日久，故从宽着降奉御、发南京新房闲住。”冯保保住了一条命，但到南京后，冯保上吊自尽。他被抄没的家财，仅白银就200余万两，相当于中央财政年收入的一半。神宗思忖：冯保并未掌握中枢权力，贪墨钱财就有如此大的数额。那么，当了10年首辅的张居正，其财产岂不比冯保更多？

冯保的倒台是一个强烈的政治讯号，官场中的投机分子窥测圣意欲邀巨功。于是，云南道御史羊可立给神宗上了一篇弹劾张居正的奏疏，无中生有地说：“已故大学士张居正隐占废辽府第田土，乞严行查勘。”

. 神宗收到这份弹劾，立即下达了查抄荆州张府的诏令，并特意挑选张居正的老对头、司礼太监张诚与刑部右侍郎丘橓，带队前往荆州主持抄家。两人离京之前，已先驰报地方政府，要求立即登录张府人口，封闭房门。可怜张家大小数十口来不及退出，等到张诚、丘橓一行到达荆州打开张府大门时，已过去十几天。张府老小妇孺已饿死 17 人，有的尸体已被同样饿急了的家犬咬噬净尽。

兹后，便开始抄家，但结果令“专案组”大失所望，所抄家财不及冯保的十分之一。于是，丘橓分头提审张居正的 6 个儿子，严刑拷打。大儿子张敬修不胜拷掠，悬梁自尽，死前，咬破指头在自己的布衫上写下血书，为其父辩诬。

同时代人沈德符，在其编著的《万历野获编》中，记录了这一场惨案：

> 今上癸未、甲申间，籍故相张江陵，其贻害楚中亦如是。江陵长子敬修，为礼部郎中者，不胜拷掠，自径死。其妇女自赵太夫人以下，始出宅门时，搜查者至，揣摸到亵衣脐腹以下，如金人靖康间搜宫掖事。其婴稚皆扃钥之。悉见啖于饥犬，太惨毒矣！

对张居正的抄家及清算，导致名曰“万历新政”的改革终告夭折。张居正生前一直不肯离开首辅之位，担心的就是人亡政息。很不幸，他的担心最终变成了现实。清算之后，张居正的亲属子孙官职尽夺，家产尽夺，且多半都被流放到边远山区充军或坐牢。

明代所有的帝王师中，对国家社稷贡献最大的是张居正，对皇帝倾注心血最多的也是张居正。但是，他给家人带来的悲剧也异常惨烈。帝王师中除了方孝儒，摆在第二位的悲剧，应该是张居正了。

张居正死后数百年，对他的争论始终没有平息，尽管崇祯十三年朝廷为张居正彻底平反，但兹后攻击他的言论仍不绝于史。当然，

明神宗（万历）朱翊钧像

赞扬他仰慕他的人，也代代相继。

在张居正刚刚平反的大明晚期，有一位名叫王启茂的诗人到荆州寻觅张居正旧迹，写了一首《谒文忠公祠》：

袍笏巍然故宅残，入门人自肃衣冠。
半生忧国眉犹锁，一诏旌忠骨已寒。
恩怨尽时方论定，边疆危日见才难。
眼前国是公知否，拜起还宜拭目看。

在所有纪念张居正的诗词中，这一首最好。王启茂是汤显祖的学生，终生布衣。眼看大明王朝气数已尽，社稷飘摇，这位忧患儒生，盼望张居正死而复生，待从头收拾旧山河。但是，这只能是怆痛的呼唤。

十四

筹国无成疑燕雀

——记老滑头沈一贯

明人绘《经筵进讲图》（局部）

小臣被张居正看中当上帝师

万历四年（1576 年）二月下旬的某一天，文华殿举行经筵。已经 13 岁的万历皇帝朱翊钧，自登基以来一直讲读不缀。除大寒大暑各休息二月，余皆有日讲。经筵是大讲，每月举行一次。凡经筵日，内阁辅臣、六部尚书以及一些王侯勋戚，都参加旁听。这有点像今天的中共中央学习组，只是仪式更加隆重。

万历皇帝第一次出席经筵，是登基当年的秋天。首辅张居正亲自担任主讲，他为小皇帝讲述汉文帝到细柳营慰问官军的故事，借此提醒皇帝要解决朝廷军备松驰的状况，注重国防建设。在张居正主持的经筵中，从来都不是讲讲空洞的学问与知识，而是借机教导皇帝如何治国，解决目下朝廷急需解决的问题。因此，对于每次经筵的讲官，张居正都要亲自挑选并审定讲纲。

今天担任讲官的人名叫沈一贯，年龄只有 30 多岁。生得白白净净，看上去就是一个典型的江南才子。

他今天仍是讲授历史，讲的是“高宗谅荫”的故事。这次讲授的主题应该是小皇帝怎么当。讲到中途，沈一贯突然脱离讲稿，朝小皇帝朱翊钧拱了拱手，侃侃言道：“大凡老皇上临终托孤，必选忠贞不二的臣子担任顾命大臣。这样的人辅佐小皇上，才能做到统摄百官，天下归心。如果没有选到这样的顾命大臣，倒不如让小皇上躬亲听揽，自己管理国事。”

这一席话说完，沈一贯又拿起审过的讲稿，继续念下去。但是，文华殿内起了一阵小小的骚动。很多人眼光都瞟向了张居正。谁都

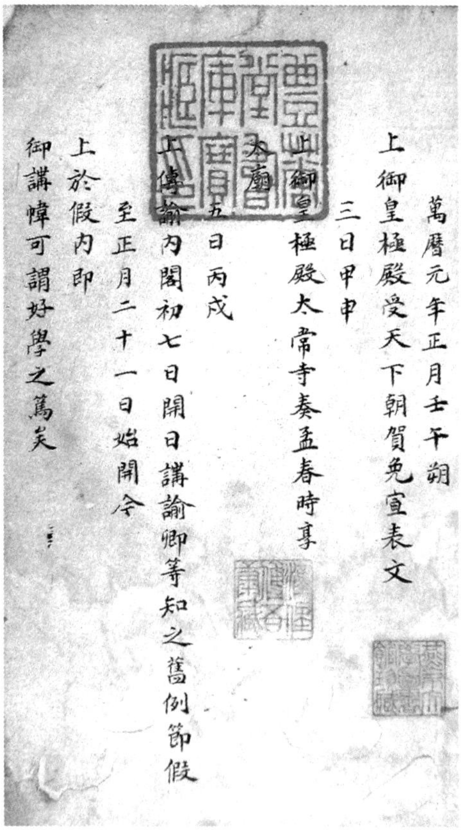
萬曆元年正月壬午朔
上御皇極殿受天下朝賀免宣表文
三日甲申
上御皇極殿太常寺奏孟春時享
太廟
五日丙戌
上傳諭內閣初七日開日講諭卿等知之舊例節假
至正月二十一日始開今
上於假內即
御講幃可謂好學之篤矣

万历元年起居注（明抄本）

知道，张居正与高拱、高仪 3 人是隆庆皇帝亲自挑选的顾命大臣，让他们辅佐少帝。隆庆皇帝去世后不到两个月，高拱被罢免，又过一个月，高仪病逝。3 个顾命大臣只剩下张居正一个。听鼓听声，听话听音。再没有心眼的人，也听得出沈一贯的这一番即席演说，有影射张居正的意思。

沈一贯为何要说这一席话呢，这还得从头说起。

沈一贯是浙江鄞县人，隆庆二年（1568 年）的进士。那一届会试的主考官是时任内阁次辅的张居正。按明代规矩，主考官称为座主，凡经他手录取的进士都是他的学生。学生与座主的关系，无异于父亲与儿子的关系，故有“一日为师，终生为父”的说法。

张居正当上首辅后，很注意选拔年轻干部充实到各个重要衙门。因此，隆庆二年的进士便沾了不少的光。沈一贯正是因为有张居正这位座主的照顾，才平步青云成为皇帝近臣。

沈一贯考中进士后，因为才华出众被选为庶吉士，毕业后留在翰林院担任编修，专门研究历史。万历皇帝即位后，既是沈一贯的同科进士又是同事的翰林院编修张位，按照张居正的意图给小皇上提了一个建议，要恢复起居注制度。张位说：“前朝都有起居注，唯独本朝没有，臣作为专门的史官，窃见前朝政事，如果不及时记录，恐湮没无考。现在的史官很多，无以效命国家，应当每日派人进宫，凡是诏旨、起居、政务等，都随时记录，作为他年修《实录》之根据。”

张居正接着就此事作出指示，申明史官职责以恢复旧制，每日派一名史官到皇上跟前值班，记录皇上起居言行。小皇上同意了这个建议。于是，张居正精选 6 名史官轮值，张位与沈一贯都被选拔。

到了这年秋天，礼部尚书万士和被罢免，以吏部侍郎身份充当小皇帝日讲官的马自强升任此职。马自强亦是史官出身，他与于慎行、许国、陈于陛几人都是张居正为小皇上挑选的老师。马自强担任具体的编辑工作。他当了礼部尚书，就再也不能充当讲官了。于是，张居正就选拔沈一贯接替这一空缺。按理说，接替这一职位最合适的人选应该是张位。但可能是张位的家乡方言太重，说话不大好懂，沈一贯的浙南话也难懂，但他入京数年，已学会了流利的京腔，所以荣幸地当上了帝师。

关于这一点，沈一贯一直自鸣得意，在《陈善集序》这篇文章中，他表露如下：

万历三年十月六日，一贯守史局，俄被任命充日讲官。故事：

> 经筵讲官，翰林资历稍深者可充。日讲官旦夕侍上幄中。最华选，资必六七科，官必宫僚，犹然慎择。如余师殷文通、赵文肃清皆以大宗伯进，非小臣任也……

沈一贯很看重自己少年得志。但是，若非张居正破格提拔，他这个“小臣”怎么可能得此华选呢？当了帝师后，沈一贯为何不记座主恩情，反而要讥刺恩师呢？

从来后辈轻前辈

却说隆庆二年的这一科进士中，出了不少辱没师门的“造反派”。他们的座主张居正是一位矢志改革的政治家，但学生辈中却出了不少与他唱对台戏的保守份子。如万历四年正月，巡按辽东的御史刘台上疏弹劾张居正，起因是刘台做错了事。作为中央派到地方的巡按，他只有监察权而没有行政权，一省的行政归之于巡抚。但是，巡按往往因为自己是中央特派员而对巡抚颐指气使。张居正对这一点非常看不惯，常常切责。恰好刘台抢先向朝廷报告辽东大捷，这是越权行为。因为是自己的学生，张居正对刘台的批评就更加严厉。刘台感到很没面子，于是下定决心和老师翻脸，故写了这封奏章。他弹劾张居正“独擅威福，如驱逐原首辅高拱，擅自赠成国公朱希忠王爵，引用张瀚、张四维作为党羽，罢斥言官余懋学、付应祯等”。总之，对张居正的施政及用人大加挞伐。

张居正看到这份奏章后，震怒非常。因为明朝200余年来，这是第一个由学生弹劾座主的例子。他以辞职为要挟，促使万历小皇帝下旨将刘台逮捕到京，治以重罪，最后削职为民发往广西戍边。

沈一贯是刘台的同科进士，大概平常关系不错，故暗中为刘台抱不平，但又不敢明讲。于是，趁着经筵授课，含沙射影地攻击张居正这个顾命大臣没有做到对皇上忠贞不二，甚至含蓄地建议小皇上自己亲政。张居正听出沈一贯的话外之音，因此非常恼火，于是日见疏远。讲官当不成了，仍回到翰林院编修的位子上坐冷板凳。这一坐就是 8 年，直到张居正去世，万历皇帝对张居正进行清算之后，沈一贯才重新得到重用。短短几年时间，他由左中允升至吏部左侍郎兼侍读学士，又恢复了帝师的身份，同时还兼任太子宾客。到了万历二十二年（1594 年），万历皇帝下诏让沈一贯以礼部尚书兼东阁大学士的身份，进入内阁参予机务。自此，50 多岁的沈一贯总算如愿以偿进入到权力中枢。

沈一贯在晚年曾写过一首《写真自咏》的七律：

浪说图真岂有真，鬓丝何夜忽成银？
可怜落拓青藜子，独睹揶揄白眼人。
筹国无成疑燕雀，画师终不到麒麟。
从来后辈轻前辈，况我今先厌此身。

沈一贯在这首诗中发了两个感慨：一是“筹国无成疑燕雀”，二是“从来后辈轻前辈”。后辈轻前辈，他自己年轻时就是这么做的，攻击张居正便是明证；至于筹国无成，怀疑自己并非鸿鹄而只具备燕雀之才，这通感慨在他的本意，大概是自谦，但是这恰恰就是“写真”。他的确筹国无成，在他当 9 年辅臣、4 年首辅期间，有利社稷的事情做的不多。而有益于自身的事情，他倒做了不少。

万历皇帝智斗阁臣

自从张居正死后，明朝的中兴之象像灿烂的焰火一样骤然熄灭。万历皇帝亲政之后，热情只持续了两年，待到对张居正清算完毕，他再也懒得上朝，一天到晚躲在后宫算计着怎么搞到更多的银两，以充实自己的小金库。

万历二十八年（1600年）十月中旬的一天，内阁忽然收到万历皇帝手书的诏旨一通。上面写道："着户部进银二千四百万两，为册立太子、分封诸王之典礼费用。"

看到这封诏书，内阁大臣莫不愕然。其时内阁大臣赵志皋、张位、沈一贯等都是隆庆二年的进士，还有一位刚刚死去的陈于陛也与他们同科。可以说，隆庆二年进士控制了中国政坛。但他们全都生性懦弱，既不能引导皇帝更不敢抗拒皇帝。如果他们的座主张居正死而复生，看到自己的学生聚在内阁比窝囊，还不把他气得吐血。

却说万历皇帝写这个手札事出有因。这一年，皇长子朱常洛已长到18岁，但一直没有太子的名份。这皇长子为王皇后所生，几乎从一开始，万历皇帝就不喜欢这位皇后，只是迫于母命，才不敢休掉。但他却一直宠爱另一个女人，即郑贵妃。郑贵妃也生了一个儿子，万历皇帝因为喜欢郑贵妃，加之郑贵妃的恳求，他便有意立这个儿子为太子，但这样做遭到所有朝廷大臣的反对。于是，君臣之间因此而产生尖锐的对立。长子继位，本是皇权承续的规矩，大臣们坚持原则没有错。但万历皇帝宠爱二儿子，一心要废长立幼。君臣互不妥协，这也是导致万历皇帝十几年不上朝的原因。眼看皇长子18岁还没有名份，而且此时王皇后已得了重病。若她突然故去，郑贵妃升为皇后，则朱常洛立为太子的可能性就会更小。此情之下，大臣连番上疏，恳请万历皇帝早日立朱常洛为太子。万历皇帝一直不搭理，但说的多了，他心中发烦，故写了上面这道谕旨。

当事人一看，就知道这是皇上故意刁难。因为，国家的财政收入，一年只有800万两银子左右，万历开口要2400万两，等于是3年财政收入的总和。这无异是一个天文数字，纵然户部掘地三尺也拿

明光宗朱常洛像

不出来。大臣们心里也明白，万历之所以开出这个数目，并不是真要钱，而是以此表明不想立储的态度。

这份诏旨传开后，礼科给事中王德完立即上疏，力谏赶快立储。这份谏疏由朱常洛的老师黄辉起草，王德完修改而成，内中甚至说到："万一册立郑贵妃之子为皇太子，记载于史册，后人会嘲笑朝廷中没有正直之臣。"万历皇帝看到这份奏疏，顿时大怒，立即传旨将王德完下诏狱。这时，告假在家休息的沈一贯听说后，连忙写疏为王德完辩解，明神宗很不高兴，但对他仍存有客气，没有怎么为难他。而其他为王德完说话的大臣，都受到了训斥、罚俸、降职等不同惩处。万历下旨将王德完廷杖一百，开除官籍押解回乡，并传出谕旨："诸臣为皇长子耶？为德完耶？如为皇长子，慎无渎扰；必欲为德完，则再迟册立一岁。"

看到这份谕旨，朝中大臣再无人敢言立储之事。

朝廷传位，自有制度，皇长子接任，自古皆然。万历想改变，却也无法绕过祖宗制度；百官要坚持，却也无法实现目的。说起来这里头还有一段故事：郑贵妃的儿子 3 岁时，万历对这个儿子疼爱有加。于是，郑贵妃千娇百媚地怂恿万历到大高玄殿拜神发誓，要立这位二皇子为太子。万历将誓言书于纸上，放进一个玉匣中用蜡缄封，赐给郑贵妃为符契。郑贵妃得到玉匣，也就有恃无恐了。但是，万历的生母李太后坚持要皇长孙继位，这样才使得大臣们有了支持立长的信心。

到了万历二十九年（1601 年）的十月，皇长子朱常洛要举行婚礼。沈一贯看到这是一次难得的进言机会，于是对万历说："不先给皇长子正名而马马虎虎举行婚礼，这等于是将储君降为藩王，万万不可。"万历不置一言。当晚，他闷闷不乐来到郑贵妃宫中，让郑贵妃取出玉匣打开看看。自蜡封缄口之后，十几年来，郑贵妃藏于宫橱，从来没有动过。此时打开，发觉万历所书誓言的宣纸竟然遭到虫蚀，字迹已无法辨认。郑贵妃见状，顿时痛哭不已，万历也悚然异之，感到冥冥之中皇长子有神灵保护。于是改变初衷，第二天宣布将皇长子朱常洛立为太子，郑贵妃所生的次子封为福王、三子常浩为端王、四子常润为惠王、五子常瀛为桂王。

明王朝中晚期，在两场政治危机导致君臣对立，对国家的命脉造成极大的伤害。一是嘉靖皇帝一意孤行导致的“大礼案”，二是万历皇帝一手造成的立储风波。这场风波持续了 15 年之久。在这场风波中，沈一贯始终坚持祖宗制度并最终赢得胜利。在这一点上，他有功于社稷，设若他主政时迎合万历的心意，同意废长立幼，国家的政治危机将会进一步扩大，并有可能酿成更大的灾难。

矿税，万历敛财的败政

朱常洛立为太子之前的一个月，首辅赵志皋去世，沈一贯接任。万历皇帝晋升他为太子太保，户部尚书兼武英殿大学士。当了首辅的沈一贯办成的第一件事，就是立储风波终于顺利解决。这并不表明他的才能高过赵志皋，而是机遇好。立储之后，朝廷的混乱局面却是愈演愈烈。

关于沈一贯主政后的局势，《明史・沈一贯传》是这样描述的：

> 自一贯入内阁，朝政已大非。数年之间，矿税使四出为民害；其所诬劾逮系者悉滞狱中；吏部疏请起用建言废黜诸臣并考选科道官，久抑不下；中外多以望阁臣，一贯等数谏不省。而帝久不视朝，阁臣屡请皆不报。

由此可见，此时的皇帝，完全可以用“渎职罪”论处。国政的三大弊端：矿税、冤狱、缺官不补，全由万历皇帝一手造成。

到沈一贯接任时，全国官员空缺的职位有：中央政府缺尚书 3 人、侍郎 10 人、给事中和御史 94 人；全国缺巡抚 3 人，布政使、按察使 64 人、知府 25 人。到这年年底，全国知府即今天的地市级一把手的职务，已经空缺一半之多。

如果说缺官不补，各级权力机构无法正常运转，已经让国不像国的话，那么矿税之灾，则更让老百姓深受其害。所谓矿税，即万历皇帝直接委派太监到各地强征各类矿山之税，太监趁机横征暴敛，并私自巧立名目加大征税范围。导致民不聊生，各地杀死太监及爪牙的案件时有发生。在万历二十八年（1600 年）腊月，凤阳巡抚李三才鼓足勇气，两次上疏陈述矿税之害。他在第一封奏疏中说：

> 陛下爱珠玉，民亦思温饱；陛下爱子孙，民亦恋妻儿。奈何崇聚财贿，而使小民无朝夕之安！近日奏章，凡及矿税，悉轩不省。此宗社存亡所关，一旦众叛土崩，小民皆为敌国，陛下即黄金盈盆，明珠填屋，谁为守之！

这篇奏章可谓火力十足，李三才不仅指出了官逼民反的可能性，而且讥刺万历皇帝爱财富不爱百姓可能导致的后果。这篇奏疏如果是写给朱元璋的，必定会诛连九族；如果是写给嘉靖皇帝的，一定会立即逮捕，并严刑拷打，找出一个“反革命集团”来。但万历皇帝不像他的列祖列宗，他看过后，不愠不火，不急不躁。当然，他一如既往全然不搭理。

看到李三才以骂大街的形式上疏也不起作用，户科给事中田大益便以摆事实、讲道理的方式，再次上疏陈述矿税六害：

内臣务为劫夺以应陛下之求，矿不必穴而税不必商，民间丘陇阡陌皆矿也。公私骚然，脂膏殚竭，向所谓军国正供，反致缺损。即令有司威以刀锯，只足驱民加速叛乱耳，此所谓“敛巧必蹶”矣。

陛下尝以矿税之役为裕国爱民，然内库日见不已，未尝少佐军国之需。四海之人才反唇切齿，而冀以计智甘言掩天下耳目，其可得乎？此所谓“名伪必败”也。

财积而不用，祟将随之。脱巾不已，至于揭竿而起。适为奸雄睥睨之资，此时虽家给人予，亦且追之覆之而不可及矣。此所谓“贿聚必散”矣。

夫众心不可伤也。今天下上自簪缨贵族，下至耕夫贩妇，茹苦含辛，遭人盘剥而无从控诉者，积来以久。一旦民愤势成，家为仇，人为敌，众心齐倡，而海内因以大溃。此所谓“怨报必乱”也。

国家全盛二百三十余年，已属阳九，而东征西讨以求快意。上之乱主心，下之耗国脉，二竖固而良医走，死气积而大命倾。此所谓“祸迟必大”也。

陛下矜奋自贤，沈迷不返，以豪珰奸滑为心腹，以金钱珠玉为命脉。药石之言，全然不听。即令逢、干剖心，皋、夔进谏，亦安能解其惑哉！此所谓“意迷难救”也。

此六者，今之大患。臣畏死不言，则负陛下；陛下拒谏不纳，则危社稷。愿陛下深察而醒悟之。

这封奏章，指出万历皇帝由矿税而生发的一些治国措施，都是祸国殃民的败政，长此下去，必然危及大明王朝。但是，万历皇帝执迷不悟，仍然不作任何回答。

所有指斥时弊的奏章，都像是拳头打在棉花上。而全国各地因为矿税而引发的政治危机，则愈演愈烈。比较突出的有如下几件：

万历二十七年三月，临清平民奋起自保，将万历皇帝委派下来征收各类杂税的太监马堂的衙门围住，打死马堂随从 37 人。

万历二十七年十二月初二，武昌、汉阳两镇居民为反抗征税太监陈奉的横征暴敛，万余人围攻征税衙门。陈奉被击伤后，下令武装卫士放火纵烧民房，平民再度围攻陈奉居处，陈奉下令屠杀。许多人被杀死，尸体剁碎扔在街上。

万历二十九年三月，武昌再度发生民变，太监陈奉逮捕为民求情的武昌知府冯应京，使武昌市民非常气愤，聚集数万人围攻陈奉官邸，并将陈奉爪牙 16 人扔进长江淹死。

万历二十九年六月初六，苏州发生民变，将征税太监孙隆的随员 6 名杀死。

万历三十年三月二十日，云南腾越州发生民变。税监杨荣横行妄为激怒百姓，他们放火烧毁杨荣官邸，并杀死他的部属。

万历三十年五月，江西南昌发生民变，他们与宗室人员联合砸毁征税太监潘相的府宅，潘相逃走免于一死。

类似这样的案件，每年发生几十起。但是，万历皇帝仍一味的偏袒他委派的收税太监，沈一贯虽然位居首辅，眼看着国家的危机加大，税监与老百姓之间的尖锐对立无可调和，却一筹莫展。

让司礼太监田义吐了一脸口水

从万历二十七年到万历三十二年（1599—1604 年）的 6 年时间内，全国各类官员给万历皇帝上疏要求停止矿税征收的奏件不下 200 余件，统统石沉大海。沈一贯束手无策。到了万历三十二年的五月二十三日，忽然天降暴雨，雷电导致长陵的明楼起火而致烧毁。祖宗陵寝烧损，这是不小的事件。基于惯例，万历皇帝下诏书咨询国政。内辅次辅沈鲤请求废除矿税，便联合沈一贯、朱赓各写一份奏疏。疏成之后，沈一贯就要缄封送入内廷，沈鲤建议他稍等，说现在还不是最佳时期。沈鲤比沈一贯大了将近 10 岁，此时已是 73 岁老人，他一生正直多智，朝野之间声望极高。沈一贯对这位次辅一直有防范之心，害怕他抢了自己的首辅之位，但又巴不得这人留在内阁，凡遇难以解决的难题，他躲在一边尽让沈鲤处理。

过了几天，忽然大雨滂沱，天色昏暗。沈鲤对沈一贯说："现在可以上奏了。"沈一贯问："为什么？"沈鲤回答："皇上不喜欢听矿税的事，每有这样奏章送入，他都不看。今天我们三人冒着大雨穿着素服到文华殿求见，皇上一定以为出了什么大事，就会赶来接见我们。我们趁机送上奏章，他就会阅读，这可能是一个机会。"

沈一贯觉得这主意可行。因为万历皇帝深居简出，沈一贯当 3 年首辅只得到一次接见。三人依计而行，万历果然赶到文华殿。三人分别递上奏章，万历皇帝看后默不作声。沈一贯便跪下来奏道："皇上，若要朝廷秩序安静严肃，就应当收天下百姓之心；欲收天下百姓之心，当安抚天下的舆论。近年以来，全国长期受矿税之害，而又听惯了废除矿税的言论，企望陛下下发恩典诏书。眼下，臣等忧虑矿税之事度日如年。"

万历皇帝听罢，似乎有所触动，但仍然没有表态。他一言不发，起身离开文华殿。

望着皇上的归辇，三位内阁大臣相对无语。沈一贯心里头更不是滋味，因为这次"智斗"仍不奏效，而二年前的一幕，又浮现在他的眼前。

万历三十年的闰二月二十二日，一大早起来，明神宗忽然感到头晕目眩并由此产生末日来临的感觉，他连忙召聚各大臣到仁德门外等候。一会儿，太监便到仁德门传旨，让首辅沈一贯单独进入启祥宫后殿的西暖阁。穿着冠服的万历皇帝坐在御榻上，当着皇太后、

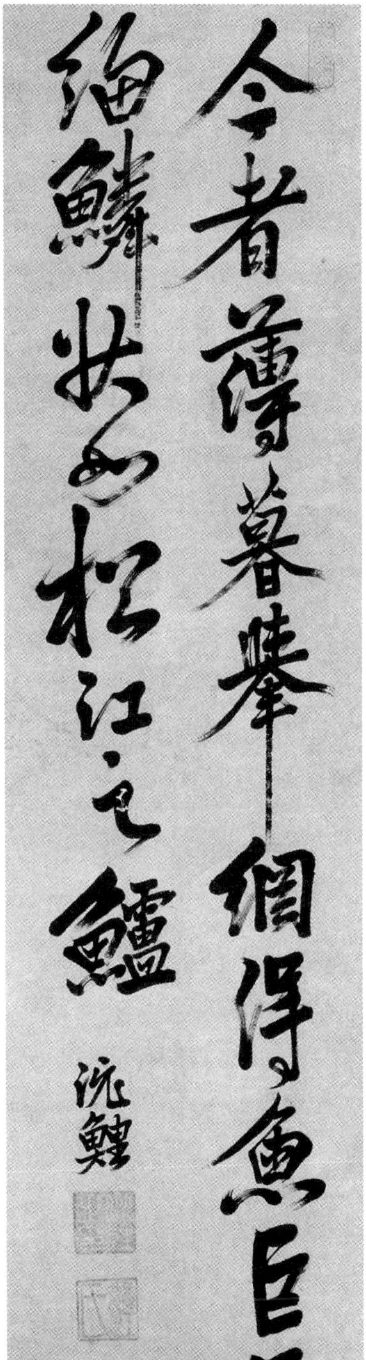

沈鲤行书

皇太子和各位亲王的面对沈一贯说:“朕病笃矣，矿税事，朕因三殿、三宫工程未峻,临时采取征收。今可与江南织造、江西陶器一并停办。所派遣之内监，俱令还京。并令法司释放久押罪囚，凡因建言获罪的官员，一律复官还职。”说完，万历皇帝就闭上眼睛躺下了。沈一贯叩头辞别,回到内阁赶紧按万历皇帝的吩咐,草拟谕旨并送到内宫。

当晚，内阁大臣与九卿均在朝房住宿值班。三更过后，太监捧出万历皇帝的谕旨，内容与他对沈一贯所讲的一样。看到这份谕旨，在场大臣觉得朝廷政局有了转机，都催促沈一贯赶紧颁行。

第二天上午，沈一贯召来通政司官员正在布置颁发圣旨的工作。忽然一大群太监涌入内阁，直接进入沈一贯的值房。沈一贯以为是万历皇帝驾崩了，还来不及起身，领头太监就嚷嚷着要取回昨夜送出的谕旨。原来，睡了一觉后，万历皇帝觉得病好了，于是对昨天的谕旨产生懊悔，便立即下令让太监前往内阁追回。

知道原委以后，沈一贯二话没说，就打开抽屉将谕旨封还。却说此时的乾清宫，司礼监掌印太监田义正在就谕旨之事，与万历皇帝较上劲儿。田义不同意收回谕旨，他质问万历皇帝：“圣上的话出口还能追回吗？”明神宗被田义噎住了，不由得大怒抽出宝剑，要亲手杀死他。田义并不畏惧，仍据理力争。正在这时，取谕旨的太监回到乾清宫。看到谕旨，万历皇帝这才放过田义。

田义出了乾清宫，径直来到内阁找到沈一贯，朝他脸上吐了一包口水，讥刺道：“相公稍一强硬，害民扰民的矿税就被废除了。你怎么这么胆小，你怕什么呢？”

这件事传出去后，大臣们对田义都肃然起敬，而从内心瞧不起沈一贯。

沈一贯的懦弱，间接地起到助长万历皇帝贪婪的作用。他对矿税并不是没有看法，但不敢抗争，只敢哀求。这件事一直拖到万历三十三年十二月，因皇长孙朱由校降生，万历皇帝为讨一个吉庆，才下旨废除天下矿税。

上都之士是国之大妖

沈一贯因为研究历史而得到张居正的赏识，又因为讲课影射张居正而得到万历皇帝的赏识。但是，对张居正这位恩师，他始随终弃，在他的著作中，没有一字提到这位师相。对万历皇帝，他则委曲求全，并不肯当诤臣、直臣。所以，在明代的帝师与相臣中，他只能算平庸的一位。但奇怪的是，他对知识分子的风气变坏却痛心疾首。在《送杜伯理序》一文中，他这样说道：

> 夫士含秀葆灵，揽三千之粹。居则范乡党，出则效百职，乃今之士坏矣。夫民坏，法律可纠之。士坏则逃其口而匿其身，以为礼不能约束矣。刑如予何？斯国家之大妖也。余行游四方，大抵山谷之俗庞，近野之俗鄙，都市之俗狡矣。邑愈大，俗愈薄。此犹民也，怒而靡，喜而解，情可知，法可行也。坏俗者莫甚于士，尤莫盛于上都之士。上都之士戴峨冠、蹑鲜履，翱翔揖让，逡巡容与，颂说先王而行径迥异。赴利如湍奔，避难如鼠窜……

在这篇文章里，沈一贯将上都之士称为大妖。上都，指的是北京、南京两地寄身于官场的读书人。沈一贯为我们勾划出上都之士“赴利如湍奔，避难如鼠窜”的丑恶嘴脸。在他看来，国家的风气，全被这些上都之士搞坏。客观地说，上都之士的变坏，固然有自身的原因，也有皇帝的原因。如果为那些“国家大妖”排一个座次，第一个大妖就是万历皇帝，接下来恐怕就要排列到他沈一贯头上了。《明史》评价他：“枝拄清议，好同恶异，与前后诸臣同。至楚宗、妖书、京察三事，独犯不韪，论者丑之。虽其党不能解免也。一贯归，言者追劾不已。其乡人亦多受世人诋諆。”

楚宗指的是朱氏宗藩楚王袭爵之事，一贯因收受假楚王巨额贿赂而颠倒黑白。妖书为万历三十一年发生了一件大案。有人泡制一本《续忧竑议》的书，假托郑福成的口气就朝廷大政发表评论。所谓郑福成，含义是“郑贵妃之子福王应当成为太子”。这本书引起万历皇帝震怒，斥为妖书，下令搜索奸人。沈一贯借机陷害弹劾过他的礼部侍郎郭正城，又因郭正城是内阁次辅沈鲤的门生，又想通过郭正城构害沈鲤。于是唆使万历皇帝制造冤狱，虽然阴谋最终没有得逞，但其阴险为士林所不齿。第三件京察指的是沈一贯任首辅期间，利用京察将与他政见不合或不合作的官员尽行驱逐。

官场中人，大都有两面性。但沈一贯的两面性犹其明显。一方面，他骂上都之士是国家大妖，另一方面又不断地将自己妖魔化；一方面，他贪恋禄位，在官场呼风唤雨，另一方面又向往林泉生活，想当与世无争的农夫。他写过《山中杂咏四首》，且录其二：

老树横溪稳作桥，故人惯饮不须招。
白纶巾上青山好，日遣松风绿酒瓢。

山田处处白云飞，流入溪田带雨肥。
若使巢由辞颖上，更无人共饮牛归。

不计人品，这是两首好诗。放进唐诗中，亦算上乘。如果说沈一贯只是在这里表露虚情假意，恐怕失之苛刻。中国为官的读书人，奸臣也罢，良相也罢，庸官也罢，循吏也罢，其性格特征都具有两面性。但性格的两面性不等于政治的两面性，这犹如公正不等于清廉，变通不等于圆滑。沈一贯的问题在于，他在性格、政治上都有两面性。遇到挫折时，他想当巢由，但更多的时候，想着的却是荣华富贵。

万历三十四年（1606 年）七月十六日，沈一贯与沈鲤同时退休。

此前，淮扬巡抚李三才上疏弹劾沈一贯，指责他没有将皇帝颁行的撤销矿税、释放囚徒、起用贬官、增加言官几件事狠抓落实，导致政局仍旧死气沉沉。万历皇帝看到弹章后，偏袒沈一贯而严厉斥责李三才，给他停发 5 个月工资的处罚。但是不久，给事中陈嘉训、御史孙居相又分别上疏指责沈一贯"一贯奸贪"。沈一贯又羞又怒，老脸无处搁，便请求辞职。万历皇帝一方面将陈嘉训罢免，孙居相罚俸，一方面又同意了沈一贯的退休请求。沈一贯担心自己走后，沈鲤接任首辅于已不利，便暗中活动让沈鲤一同退休。恰好沈鲤也要求退休，于是万历皇帝也就同意了。

虽然，退休的诏书是两个人一块儿发的。但诏书中只对沈一贯一个人表示安慰。正直的沈鲤，始终是万历皇帝不喜欢的刺儿头，对沈一贯这样的老滑头，他倒总是眷顾。

十五 孤臣白发三千丈

——记清流领袖叶向高

明人绘《考试图》之“三场策谕”（局部）

初生牛犊不怕虎

历史学家黄仁宇先生的名著《万历十五年》在读书界影响甚大，他认为万历十五年是明王朝走向衰败的起点。在我看来，万历十一年（1583年）才是一个敏感的时间之窗。这一年的三月初二，万历皇帝朱翊钧颁发诏旨，对死去不到一年的内阁首辅张居正进行清算。第一步是追夺张居正的官阶，将他的太师、上柱国等荣誉头衔尽行革除。从此，一场针对张居正的清算运动拉开了序幕，曾经给明王朝带来中兴之象的万历新政始告结束。人亡政息是中国政治的一大特点，在张居正身上表现得尤其突出。

清算诏令后不几天，朝廷便举行会试，全国数千名举人汇聚京师参加考试。我猜想，万历皇帝之所以选择在这时候发布清算令，也是让这些读书人中的精英分子知道皇上的意图。这道诏令显然起到了作用。在廷试中，有一位考生写下一篇名为《试策三道》的文章：

> 问：帝王之道，莫要于用人。用人则予之以权。权者，上之所藉，不欲假人者也。故英主常靳之。唐虞三代，询岳咨牧，梦卜登贤与作威作福，操柄驭吏两不相妨，何其盛也。后世有躬亲庶政不任三公之说，论者以为惩前世之失权，然其后揆端日轻，政柄旁落，遂有著论言，昔之三公任重而责轻，今之三公任轻而责重。又有人上书，言今之三公有其名而无其实，其说允当否？
>
> 答：惟我高皇帝天纵圣神，乾纲独断，罢中书省勿置相，以政事分委六卿，神谟渊画，高出近代矣。乃再传而有内阁之设，

稽考相名。果何故乎？二百年来权任之重轻，名实之有无，亦可得而言其大概：

皇上睿智聪明，同符圣祖。临御初年，委任大臣，穆然恭已十年。后太阿独持心膂，罕寄重托。至今日官僚多虚，即密勿重地，亦单旷持久，岂有所惩而然欤？抑臣下之诚心信志，不足以取信于君上。昔人有言，权臣不可有，重臣不可无。兹欲权归皇上，臣重责于下，以成圣主独断之明。用人之美，将何道其极言之。

天下，大器也。人主可一人有之，不能一人操之，则不得不分其事于人。分于人而又虑其擅于人，则不得不揽权于己。分之所以为任也，而善任者必善操，舍操以为任，则委辔骀衔之衅生矣。揽之所以为操也，凡善操者必善任。舍任以为操，则丛脞釜鬵之患至矣……

这篇文章出自万历皇帝下诏惩处故相张居正半个月后，不能不说是一篇奇文。文中从皇上忧虑“大权旁落”入题，阐发“权臣不可有，重臣不可无”的观点，进而指出可任重臣的人需“善操”。这操指的是品行道德。操与任两者的统一，就是皇上应该信任的重臣。

这篇策论的好处在于，并未一味地迎合万历皇帝当时的心态，万历皇帝此时已是十分痛恨张居正这样的“权臣”。本文指出权臣不能有，但天下可以为为皇上一个人所拥有，却不可能由皇上一个人来管理。在特定环境下，写这篇文章还是要承担风险的。

写这篇策论的人，名叫叶向高，时年 24 岁，可谓初生牛犊不怕虎。但他的廷试合格，成为新科进士，这亦不能不说是一件异事。

厕所里诞生的宰相

叶向高有一个奇异的小名，叫“厕”。将厕所这样的秽字作为小名，全世界大概仅此一例了。叶向高有此小名，却别有故事。

却说叶向高是福建省福清县人，那里属闽东近海山区。在明代，那里始终倭寇猖獗，海盗时时出没。叶向高的父亲叶朝荣，在外面当知州，一直膝下无子，便在老家续娶了一位姓林的姑娘作为妾室。翌年，林氏怀孕，快要临盆时，海盗登岸大肆抢掠，一境小民皆避走逃难。林氏亦在难民队伍中，跑到中途胎气发动，匆促之下，只得避到一间民厕中生产。在秽臭难闻的厕所中诞生的婴儿便是叶向高。林氏坐月子期间，一直在逃亡路上，几次骤遇海盗，避入深林。同行的妇女为了安全，不惜让怀中啼哭的婴儿窒息死亡。逃难者也要林氏仿效，她却执意不肯，最后只得离开人群，只身窜伏草莽。待到寇难停止，林氏已是九死一生，双腿溃烂不能行走，叶向高也奄奄一息。

数十年后，当叶向高登上首辅之位，回想这段经历，犹潸然泪下。他之哭不为自己，而是为他的母亲。当母亲去世，他写下一篇感人至深的墓志铭。

俗话说大难不死必有后福，这话在叶向高身上应验。他弱冠之后登进士榜，并授庶吉士，继而授编修专攻历史，兹后调任南京国子监司业。这一段经历与张居正惊人相似。万历二十六年(1598年)，他调回北京任左庶子。这个官职属左春坊，是专门负责太子学习的机构。万历皇帝下诏让叶向高担任太子的老师，用明代的官方语言表示，即“充皇子侍班”。

太子朱常洛，这一年16岁。其时内阁辅臣沈一贯是朱常洛的首席讲师。但无论是沈一贯还是叶向高，谁也见不到朱常洛。万历皇帝宠爱与郑贵妃所生的次子朱常洵，对朱常洛非常冷落。而且，一再找理由不让朱常洛出阁讲学。

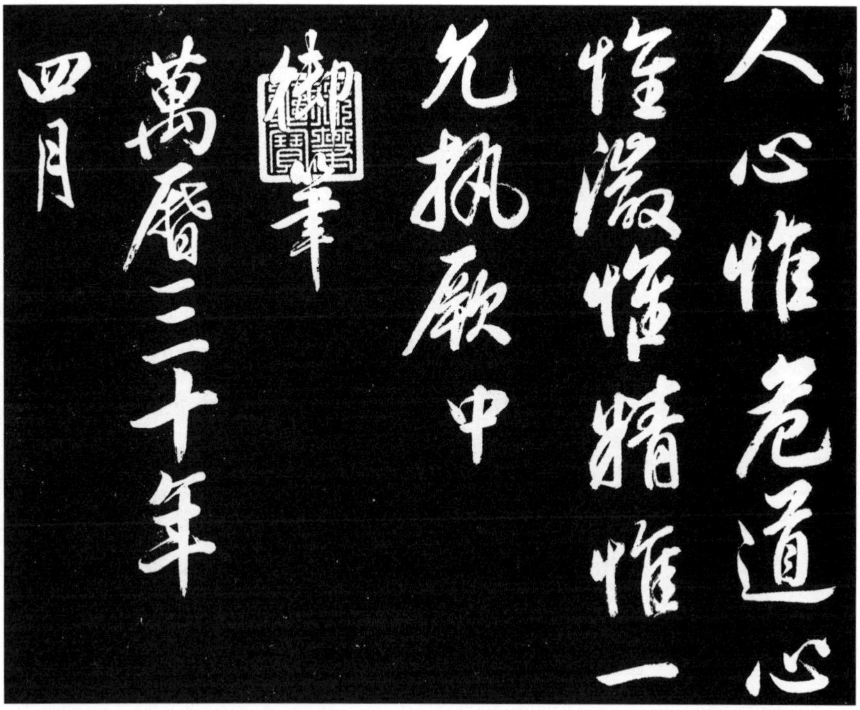

万历御笔警句

勇敢地监督皇权

叶向高充当太子师期间，没有机会教导朱常洛。此时国家朝野之间，正蒙受矿税之灾，叶向高不避嫌疑，斗胆给万历皇帝写了一份《请止矿税疏》：

臣惟人臣之事君也，当官有专职，苟事关宗社，不得避出位之诛……

今日宗社安危之机，万口同声欲号呼于君父之前者，则矿店是已。臣等儒臣也，触事危言，实情不得已。臣惟往昔矿砂之采，仅在北方。店税之兴，止于近地。中外人情已汹汹不安，谓乱在旦夕。今日四封之中，五岭之外，更无一处山川得完其面目，更无一处人民得安其生理。试观从古至今，有如此世界而不乱者乎？有如此乱象而可容易收拾乎？

陛下神圣之资，无幽不烛。此明摆之事有何难晓而圣意坚欲为之？群言不能争，群怨不能动。度陛下之心，必曰国家之威灵甚张，小民之力量甚微。即有狂徒，何人能逞？不知三代以还，危亡之祸，接踵见矣。创谋发难，岂是异人？尽蚩蚩之氓也。东汉之季，西邸聚钱，中珰肆虐，其君虽蒙蔽诟声，尚未至凿山张肆，与小民争尺寸之利，而四海已糜沸矣。况今日事势，十百危比者哉！

武弁负恩，贪图邀幸，诳渎圣明；至于市井无赖，假捏矿山，枉辱褒奖。此等小人，得志横行。既幸陛下为其所中，复笑陛下为其所愚。无礼无义，一至于此。臣等私心实怀痛愤疾。无用之财积，无穷之祸蒙，无端之欺受，无根之谤陛下，何利于此而必欲为之也。且明旨屡下，皆云协济大工。今宫中之一瓦一椽有取自矿砂者乎，有取之店税者乎？耳目昭彰，谁人可掩？而陛下必云然者，得非圣心于此亦有所不安而姑且为之辞欤？如其不安，何如勿为。

明旨又云，不许扰害地方。夫中官承命，奉宣德意，或亦有人。然而前后左右尽皆豹虎，业已予之牙距，歆之腥秽，而复禁其搏噬，责其驯伏，即有贤者，犹难约束。况于暴戾恣肆如陈增、李道之流者哉！掘人坟墓，坏人田庐，夺人财货，奸人妻子，此等景象，群臣知之而不敢尽言，即便言之而陛下不信也。

今上自公卿大夫，下至舆儓台贱隶，无有一人不云：朝廷如此举动，天下必乱、宗社必危！

陛下方诏明大业，垂有道之长。奈何使祖宗列圣艰难创守之天下，为此饥不可食、寒不可衣之长物，遂听徂侩谬言而弃之不恤耶？

臣目击危难，披沥上陈，伏愿圣明急行省改，毋为群小所中，以毁万世之基。宗社幸甚！臣愚幸甚！

关于矿税之祸，我在前文《筹国无成疑燕雀——记老滑头沈一贯》中已谈到，这里再略作补充：矿指开矿，税指店税。万历二十四年后，万历皇帝以筹集紫禁城三大殿维修费为名，下令在全国开采各类矿山，并在各省增收商店营业税。两样合称为矿税。为了保证矿税收入能如数到达自己手中，万历皇帝便将内廷太监大量外派。这些太监诚如叶向高所形容，一个个如狼似虎，刮地三尺，一时间荼毒天下，民怨沸腾。

为敦请皇上停征矿税，朝廷正直官员纷纷上疏，但万历皇帝一意孤行，根本不听。沈一贯虽是老滑头，亦觉矿税之举是败政并因此上疏。比起沈一费的奏疏来，叶向高的这篇疏文显然要犀利得多。他直接道出了“官逼民反”的可怕后果。本来只想节选录出，但全文的内容不可分割，故只能重抄一遍。

明代有一个有趣的现象，即入仕为官的读书人，除了尊重皇权这个“政统”之外，同时还会维护一个“道统”。简单说，这个“道统”就是读书人共同遵循的为人处世的原则。于道德方面，就是操守、气节；于事业方面，就是经邦济世；于精神方面，就是安贫乐道、佛老双修。基于这些原则，读书人则有了“达则兼济天下，穷则独善其身”这句话。在明代，任何一位“达者”，都是把尽忠尽孝摆在首要位置。忠是忠于皇上、忠于朝廷、忠于国家、忠于职守；孝是孝敬父母、长辈、老师，友爱兄弟。忠臣孝子是受世人景仰的楷模。但因有了“道统”，读书人的忠便不是愚忠。如果碰到一个昏庸的皇帝，政统与道统便会尖锐对立。皇帝的一件错误决策，必会招致许多官员的反抗。自武宗开始，到神宗，一连 4 个皇帝，除穆宗之外，余下3个皇帝均与大臣产生过激烈的对抗。也就是说，明中叶百余年来，政统与道统大部份时间都处于尖锐的对立状态。这期间，不怕死的大臣比比皆是，他们前赴后继，一直担负着监督皇权的责任。比之后世清朝，明朝的知识分子更能彰显风骨。在万历时期，特别是张居正死后，引起皇帝与大臣对立的，主要有两件事：一是立储，二是矿税。

作为万历中后期最为重要的政治家，叶向高自觉地承担维护道统尊严的责任。他的这篇《请止矿税疏》，便是一个明证。

张居正之后最好的帝王师

万历皇帝在位48年，是明朝16个皇帝中享祚最久的一个。有史家认为，明朝灭亡的最大罪人不是别人，正是这位万历皇帝。他一生中做过最激烈的事，便是对张居正的清算。从那以后，他退居深宫，对一应朝廷大事，都表现出漠不关心，好像这天下不是他的一样。斥责他的大臣很多，但他概不搭理。这种忍耐性也确是了得！他的爷爷世宗皇帝处理“大礼案”，凡是反对他的人，一律治以重罪。万历皇帝挨骂的次数与程度，都远远超过世宗，但他只当什么事儿都没发生，十之八九的奏疏都留中不发。这其中当然也包括叶向高的这一篇。万历皇帝被叶向高斥为祸国殃民的罪魁祸首，不但不生气，反而给他升官，调任为南京礼部右侍郎。叶向高此次在北京只呆了两年，名义上当了太子的老师，却是连太子的面都没有见着。在南京不知不觉又呆了9年，由礼部右侍郎改任为吏部右侍郎。虽然品级一样，但由礼改吏，在官场看来，这等于是晋升。

其时，在内阁任首辅的是沈一贯。叶向高同沈一贯一样，都是史官出身，又同为太子的老师。所不同的是，叶向高的学问更扎实，他的论史文章，很多都有真知灼见。如他论述治理天下的原则：

夫王者之治天下，非以我治之也，以我治天下者，私天下者也。夫天下大矣，吾生一私心必有所徇于人，必有所不便，故其势不得不出于术。弥缝掩饰以愚斯民之视听，而济己之私，此有我者也。有我则我之心狭隘，而与王者不相似。夫所谓王者何也，公其心而矣。（《王道荡平正直论》）

叶向高认为王者应行的王道就是天下为公，不要试图以权术蛊惑视听，采取愚民政策。这种民主政治的观念，在明代的政治家中并不多见。

论国家兴亡，叶向高亦有创见：

天下之祸，莫大于人臣之求胜也。人臣有邪正，君子小人。唐虞三代所不能免其进退用舍，相为胜负亦其势有必然，未成大害。惟君子用而专，务扶小人之所为；小人用而专，务扶君子之所为。各恃其胜心，快于一逞。

以国家之政事询臣下之意，向而为之君上者，泛泛然不能自主，卒之君子不胜则小人之祸烈矣。宋之极盛，则祥符、庆历年间。其时君子小人亦屡进屡退，而无损于治者，以政事出自朝廷，臣下去留，不能大有变更也。（《宋论》）

这段论述，叶向高阐明一个观点，国家兴亡的主要承担者，就是皇帝。若皇帝有主见，则臣子中的小人再多，也不能有损于政治。

叶向高治吏论政，很少说那种酸溜的秀才话，也不落空泛。所发议论，都取之于史而落实在当下，是有的放矢，且切中时弊。张居正之后的帝王师与首辅，叶向高应是最有思想的一位。

首辅是维持会会长

万历三十五年（1607年）五月二十六日，万历皇帝签发了一道诏旨，任命退休在家的原礼部尚书于慎行、礼部侍郎李廷机、南京吏部右侍郎叶向高3人，同为礼部尚书兼东阁大学士，入阁参予机务。

自沈一贯与沈鲤同日退休后，内阁只剩下朱赓一位辅臣。朱赓为人淳厚谨慎，为政素无大过。他因是沈一贯的同乡而受到提拔，为此，亦为士林所诟病。二沈离职后，朱赓已经72岁，勉强支撑时局。其时，中央与地方政府处在瘫痪状态，吏治松懈，朝政涣散。朱赓实感力不从心，于是给万历皇帝写了数十道奏书，希望他补齐部院大臣，增补阁臣。万历皇帝概不答复。万般无奈，朱赓要求退休，并脱下官袍换上素服到文华门恳求，万历皇帝一味慰留，但言官又对他穷追不舍地弹劾。两相夹击，朱赓心力交瘁，死在任上。

于慎行、李廷机、叶向高的任命，便是在这种背景下产生。万历皇帝还下诏起用已退休多年的大学士王锡爵任首辅，王锡爵坚决推辞而不到任。于慎行勉强到任，但已病得下不了床，到京不到一个月就死于家中。在没有任何老臣掌舵的情况下，两位新任阁臣赶着鸭子上架，承担起权力中枢的责任。而李廷机因为是沈一贯体系中的人，所以一上任就遭到言官的猛烈攻击。这样，他亦不能全身心地投入工作。内阁的重担，实际上落在叶向高的身上。此时，内阁首辅名义上还是王锡爵，因他坚持闭门不出，从未履任。叶向高实际上承担着首辅的责任。

不知不觉到了万历三十七年（1609年）的三月，这一天，礼科给事中王元翰带着家属徒步离开京城，挂冠而去。

这个王元翰当了4年言官，他为人清正，敢于揭露官场的腐败和种种违法乱纪的行为。因此，他遭到许多官员的忌恨。于是，便

王锡爵像

有一个名叫郑继芳的御史，受人嗾使上疏弹劾王元翰“盗窃国库金银，克扣商人财产，赃物达数十万”。王元翰非常愤怒，上疏辩冤。但万历皇帝仍然不闻不问。郑继芳之流便有恃无恐，派人将王元翰的家包围封锁。王元翰无法自明，只好将自家箱柜中的财物全部取出搬到大街上，听凭那些包围他家的官吏拿走，他自己则带着家人一路痛哭离开京门。第二天，吏部便将王元翰开除公职。

朝廷混乱到这种地步，以致奸人嚣张，君子去位，党同伐异，正气不伸。坐在内阁值房的叶向高,尽管知道皇帝“自作孽,不可活”,他仍针对王元翰事件的发生，及时上疏恳请皇上整理言官，将言官近年上疏的奏章尽数发还给群臣讨论。

由于皇上的不作为，言官们不再起到监察作用，而是利用弹劾的权力互相攻讦。责任虽在万历皇帝本人，但闹成这样子，又让万历更加讨厌。于是,所有言官上奏给他的弹劾文章,他一律留中不发。这种不分青红皂白、不分是非曲直的作法，使朝廷的监察系统遭到完全的破坏。叶向高身在其位，不得不担心后果，于是提出发还言官奏章的建议。他的本意是借此明辨是非。但是，万历皇帝照例是不置一词。

叶向高步入仕途已经 26 年，其中在北京呆的时间不过 6 年，大部份时间都是在南京担任闲职。明代的帝师中，留下著作最多的两个人，一个是宋濂，另一个就是叶向高了。宋濂 50 岁才入仕，此前一直教书做学问，所以著作多。叶向高虽然入仕早，但一直坐在冷板凳上，有时间读书写作，所以有着丰富的笔墨生涯。

叶向高之所以被万历皇帝选中入阁，第一是他的学问，第二乃是因为他一直离权力中枢远，没有树敌结怨，任用他各派力量都能接受。但是,在万历皇帝的心目中,他希望的首辅不是那种精明强干、励精图治的干臣，只要能当好维持会的会长就行。张居正之后，首辅这个位子上，再不可能产生政治强人。

叶向高当然知道万历皇帝的心思。他上任之后,从不提重振朝纲、革除弊政这样一些应该做也必须做的事情。而且是顺势而为，做一些力所能及的事，如恳求皇上让太子上学，补充缺官等。但是，即便是这样一些事情，万历皇帝仍然不予采纳。到这时，太子朱常洛差不多 26 岁了，但还是一个半文盲，万历皇帝阻止他出阁读书。作为他名义上的老师，叶向高痛心疾首，却又无可奈何。

三年写了三十九份辞职报告

万历四十年（1612 年）春三月，大批闹饥荒的流民集聚京师，户部请求拨出粮米建几处粥厂进行赈济，获得皇上批准。这天，叶向高视察粥厂归来，嗷嗷待哺、形容枯槁的饥民形象，在他脑子里挥之不去。作为历史学家，他可以从浩浩史籍中找出许多例子来证明“民可载舟，亦可覆舟”的道理。今日之饥民，谁能保证他们明日不会成为揭竿而起的陈胜？大厦将倾的危机感，让叶向高无法缄默。于是，他又提笔给万历皇帝写了一封简单的奏疏，大意是：历代帝王在位 40 年以上的，从夏、商、周三代至今，只有 10 位君主，皇上便是这十位中的一位，希望皇上珍惜上天的眷顾，推行新政，征集人才，及时处理政务。

叶向高在这封简疏中含蓄地提出“推行新政”，明眼人一看便知，这是为张居正说话。因为万历登基之初，正是由于任用张居正“推行新政”，国家才有了中兴之象。自张居正之后，朝廷再无一个大臣敢提“推行新政”这 4 个字。叶向高此时提出来，可谓触犯了万历皇帝的忌讳，这是要冒很大的风险的。

但是，叶向高的这一记重拳，仍然打在棉花上。

按理说，一个登基 40 年，又恰逢进入天命之年的皇帝，面对这样两个重要的时间窗口，一定会有所动作，在抚慰民心提振治绩上，也会推出一些善政。但是，万历皇帝坚持“枯树禅”，心如死灰比出家人还要彻底。

叶向高心里凉透了。第二天，他又写了一封奏章，名为《乞休第二十三疏》：

奏为申请罢斥事。

臣于岁里连章乞罢，伏蒙圣恩慰留，届期重违上命，匍伏勉出，亦妄意圣明当此新岁，必有一番新政，以慰天下之望，使臣得少免于旷职之愆。但至今沓然。臣连章苦口，圣上从不答复。臣始知蝼蚁之诚，终不足感动圣明。臣日夜延颈而企望者，皆是妄想，谆谆陈请，皆无用语耳。但大小臣工，都寄望于臣，以为臣之力，尚能得皇上支持，而臣自不努力。今天高于上，众迫于下，臣以孤身踯躅其间，如同牛马。主人既系其足而诸人欲乘其驾者，见其不动，复鞭之策之，必令其行。彼牛马虽贱，亦有知觉，其难不仰首而悲鸣哉！

昔韩琦求去，神宗留之。琦乃尽取士大夫责望之书以奏，神宗遂听其去。盖人主之于臣，既不行其言，则亦使之有所容于天下，而后可也。臣之庸劣既远非琦可比，而人之罪责臣者，又万倍于琦。臣寸心未死，何以自容。顷者以腰足楚痛不能行步，杜门数日又复勉出，令人扶掖至阁当值。今一身之中，自顶至踵，无不作痛，即扶掖亦不能行，此所以万不得已，哀祈皇上放臣残生，使归田里，以毋误天下国家之事。

臣闻之畏途难涉，高位难居，臣起自孤贫，素无远志，叨滥至此，自揣非宜，无一时一刻不思退避，岂敢营私贪位，以贻士大夫之忧。惟望皇上召还耆德，妙简名贤，为天下所共信共服，无偏无党之人，使居此地。耳目一新，众志威附，世界应有清宁之日，此尤今日安危治乱之一大机。而臣所欲以一去报国者，惟圣明鉴其诚而批准之。臣冒死恳求，不胜激切哀鸣之至。

万历四十年二月十七日。

这是叶向高写给万历皇帝的第23封辞职报告。自古至今，高官的职位都是香饽饽，唯独在万历中晚期，想当高官的人都成了一大傻。那一时期的官场展现出生动的“围城”现象，一方面是仍有不少人想跻身其中尝尝高官的甜头，另一方面是已经当上高官的人纷纷都想挂冠而去。发展到后来，越是有责任的大臣，越是有气节的人，就越是想炒万历皇帝的鱿鱼。

从万历三十八年至万历四十一年的这 3 年时间里，叶向高一共写了 39 份辞职报告，平均一个月一份。如果将这些辞职报告单独汇聚成册，即可看出当时政治的混乱，亦可看到叶向高的苦心孤诣。当然，我们更可以从中看到万历皇帝的昏庸。如果说，正德皇帝的昏庸尚有可爱的一面，万历皇帝的昏庸则可谓是大明帝国的升级版，除了可恨，还是可恨。

党祸，矿税后的又一场灾难

在总共写了 60 余份辞职报告后，到了万历四十二年（1614 年）的八月，万历皇帝终于批准叶向高致仕。叶向高在任职首辅期间，始终保持其清正的声望，每一件事都有独立的主见，效忠皇上而不阿谀。如敦请太子出席讲筵，为瑞王请婚、福王出京、补缺官、罢矿税，都是再三陈述理由，试图以最正确的方式进行处理。但是，他的建议大都不被万历皇帝采纳，所用者，不过十之一二而已。

叶向高去职之后，朝廷政局愈来愈糟，政府机构瘫痪，官员都处于失控状态。他们彼此拉帮结派，相互攻讦。叶向高在位时，党派斗争已经开始，他走之后，党派斗争便到了白热化的程度。

事情源于东林书院。一位退休官员顾宪成在老家无锡闲居，创办了一所东林书院，收徒讲学。一时间，跟着他讲学的人很多，其中不少是官员。因为影响力日渐增强，故嫉妒者也一天天增多。自此，凡是参与在东林讲学的人，便被称之为东林党。而当时朝廷官员，几乎达到了无官不党的地步。最先与东林党抗衡的，叫“宣昆

顾宪成像

党”。乃是因为该党的两大党魁一个是国子监祭酒汤宾尹，安徽宣城人；一个是左春坊谕德顾天竣，江苏昆山人。取二人籍贯，故称为“宣昆党”。这两个人召聚学生为同伙，干预朝廷大政，影响极坏。兹后，又有齐党、楚党、浙党，为首者都是朝廷大臣。这些党或是以老乡，或是以师生、同年等各种关系纠合在一起，都以攻击东林、排斥异己为宗旨。并创立“大东”、“小东”之说，大东指的是东宫太子，小东指的是东林书院。反对东林的四党互相联盟，凡不符合其意趣的，必欲倾力排挤。所以，在朝廷为官者，若不依附于他们，便不能安于其位。因此，这些树党者被称之为“当关虎豹”。

相比之下，东林党人比较正直。到熹宗、光宗时代，四党之人借助魏忠贤的势力，对东林党人必欲赶尽杀绝。到了天启年间，朝中奸臣给东林党下了一个定义：凡是万历年间争立皇长子为太子者，为李三才辩护者，揭发韩敬科场事件者，要求复查熊廷弼案件者，争辩梃击案者，争论移宫、红丸两案者，触犯魏忠贤者，都被指为东林党。这样一来，朝廷中凡是正直的大臣，几乎都成了东林党人。这帮人还别出心裁地弄了一个《东林点将录》，被视为东林党党魁的，既不是顾宪成，也不是高攀龙，而是叶向高。

叶向高保全善类，但从不结党。他之所以被定为东林党魁，乃是因为在党派斗争中，他保持中立，但坚持正义。这样，东林党中的许多正人君子得到了保护。叶向高离开政坛后，党派争斗最终衍变成党祸。这是万历时期继矿税之后，又一个促使明朝灭国的灾咎。

就在万历不理朝政，百官陷入党争之时，东北的女真人已经崛起。万历四十四年（1616 年）正月，大清太祖高皇帝努尔哈赤在冰天雪地中称帝，建立年号为天命元年。明朝的掘墓人已经出现了，清醒的人已经闻到了这个政权的尸臭，但万历皇帝本人尚浑然不觉。

清太祖称帝后的第三个月，万历皇帝应允考察京官，主持考察的是浙党之人。一个月之后，齐党、楚党、浙党三党官员尽踞要职，而所有不肯依附的官员一律被斥为东林党，尽数驱逐一个不留。对这种官场乱象，万历皇帝仍不置一辞。

万历四十八年的七月二十一日，万历皇帝在乾清宫驾崩，终年 58 岁。

9 天后，皇太子朱常洛继任，是为光宗。1 个月后，即九月一日，光宗驾崩，享年 39 岁。

6 天后，朱常洛的皇长子朱由校即位，是为熹宗。半个月后，熹宗皇帝赐予太监魏忠贤以世代继承官职的特权，熹宗同时册封自己的奶妈客氏为奉圣夫人。自此，明朝政治掀开了最为黑暗的一页。

孤臣白发三千丈

光宗虽然只当了一个月的皇帝，但他登基之初，还是想革除弊政，如将其父皇搜刮的内库金银拿出来充作军费，颇得民心。同时，他对自己的老师叶向高颇有好感，他想施行新政，便想借助叶向高的智慧和能力。于是，登基后不几天，便下诏请叶向高还朝，但诏令还未到叶向高的手上，光宗就已去世。熹宗即位后，仍按父皇的意愿，促使叶向高还朝。叶向高多次推辞而不能，只得束装上路，从老家福清登车北上。他于天启元年（1621 年）十月重新回到阔别了 6 年的北京，再次担任首辅。

他重登首辅之位 3 个月后，便促成了一件大事，即给张居正平反。

对张居正，叶向高感情较为复杂。从宽厚的角度讲，他不同意张居正的严峻；从富国强兵的愿望上看，他又赞赏张居正的施政措施。特别是万历后期，他目睹弊政日深、国力衰微、民心溃散的乱象后，更加觉得张居正的难能可贵。但他毕竟不是铤而走险的人物，不敢在万历皇帝面前为张居正讲好话。不过，只要一有机会，他就会曲折表达对“万历新政”的怀念。

前面曾经说过，当年万历皇帝同时任命于慎行、李廷机与叶向高三人为内阁辅臣。于慎行刚从山东老家抵达北京就病死，叶向高为其写墓志铭。其中有这样一段：

> 当江陵柄国日，既大失士大夫心。其败后，莫不推波助澜，欲甚之而为快。公独致书丘公，言江陵尝有劳于国家，是非功过当为别论，即间有所受取，亦可指数。家之所藏，远较分宜，近视冯珰，皆万分不及。而必欲捕风捉影广为搜刮，以称上命，窃

明熹宗朱由校像

恐株连全楚，公私皆受其累……

这一段是歌颂于慎行在张居正祸发之后的公正态度。于慎行认为张居正有劳于国家，对于他的是非功过，可以暂时搁置不谈，但诬蔑他贪污，则有失公正。他希望主持此案的刑部侍郎丘橓不要一味迎合皇上的意思，捕风捉影制造冤案。

叶向高为于慎行写墓志铭时，正在首辅位上，万历皇帝也还健在。但他敢于这样写，可见他对张居正的改革新政还是持肯定态度的。

光宗登基后，将一些被贬谪罢斥的大臣请回京城，其中就有一个曾因反对张居正夺情而被打断腿的邹元标。邹元标也是一个学者型官员，一辈子刚直不阿。此番回京，主动追述张居正的功绩，并大声呼吁“张居正功不可没”。其时，万历皇帝已死，为张居正平反的最大障碍已经清除。于是，叶向高便利用邹元标等老臣的影响力，建议熹宗为张居正平反。

天启三年（1623 年）的五月初三，在张居正去世整整 40 年之后，熹宗皇帝宣布为张居正平反，恢复张居正的原官。这一天，也正是张居正的诞辰。

五月初四，熹宗再下诏旨，抚恤方孝儒的后代，赐予谥号，给予祭祀和安葬。

我曾说过，明代所有的帝师中，悲剧性最大的两个人，第一是方孝儒，第二是张居正。熹宗同时给这两个人平反，作为当朝首辅的叶向高功不可没。

熟悉中国政治运作规律的人都知道，任何一次政治的革新，都是从平反历史上的冤假错案开始。给方孝儒、张居正平反，本可期待熹宗有更大的善政出现。但不幸的是，他深深信任的大太监魏忠贤与奶妈客氏，已经让朝廷陷入黑色恐怖。

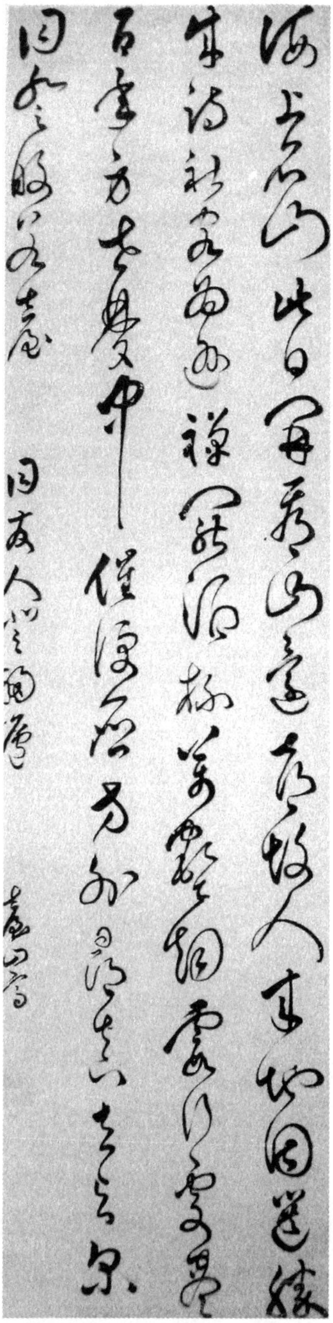

叶向高草书《登福庐诗》

天启四年（1624 年）六月初一，左副都御史杨涟上疏弹劾魏忠贤的二十四大罪状，朝廷中正直与邪恶的斗争由此进入白热化。

当杨涟递交《劾忠贤疏》时，谕德缪昌期正在拜谒叶向高。缪昌期是叶向高的得意门生。交谈中，缪昌期告诉他杨涟上疏的事，叶向高听罢大惊，说：“杨涟这是轻率之举。除掉魏忠贤，皇上身边还有谁呢？”缪昌期听此回答更为吃惊，大声说：“是谁用这种话欺骗你呢？魏忠贤这种人该杀呀！”说罢起身而走。

叶向高态度暧昧，引起大批官员的不满。比起万历时期，年过六十的叶向高的确变得圆滑了。但他却不肯与魏忠贤之流同流合污，而是审时度势，认为眼下铲除魏忠贤的时机还不成熟。杨涟劾疏上呈后，大臣相继有数十人跟进上疏，一时间局势非常紧张。有人建议叶向高将此事交给大臣讨论，可能取得胜利。叶向高认为眼下最好的办法，是由内阁从中做工作消化矛盾，不要让大批官员因此而酿悲剧。于是，他给熹宗写信，一方面肯定魏忠贤忠君勤劳，一方面又说魏忠贤滥用皇上对他的宠信，导致内廷与外官对立，建议让魏忠贤回家闲居。

魏忠贤看到这封信后很不高兴，便请人捉刀给熹宗写信为自己辩护。同时，还派出大批宦官围攻叶向高的居所。叶向高又给熹宗上疏说：“国朝二百余年来，从未发生过宦官围攻内阁大臣府第的现象。臣现存若不辞掉首辅之职，将有何面目见士大夫！”熹宗收到信后，好言慰留，但叶向高去意已决，一连给熹宗写了二十余封辞职信。

天启四年七月九日，即杨涟上《劾忠贤疏》后一个多月，叶向高终于得到熹宗批准辞职返乡。叶向高离京之后，由于少了一个既存正气又有能力周旋的人物。魏忠贤便肆无忌惮地大兴冤狱，大开杀戒，京城之内群魔乱舞，善类为之一空。

天启七年（1627 年）八月二十二日，熹宗皇帝在乾清宫驾崩，享年 23 岁。几天后，叶向高在家乡病逝，享年 69 岁。孤臣白发三千丈，用此来形容叶向高的一生，是最恰当不过了。

17 年后即 1644 年，运行了近 260 年的大明王朝灭亡。如果这一年叶向高还活着，他将是 86 岁的老人。幸亏他没有这么高寿，否则，亡国之痛会让他五脏俱裂！

图书在版编目（CIP）数据

明朝帝王师 / 熊召政著.—北京：紫禁城出版社，2010.4

ISBN 978-7-80047-950-2

Ⅰ.①明… Ⅱ.①熊… Ⅲ.①政治人物—生平事迹—中国—明代 Ⅳ.①K827=48

中国版本图书馆CIP数据核字（2010）第041251号

明朝帝王师

著　　者：熊召政
责任编辑：左远波
装帧设计：李　猛
出版发行：紫禁城出版社
地址：北京东城区景山前街4号　邮编：100009
电话：010-85007808　010-85007816　传真：010-65129479
邮箱：gugongwenhua@yahoo.cn
印　　刷：保定市中画美凯印刷有限公司
开　　本：787×1092毫米　1/16
印　　张：21.5
字　　数：260千字
版　　次：2010年4月第1版
2010年4月第1次印刷
印　　数：1~20,000册
书　　号：ISBN 978-7-80047-950-2
定　　价：39.00元